子育てはもう卒業します

垣谷美雨

祥伝社文庫

子育てはもう卒業します

1　一九九七年秋　五十川《いそかわ》淳子《じゅんこ》・三十九歳

絶望的だ。

中学受験がこんなに難しいものだとは知らなかった。

リビングのソファで、模擬試験の結果を見ては溜《た》め息をつく。気づけば、そんなことを一時間近くも繰り返していた。

平日の昼間、家の中は静まり返っていた。夫は会社で、龍男《たつお》と翔太郎《しょうたろう》は小学校だ。

龍男は成績が全く伸びないまま、あっという間に小六の秋になってしまった。受験まで、もうあとちょっとしかない。

中学受験を甘く見ていた。

それというのも、夫の呑気《のんき》な体験談のせいだ。夫の話を鵜呑《うの》みにした私も馬鹿だった。しかし、私が生まれ育った町には、私立中学なんてものは一校もなかったから、夫の意見に耳を傾けるしかなかった。

考えてみれば、夫の頃は、私立中学を受験する子供の数が少なかった。しかし今は違う。少子化にもかかわらず受験者数は年々増えていて、特に大学の付属中学はどこもかしこも難しくなっている。城南大学《じょうなん》の付属に入れたいと思っていたのに、龍男の成績では足もとにも及ばない。それどころか、夫が通っていた修英《しゅうえい》大学の付属校にも程遠い成績だ。

もう中学受験そのものをあきらめた方がいいのだろうか。しかし、今さら公立の中学に進ませるのは、禁じ手ではなかったか。

――お母様方にこれだけは申し上げておかねばなりません。

講師は熱弁を振るった。先日開催された塾の保護者会でのことだ。

――お子様方は、小四の春から塾通いの毎日を送ってこられました。友だちと遊ぶのも我慢し、ゲームも時間制限をかけられ、テレビも見ることができず、サッカーのチームにも入れなかった。何もかも犠牲にして頑張ってやってきたのです。それなのに、成績が悪いからやっぱりやめた、蓋《ふた》を開けてみたらどこにも受からなかった、だから公立中学へ行くしかない。そんなことになったら、お子様の心はどれほど傷つくでしょう。小学校六年生というのは、身体《からだ》は大きくてもまだまだ子供です。純粋でとても傷つきやすい。きっとお子様方は思うはずです。今までの三年間はいったいなんだったのか。やっぱり僕は、やっぱり私は、何をやってもダメな人間なのだと。

教室内は静まり返った。大勢の保護者が詰めかけていたのに、物音ひとつしなかった。六年生の秋ともなれば、親の眼差《まなざ》しが一層真剣になる。受験はもう目前に迫っていた。

――ご存じのように、子供にとっての三年間というのはとても長い。お母様方の感覚とは全く異質といってもいいほどです。もちろん、人生に挫折《ざせつ》はつきものです。それを乗り越えてこそ人間は大きくなれる。しかしですね、いくらなんでも小六で挫折を経験するのは早すぎます。自信を失《な》くし、これからの長い人生に悪影響を与えます。ですからね、第三志望でも第四志望でも、滑《すべ》り止めのそのまた滑り止めでもいいから、必ずどこか受かるように受験日程を組んでください。そして満面の笑みで「おめでとう!」と言ってあげなくちゃいけません。

私は息を詰めて講師のひとことひとことを嚙《か》みしめていた。いったん中学受験へ向かって走りだしたら、後戻りはできないらしい。

――万が一、お子様を公立中学に入れることになったとしてもですね、どこにも受からなかったから仕方なくというのは大変まずいんです。受かったことは受かったけれども、家から遠いし、考えてみれば校風が合わないから、だから公立を選んだんだ。いいですか、え、ら、ん、だ、というふうに持っていかねばなりません。それは親の義務だと思ってください。受験校の絞《しぼ》り込みについては、個人面談のときに話し合って決めましょう。

公立中学か……。それもいいかもしれない。なんといっても家から近い。徒歩五分だ。だけど、やっぱり虚しかった。この三年もの間、頑張ってきたのは龍男だけじゃない。週に五日もある塾の送り迎えひとつとっても大変だった。授業の開始時刻は決まっているが、帰りの時刻はまちまちだ。終了時刻が過ぎても大幅に延長する熱心な先生が多いから、道路の脇に停めた車の中で、四十分近く待たされることも珍しくなかった。夏休みには、昼と夜の二食分の弁当を毎日持たせてやった。健康管理に気をつけるのはもちろんのこと、ことあるごとに声をかけ、励ましてきた。

それなのに……。

あれこれ考えていたとき、突然インターフォンから「わたしゃおんがーくか、やまのこりすー」と歌が流れてきた。母屋《おもや》と離れを繋《つな》ぐ回線である。母屋には夫の両親と姉二人が住んでいる。

この季節、巨峰《きょほう》かリンゴだろうか。

母屋の方で何かもらい物があると、離れにもお裾分《すそわ》けしてくれるのが常だった。

「はい、なんでしょう」

――淳子さん、母屋にお茶を飲みに来なさい。

珍しく舅《しゅうと》の声だった。いや、珍しいどころか、結婚以来初めてのことではないだろうか。それも、有無を言わせぬ命令口調だ。舅は大手ゼネコンを定年退職後、たまのOB会に出かける以外は家にいる。

「すぐに伺います」

インターフォンを切り、縁側に出る。模試結果を穴の開《あ》くほど見つめていたからか、雨が激しく降っていることにも気づかなかった。厚い雲に覆《おお》われていて、昼間だというのに薄暗い。雨に煙《けぶ》る庭の向こうに母屋の台所が見えるが、電気はついていないようだ。サンダルをつっかけて玄関を出て、母屋へ繋がる渡り廊下を小走りに行く。地面はセメントで、屋根がついているので傘が要らず便利である。

渡り廊下の先にある母屋の勝手口のノブをひねってみると、鍵はかかっていなかった。

「お邪魔します」

台所を通り抜けてリビングに入ると、舅が神妙な顔をして、ひとり掛けのソファに座っていた。和室を中途半端に洋間に改造した部屋は、畳の上に絨毯《じゅうたん》が敷き詰められているので、歩くたびに少しへこむ。

「あのう……お義母《かあ》さまは？」

「今日はフラダンス教室の日だよ」

「ああ、そういえばそうですね。水曜ですものね」

家の中はしんとしていた。四十代独身の義姉《あね》二人は会社に行っている。広い家の中に、舅と私の二人だけしかいない。それは滅多にないことだし、舅は笑顔が出にくい性分なので、気詰まりだった。それに、舅はお茶を飲みに来いと言ったはずだが、ソファに深く沈み込んだままで身じろぎもしない。

要は、お茶を淹《い》れろということだったのか。今まで、そんなことくらいでわざわざ嫁の私を呼んだことなど一度もないのに、いったい今日はどうしたというのだろう。

「あのう、煎茶でいいんでしょうか？」

「いや、茶は要らん。誰も帰って来ないうちに用件だけ話す」

そう言いながら、向かいのソファを指差した。「そこに座りなさい」

舅は、ゆっくりと身を起こして背筋を伸ばした。いやに真剣な顔をしている。

私が何か気に障《さわ》ることでもしたのだろうか。これといって思い当たる節《ふし》はなかったが、姑《しゅうとめ》と義姉二人は、結婚以来私のすることなすことすべて気に食わない。それを考えると、説教したいことは山ほどあるのかもしれない。

「実は有力者のコネがあるんだがね」

「コネ、といいますと？」

自分でも気づかないうちに緊張していたらしい。頭の中で、コネ、コネ、コネと言葉が反響し、コネの反対はネコだ、などと考えて混乱していた。

「城南大学の付属中のことだ」

「えっ？」

息を呑んで舅を見つめた。

「母親としての淳子さんの意見はどうかね」

龍男が城南に入れる？

「是非、お願いしたいと思います」

「ほお」

舅は目を見開いた。「迷う余地なしか」

「はい。麻布《あざぶ》や開成《かいせい》なら入学後が心配です。勉強についていけなくなるかもしれません。でも、城南の付属なら万々歳です。全員がエスカレーター式で大学まで行けますから」

「それなら話が早い」

厳しい表情が少し緩《ゆる》んだ。

「有力者というのは私の古くからの知り合いでね。城南の理事をしている。淳太郎《じゅんたろう》のときは本人が嫌がった。そんなやり方は卑怯《ひきょう》だと言ってね」

初耳だった。夫の淳太郎とは何度も中学受験について話をしたというのに。

「だが、行かせておけばよかったと今になって思う。たぶん淳太郎も後悔している」

「そうでしょうか」

「淳太郎は大手商社に入って世界中を飛び回りたかったようだ。だが、修英大学レベルじゃコネを使っても入れなかった」

知らなかった。

夫は親戚のコネで、地銀の中では大きい東都第一《とうとだいいち》銀行に勤めている。派手さはないが、安全確実な人生のレールに乗れたことに満足しているものだと思っていた。

「私も悪かった。まだ小学校六年生だった淳太郎に意向を尋ねたりしたのがそもそもの間違いだった。そういったことは子供には判断できなくて当然だし、酷《こく》なことだった。親がよかれと思ったなら、黙って決断すればいいことだったんだ」

「そうかもしれませんね」

「こういう類《たぐ》いのことは、知っている人間が少なければ少ないほどいい。だから、私と淳子さんだけの秘密にしよう。もしもこの先、誰かが不審に思って問いかけることがあっても決して口を割らんようにしなさい」

つまり、姑にも夫にも義姉たちにも内緒ということか。

「承知しました」

「つい口が滑ってしまったというのでは許されんぞ。傷つくのは龍男本人だからな」

「肝に銘じます」

「家内と娘二人はおしゃべりだし、おっちょこちょいだ。淳太郎は男のくせに人間的に弱い部分がある。だが、あんたは母親だし、北海道の荒野で生まれ育ったしっかり者だ」

実家は牧場であって、決して荒野ではないのだが……。まっ、そんな細かいことはこの際どうでもいい。

ああ、夢にまで見た城南大学……。我が子が、あの憧れの大学に通うようになる。

私の出た高校は進学率が低く、生徒はもちろんのこと教師ものんびりムードで、受験指導は全くなかった。そのため、大学進学を希望する生徒は、高校を卒業すると札幌《さっぽろ》の予備校の寮に入るのが普通だった。初めてのひとり暮らしが、花の大学生活か暗い浪人生活かでは雲泥《うんでい》の差がある。同級生の中には、孤独な都会生活に耐えきれずに家に逃げ帰る者もいた。一方で、早々に都会に染まってしまい、勉強もせず遊び呆《ほう》ける者も少なくなかった。

一浪の末、やっと修英大学に進学してみれば、そこには田舎者の知らない世渡り上手な人間がいた。短大や夜間部から昼間の四年制に編入してくる者や、付属校からエスカレーター式に上がってきた者などを見ると、十代の貴重な一年間を無駄にしてしまったように思えた。それに、偏差値の低い女子大が、〈お嬢様大学〉という名のもとにもてはやされていることにも驚いた。極めつきは、短大の方が就職に有利だったことだ。

子供にはうまく生きていってもらいたいと思う。都市部に住んでいる利点を生かして、是非とも大学の付属校に入れたかった。

「よろしくお願いします」

頭を下げた。

「ここだけの話だが、孫の代になったときの我が家の跡取りは、龍男しかいないと私は見ている。翔太郎ではちょっと無理がある」

「はい、確かに。残念ながら翔太郎は……」

次男の翔太郎のことを考えると暗い気持ちになる。舅も同じ思いなのか、悲しげな目をして黙ってうなずいた。

翔太郎は誰に似たのか、風変わりな子供だった。そのことに最初に気づいたのは幼稚園に入ってすぐの運動会だ。園庭で輪になってお遊戯《ゆうぎ》をするとき、翔太郎はじっとしたまま動かなかった。あらぬ方《かた》を見つめ続け、最後までぼうっと突っ立っていた。そんな園児はひとりだけだったので、大層目立った。

それをきっかけに、ほかのお母さんたちから同情の目で見られるようになった。

その次の学芸会も同様だった。

その次の次も同じだった。

単にお遊戯が嫌いなだけだ、もしくは団体行動が苦手な性格なのだ。そう思おうとした。男の子がお遊戯ができないからといって、将来なにか支障があるだろうか。何ひとつないではないか。考えようによっては、却《かえ》って男らしくていいくらいだ。だったら気にする必要はない。そう自分を励ました時期もあった。

しかし、小学校に入学したあとも状況は変わらなかった。夏休みに入る直前、翔太郎が持ち帰った成績表を見て愕然《がくぜん》とした。それまで封印していた嫌な予感が的中した。

――翔ちゃん、先生のお話をちゃんと聞いてる？　授業中ぼうっとしてるんじゃない？

――ダメじゃないの、こんな点を取って来て、いったいどうするつもりなの。

成績だけじゃなかった。小学校三年生になった今でも忘れ物が多い。

この子は生まれつき頭が悪い。そんな子供に向かって努力だなんだと迫るのは酷《こく》というものだ。子供らしくのんびり育てばいい。将来は実家の兄に頼んで、牧場で牛の世話をさせてもいいんだし。

そうだ、そうしよう。実家が牧場を経営していて本当によかった。もう金輪際、ガミガミ言うのはよそう。

そう思えるようになるまで、心の中で幾度《いくど》も葛藤《かっとう》を繰り返した。しかしいったん心を決めてからは、成績のことで翔太郎を叱《しか》るのをやめた。今では、母屋の方でも、翔太郎は自由にさせてやろうという雰囲気ができあがっている。

午後は久しぶりにぐっすりと昼寝をした。舅の話を聞き、肩の荷が下りたからだろう。ここのところ、龍男の模擬試験の結果にショックを受け、よく眠れない日が続いていた。

「ただいま」

翔太郎の声で目が覚めた。

「あら、やだ。もうこんな時間」

時計を見るともうすぐ夕方だった。二時間も眠ってしまったらしい。

翔太郎はランドセルを背負ったまま、私が寝そべっているソファに駆け寄ってきて床に膝《ひざ》を落とすと、大事そうに両の手のひらをそっと開いた。

「僕、バッタ見つけたんだ」

「へえ、どれどれ」

翔太郎の手のひらを覗《のぞ》き込む。「きれいな緑色ね」

そう言うと、翔太郎は嬉《うれ》しそうに微笑《ほほえ》んだ。

「翔ちゃん、今日はどんなクッキーを作るの？」

「僕、もうクッキーは作らない」

「えっ、どうして？」

「やめたんだ」

「なんでそんなこと言うのよ。もったいないじゃない。どんどん上達してたのに」

小学生とは思えないほどクッキー作りが上手だった。材料がいいこともあるだろうが、サクサクとして美味《おい》しく、どんな店にも負けないほどだった。アーモンドや胡桃《くるみ》を混ぜ込んだものや、アイシングで模様をつけたものもあった。あまりに上手だから、毎回写真を撮っていた。

「今年のクリスマスは翔ちゃんに頼もうと思ってたのに」

「何を？」

「だからツリーに飾るオーナメントのクッキーよ」

「なんでそんなにがっかりすんのかなあ。クッキーくらい買ってくればいいじゃん」

そういう話じゃない。パティシエになれるかもしれないと期待していたのだ。多少頭が悪くても、子供の頃からひとつのことを究《きわ》めれば、将来なんとかなるのではと思っていた。

やはりこの子は実家の兄に指導されながら牛の世話をするしかないのか。兄が元気なうちはいいが、そのあとはどうなるのだろう。

姑はといえば、出来の悪い孫が不憫《ふびん》らしく、一流の道具を買い揃《そろ》えてくれた。クッキー作りの本はもちろんのこと、わざわざ専門店へ足を運んで、全粒粉だの無塩バターだの乾燥オカラだの次々に買ってきた。翔太郎は学校から帰ると台所へ直行し、クッキー作りに熱中するのが日課だった。

家族みんなが、翔太郎の将来はパティシエで決まりだと考え、翔太郎の行く末に初めて明るい兆《きざ》しが見え始めていた。気の早い舅の本棚には、『フランスへのパティシエ留学』や『都内で開店するには』などの本が並んでいるのを私は知っている。

とはいえ、不安がないでもなかった。翔太郎は熱しやすく冷めやすい。クッキーの前はファッションデザイナーになるのではないかと家族中が期待していた。

きっかけはゴミ袋だった。ゴミ袋をすっぽりと頭からかぶり、首と腕だけを出し、ワンピースのように着た。姿見の前に立ち、翔太郎が満足そうに笑った光景を今もはっきり覚えている。姑が孫可愛さに様々な色のゴミ袋を探しては買って来た。それらを組み合わせて、これまた色とりどりのテープで留めて、宇宙人が着る服やら、弥生人《やよい》の貫頭衣に似たものを次々と開発していった。

その前は犬だった。猫はどんな種類でも外見はそれほど変わらないが、犬は姿かたちがこんなに異なっているのに、同じ〈犬〉という枠で囲うのがどうしても納得できないようだった。図書館に通っては犬のことを調べ、狼《おおかみ》との違いも研究したようだ。

そのときも期待したのだ。もしかしたら動物関係の仕事に就《つ》けるかもしれないと。

それなのに……。

あーあ、またしても親バカだった。

翔太郎は次々と興味の対象が移り、自分なりに納得したらすぐに飽きる。

でも、最後の手段として牧場がある……。

親の気苦労も知らず、翔太郎はバッタを空き瓶に入れると、大切そうにそっと胸に抱いた。

2　二〇〇二年秋　国友明美《くにともあけみ》・四十三歳

百香《ももか》には、私の二の舞を演じさせたくない。

「ねえ、百香。高校を卒業したら看護学科に進むのがいいと思うよ」

私のように、大学を出たところで結局は専業主婦になったというのではダメだ。

百香が生まれてからずっと、どんな職業で独り立ちをさせるべきかを考え続けてきた。

ピアニスト？

バレリーナ？

ヴァイオリニスト？

フィギュアスケーター？

そんな狭き門にチャレンジさせる気には到底なれなかった。もっと確実で現実的な道に進ませてやらねばならない。だから、百香には幼い頃から習い事は一切させてこなかった。どうせモノにならないのに時間もお金ももったいない。私自身も周りの友人たちも、小学生の頃には様々な習い事をしたが、それで身を立てている人間などひとりもいない。

学校の先生になるのも手堅くていいと思ったが、昨今はストレスで休職している人が多いと聞く。となると、やはり医療関係しかない。本当なら女医になってもらいたいところだが、百香の脳ミソでは医学部はとても無理だ。その他の医療系といえば、レントゲン技師や理学療法士や臨床検査技師、臨床心理士など色々ある。しかし、私なりに調べたところ、それらの職は医者や看護師ほど人手不足ではないらしい。それどころか、卒業年度によっては就職が厳しいこともあると聞く。となると、やはり看護師しかない。

「お母さん、もういい加減にしてくれない？　看護師、看護師って、もう聞きあきたよ。私には向いてないんだってば」

そう言うと、百香はナスの味噌汁をずずっと啜《すす》った。

百香はバドミントン部の練習でへとへとになって帰宅するから、今までなかなか話ができないでいた。しかし、進路志望の提出期限が迫っている。高三からは理系と文系にクラスが分かれるのだから、今夜こそちゃんと話をしなければ。

「あー疲れた」

百香が首をポキポキと鳴らしながら回す。「このマンション、駅から遠すぎ」

「そんなこと言わないでよ。住宅ローンもまだ残ってるんだから。それに東京にしては広い方よ」

バブルのときに高値で買ったマンションだった。

「少しくらい狭くてもいいから、もっと都心に住みたいよ」

私もたまには都心に出かけて、華やかな気分でデパート巡《めぐ》りでもしようかと思うときがある。しかし、バス代と電車賃で往復千円近くすることを思った途端、気持ちが萎《しぼ》むのが常だった。

「なに贅沢《ぜいたく》なこと言ってんの。庶民が都心にマンションなんて買えるわけないでしょ」

「都心は無理でも、せめて駅前だったらよかったのに」

「いくら郊外でも駅前となると高いのよ」

「やっと駅に着いたと思ったらバスに乗んなきゃならないっていうのがさ、あーあ」

百香が通った小学校はベランダから見下ろせるし、中学校は徒歩三分の近さだ。しかし、新宿区にある都立高校に入学してからは、いきなり遠くなった。部活の疲れもあってか、夕飯を食べて入浴すると、死んだように眠ってしまう。勉強しているところなど見たことがない。

「私は英文科に行くって決めてるからね」

そう言うと、大根おろしをたっぷりとトンカツに載せ、その上にポン酢を器用にほんの少し垂《た》らしてから、大口を開けてかぶりついた。

「英文科はダメだってば。もう何度も言ってるでしょう。私の時代はね、女の子のほとんどが文学部に進んだから、みんな就職に四苦八苦したの。何社もまわって、やっと中小企業に就職できたものの、仕事はお茶汲《く》みとコピー取りだったんだから」

「羨《うらや》ましいよ」

「羨ましい？　いったい何が？」

「だって、お茶を淹れたりコピーを取ったりするだけで、ちゃんと給料もらえてたんでしょう？　それも正社員だったんだよね？　今の世の中、そんなのありえないじゃん」

百香と話していると、いつも論点がズレる。

「あのね百香、私の世代の女性はね、結婚して子供ができた途端に両立できなくなって、結局は主婦になってるの。そんなの馬鹿馬鹿しいと思わない？」

「全然思わないよ。専業主婦で食っていけるなんて結構なことじゃないですか」

いきなり丁寧語に変わる。

親を馬鹿にして。まったく。

「真面目に聞きなさい。今や帰国子女が珍しくない世の中なのよ。百香のクラスにもいるじゃない。いくら英語が得意だからって、ネイティブの子には太刀《たち》打《う》ちできないわよ」

「そんなこと言われたって、私は英語以外に得意科目はないんだし」

「あのね、何が得意だとか得意じゃないとか、そんなこと、この際どうだっていいの。就職に有利か不利かが問題なのよ」

「マジうざい」

百香が吐き捨てるように言う。「自分のこと棚に上げて、お母さんだって仏文科だったじゃん」

「だから言ってるんじゃないの。私のようにならないでほしいの。百香のためを思って言ってるんだから、素直に聞きなさいよ」

「そういえば、お母さんはなんで仏文科に進んだんだっけ？」

「英語がすごく得意だったからよ。これ以上、学校で習う必要はないと思ったから別の言語を勉強しようと思ったの」

「ほう、それはそれは。で、卒業してからどんな職業に就こうと思ってたの？」

「具体的には……考えてなかったけど」

百香がふっと鼻で嗤《わら》った。

「だって、そういう時代だったんだもの」

自分でも思う。なんだったんだろう、あの頃の自分。

どうしてもっと真剣に将来のことを考えなかったんだろう。でも私だけじゃない。仲良し三人組だった淳子も紫《ゆかり》も将来のことなんて具体的には考えていなかった。就職活動のときになって、初めて厳しい現実と直面して愕然とした。三人それぞれが小さい会社に就職できたものの、数年後には結婚し、妊娠と同時に会社を辞めた。育児休暇制度もなければ保育園に空きもなかった。

それでも、子育てをしながらなんとか収入を得ようとして、大学受験のＹＸ会の通信添削の仕事を始めた。今も続けていて、もう十五年目になる。

採用試験での国語の出来がたまたまよかったものだから、難関国立大文系コースの国語を担当させられた。漢文や古文は指導者用の解答の例文や説明を読めばどうにかなるが、現代国語はそうはいかない。自分で深く理解していないと、バラエティに富んだ生徒の回答を添削することは敵《かな》わない。いまだに毎回頭をかかえていて、想像以上に時間を取られている。

年収は八十万円くらいにしかならないから、時給に換算したら、たぶん三百円以下だ。そもそも修英大卒レベルのオバサンなんかが、東大を狙う超有名私立高生が書いた答案の添削をしてるって、どうよ。

パートに出た方がお金になるのはわかっている。大卒女子を内職という形で安く使うYX会の姑息《こそく》さにも腹が立つ。しかし、家でできる仕事は時間の融通も利くし、百香が小さかったときに家にいてやることができた。そのうえ、添削指導員という仕事は、四年制大学を卒業していることが条件なので、プライドも保てる。だが考えてみると、採用時に卒業証明書の提出を求められなかったから、学歴なんていくらでも誤魔化せるし、中にはそういう人もいるかもしれない。

「お母さん、よく考えてみてよ」

百香はほうれん草の胡麻《ごまあ》和えをきれいに平らげてから続けた。「看護師っていうのは大変な仕事だと思うんだよね。ミスは許されないでしょ。どう考えても私には向かないよ」

「だからね、向くとか向かないとか関係ないの。これからどんどん厳しい世の中になるわ。少子高齢化で経済的にももっと危《あや》うくなる。そんなときに役立つのが国家資格よ。例えば百香が結婚して専業主婦になったとしても、資格さえ持っていればいつだって再スタートできるのよ。シングルマザーになる人も増えてるんだし」

「じゃあ聞くけど、もしもタイムマシンで過去に戻れたら、お母さんは看護師になるの？」

「えっ？　それは……もちろんよ」

「あっそう。そんなになりたきゃ今からでもお母さんがなればいいんだよ。とにかく私は英文科以外には考えられないからね。ごちそうさま。美味しかったよ」

　そう言うと食器を重ねて流しに運び、その足で自分の部屋へ行こうとする。

「百香、ちょっと待ちなさい。まだ話は終わってないのよ」

　百香は機敏な動作で振り返り、私をじっと見つめた。「お母さん、テレビドラマで外科手術のシーンを見たことがあるでしょ。緊急オペの場面を思い出してみてよ。看護師はみんなてきぱきと働いてる。医者の考えることを先回りして、あれこれ準備してるよ。医者が『メス』って言う前に、すぐに渡せるようにメスを手に持ってるじゃん。みんなめちゃくちゃ頭良さそうだよ。私みたいなうっかり者があんな人になれると思う？　一歩間違えたら殺人犯になっちゃうんだよ」

「病院側だって看護師の能力をちゃんと見て配置するでしょう。百香なら外科や救急には配属されないと思うよ。訪問看護で老人を在宅ケアする仕事もあるんじゃないの？」

「そんな老人介護みたいなことなら、もっとやりたくないよ」

「じゃあ精神科っていうのはどうなの？　ああいうところなら大丈夫なんじゃない？」

百香がちらりと私を見る。軽蔑《けいべつ》を含んだような目つきのまま何も言わない。

「百香、何も大病院に勤めなくてもいいのよ。入院施設のない個人病院ならそんなに大変には思えないわ。たとえば駅前の鈴木《すずき》皮膚科の看護師さんなんて、いつもぼうっと突っ立ってるだけじゃない」

「ああは見えても裏では大変なんじゃないの？」

「そうは思えないけど」

「そもそもあんな小さな病院だったら医者に気に入られなかったらアウトじゃん。狭い空間に医者と看護師と受付のオバサンの三人しかいないんだから、人間関係がすんごく濃いよ。たぶん私は耐えられない」

「だからね、耐えられるとか耐えられないとかいう考えがそもそも甘いんだってば」

「ああいう看護師ってパートなんじゃないの？」

「そうなの？　パートじゃダメね。じゃあ薬剤師はどう？」

そう言いながら、自分の時代と何ひとつ変わっていないとつくづく思った。私が高校生のとき、優秀な女子は薬学部に行くのが、うちの田舎じゃ常識だった。

百香は優秀じゃないけれど、努力したらなんとかなるのではないか。いま既に高校二年の秋だが、現役でダメだったら浪人すればいい。

「は？　薬学部ってバリバリ理系じゃん。私には無理に決まってるじゃない」

「来年から理系クラスに入ればなんとかなるわよ」

「本気で言ってる？　なんとかなるわけないじゃん。それに、薬学部を出たあとどうすんの？」

「薬剤師になるに決まってるじゃないの」

「だから、どういう仕事をするのかを聞いてんの」

「百香、薬剤師の仕事を知らないの？」

なんと世間知らずな子だろう。

「薬剤師っていうのはね、製薬会社の研究室で研究したり」

言いかけて、それはエリート中のエリートだと思う。百香には無理だ。

「お母さん、要は薬局のレジやってるオバサンのことでしょう？」

「それだけじゃないわ。レジの裏側に調剤室があるでしょう。あそこで薬を調合するのよ」

「調合？　私、医者からもらった処方箋《しょほうせん》を持って何度か行ったことあるけど、あのオバサンたち調合なんてしてないよ。薬なんて最初からみんなカプセルに入ってるじゃん。それを袋に詰めてるだけだよ」

「あのね、そんな簡単なものじゃないの」

「ほとんどの客がバファリンくださいとか新ルルA錠くださいって言って買っていくじゃない。スーパーのレジより簡単だよ」

「それは素人《しろうと》考えよ」

「じゃあ聞くけどお母さん、最近薬局でなに買った？」

「何って急に聞かれても……シャンプーとかティッシュとか歯ブラシとかアイシャドウとか。この前は薬局のくせに、なぜか柿ピーが安売りしてて、お父さんのビールのつまみにと思って買ったり」

「スーパーとどこが違うの？」

「えっ？　なに言ってるのよ。全然違うわよ。新薬が出たり廃棄になったりはしょっちゅうだし、それに応じて勉強会やら服薬指導やら病気の知識も深めないといけないらしいし、日々勉強していかないとダメだって聞いたことがあるわ」

「だったら余計、私には無理じゃん」

「どうしてそういうふうに考えるわけ？　大変な分、やりがいがあるじゃないの」

「理系で頭の切れる人がやる仕事だよ」

「国家資格ほど強いものはないのよ。もっと真剣に考えなさいよ」

言いながらも、心の中はだんだん負けを認める方向に傾いていた。

百香は、薬局で働く自分の姿、看護師となって働く姿を想像して、自分には向いていない、能力的に無理だと判断している。果たして私はそこまで具体的に考えていたか。百香の感覚の方が正しいのではないだろうか。

いや、違う。

そうじゃないんだってば。

そんな甘いことを言っている場合じゃない。自分に向いている仕事に就ける人間なんて、ほんのひと握りじゃないの。誰しも食べていくために黙々と働いている。

「お母さん、私の中学時代の部活の先輩で薬学部に行った女の人が二人いるんだけどね」

「知ってるわ。背の高い大庭《おおば》さんとショートヘアの似合う朝山《あさやま》さんでしょう」

「そう、そのショートヘアの朝山先輩ね、このまえ退学したよ」

「どうして？　もったいないじゃない。いったい何を考えて？」

「授業が難しくてついていけなかったんだってさ。そういう人が結構いるらしいよ」

「ほんと？」

授業が難しいなんて、文系出身の自分には考えられないことだ。

「背の高い大庭さんはね、いま二留中。国家試験もすごく難しいらしいよ。言っとくけどお母さん、あの先輩たちは中学時代、私よりずっと優秀だったんだからね。二人とも神田《かんだ》川《がわ》高校に行ったことからして、私なんかとは生まれつきデキが違うんだから」

「そんな……」

「あのねお母さん、人間あんまり無理するとロクなことにならないと思う。そんな顔しなさんなって。私はお母さんが現実的な人間でほんと助かったと思ってるよ。だってうちのクラスのマヤちゃんやトモリンのお母さんたちなんて、『努力すれば東大だって入れるはずよ』って言うんだってさ。若いときに真剣に受験勉強した経験がない母親って恐ろしいね。そんな母親のもとに生まれたら災難だよ。マヤちゃんたちに『うちのお母さんは若いときにちゃんと勉強したから能力には限界があることを知ってるよ』って話したら、みんな羨ましがってた。あんたが母親でマジよかったよ。じゃあ、そういうことで」

百香は今度こそ振り向かずに自分の部屋に入ってバタンとドアを閉めた。

ドアを見つめていると、大学時代に仲良しだった淳子と紫に無性に会いたくなってきた。彼女たちなら私の気持ちをわかってくれるはずだ。大学四年のときに互いに就職で苦労した仲だ。

あっ、そうじゃない。

子供の進学で悩んでいるのは我が家だけだ。それぞれの第一子は、みんな同い年だが、淳子の息子の龍男くんは、城南大学付属高校に通っているから、この先なにも心配はない。ストレートで大学に進めるし、城南といえば就職口はたくさんあるだろう。

子供を中学から城南に入れるとは、淳子はなんて賢《かしこ》い母親だろう。北海道の牧場でのんびり育ったというのに、都市部での現実をきちんと見極めている。

それに比べて、私は田舎モンのまんまで進歩なし……。

紫に及んでは、もうとっくに子育ては終わったも同然だ。紫の娘の杏里《あんり》ちゃんをテレビで見ない日はない。子役というより既に女優の風格が出てきた。

淳子も紫も、子供に関してなんの心配も要らないうえに、うちと違って経済的余裕もかなりのものだ。会って話したところで共通の話題なんてないかも……。

一年ぶりに女子会をやりたいと思った気持ちがいきなり萎《しぼ》んだ。

3　二〇〇二年冬　シュベール千代松《ちよまつ》紫《ゆかり》・四十三歳

その話はきっぱり断わったはずだ。

テレビには出たくない。

不特定多数の人にプライベートを知られるなんて真っ平ごめんだ。

怒りを抑えるため、そっと深呼吸した。

「ですが、お母様、もうこれは決まったことなんです」

娘のマネージャーは言葉巧みだった。芸能界の裏方として長年生きてきたからか、酸《す》いも甘いも噛み分けたような顔つきだ。グレーの上質のスーツを着て、インテリ風の眼鏡をかけているが、堅気《かたぎ》の匂いがまるでしない。去年までは、品のある若い女性がマネージャーだったのだが、結婚して退職し、そのあとを引き継いだのが、いま目の前にいる彼女だった。

「この話が出た時点でお断わりしたはずです」

甘く見ないでもらいたい。口先で誤魔化されるほど馬鹿じゃない。

「お母様はいったい何がご不満なんでしょうか。これは杏里ちゃんにとって、とても大切なことなんです」

自分より五歳も年上の女にお母様と呼ばれるのも不快だった。

「ファンはみんな杏里ちゃんのプライベートを知りたがっています。お父さんはフランス人だから、きっと素敵なおうちで育ったんだろうな、お部屋はどんな壁紙かしら、お父さんはハンサムかしら、女の子のファンなら色々と想像しています。ファン心理から申しましても、プライベートを公開するとぐっと親しみが増して、この先もずっと杏里ちゃんのファンでい続けてくれるんです。何があっても裏切らないファンというのは本当に有り難いものですよ。逆に、プライベートを隠そうとすると、変な噂《うわさ》が立つこともあるんです」

「例えばどういった噂ですか？」

「ハーフの子の生まれ育った環境というのは、だいたい二分されます。父親が知的エリートでリッチな家庭の場合と、流れ流れて日本に辿《たど》りついた末にアルバイトか何かでやっと食いつないでいる貧乏な家庭です。後者の場合、子供が芸能界で稼いでいるとなれば、父親は働きもせずに子供のギャラを当てにして生きています」

　まさにうちは後者だ。

　それを知ってて、しゃあしゃあと吐《ぬ》かす。それがこのマネージャーの本性だ。

　ふうっと溜め息をつきながらバルコニー側の大きな窓を見た。鉄筋三階建ての最上階を客間にしたのは正解だった。自然光が降り注いでいて清々《すがすが》しく、近所の公園の木々が見渡せる。

　この家は三ヶ月前に完成したばかりだ。都心の一等地に注文建築の一戸建てを建てた。資金の出所は、芸能界での杏里のギャラである。十七歳で家を建てられるのだから、つくづく芸能界とはすごいところだと思う。

　夫のレイモン・シュベールは怠《なま》け者だ。語学学校でフランス語の講師をしているが、何度頼んでも講座のコマ数を増やそうとしなかった。それどころか、杏里が子役で稼ぐようになってからコマ数を減らした。

「女優というのは夢を売る仕事なんです」

マネージャーは声のトーンを変えた。攻撃的だった声音が、低く優しい声に変わった。

その横で、杏里は何も言わずにうつむいているが、母親の私よりもマネージャーを信頼しているのは明らかだ。その証拠に、『芸能人のお宅拝見』に出演するのを私はきっぱり断わったというのに、今日こうしてマネージャーを家に連れて来ている。

「夢を売る仕事？　だったらなおさらうちは不合格だと思いますよ。夫のレイモンは杏里の稼ぎを当てにしているような父親ですから」

「ママン、そういう言い方やめて」

杏里が悲しそうな目でこっちを見る。

「お母様、芸能人というのはみんな、身内や過去を嘘で塗り固めて美化しています。例えば演歌歌手であれば、故郷を懐かしんでみせるとき、母親がどれほど愛情深く自分を育ててくれたか、貧乏な中にあっても、自分よりも相手の気持ちを考えなさいというような道徳的規範をしっかり教えてくれたなどと、ありもしないことを平気で言うんです」

マネージャーはコーヒーをひと口飲むと、前のめりになり、口調に熱をこめる。「お母様、赤貧生活の中で子供に愛情をかけることなんてできると思いますか？　働けど働けど楽にならない生活を想像してみてくださいよ。食うや食わずの生活をしていたら心身ともに荒れ果てます。子供に愛情を注ぐどころか、邪険に扱うに決まってるじゃないですか。

歌がヒットして大金を稼ぐようになった途端、手のひらを返したように子供にすり寄ってきて、小遣いをせびるんです。よくあるパターンですよ。親を恨《うら》んでいる歌手なんて掃いて捨てるほどいます」

「……はあ」

だからなんなのだ？

マネージャーの口車に乗せられないようにと、さっきから気をつけてはいるが、それ以前に彼女の意図するところがわからなかった。

「ですからお母様、家族を美化するのは簡単ですし、芸能人ならみんなやってるんです」

「それはつまり、嘘で塗り固めた内容を放送するから心配するなということですか？」

「さすが杏里ちゃんのお母様、頭の回転が速いこと」

そう言ってにっこり笑う。

褒《ほ》めたつもりなのだろうか。そんなことで喜ぶような単純な人間だと思われていると思うと、余計に腹立たしくなる。

「美化しますとね、精神にも良い影響を与えるものなんです」

マネージャーは私の不満そうな表情を見て慌てたのか、早口で付け加えた。「というのはですね、嫌な過去は忘れて、いいことだけを思い出すよう自分に暗示をかければ、気持ちも明るくなりますし、明日への活力になるんです」

彼女は宙に目を移し、つぶやくように続けた。「明るく生きなくっちゃ。だって恨《うら》みつらみを思い出したところで、いいことなんてひとつもないもの」

まるで自分に言い聞かせているようだった。彼女の人生も、苦労の連続だったのだろうか。

「お母様、こういう父親像はいかがでしょう。ご主人はフランスの大学の客員教授である。そして日本ではミッション系の高校で教鞭《きょうべん》を執《と》っている。ご主人は仕事でフランスへ行くことも多い。フランスから帰ってきたときは、必ず杏里ちゃんにかわいらしい小物やら洋服やらのお土産を買ってきてくれる。そうだわ、フランス製の洋服やお菓子を紹介するのもいいですね。真実味が増しますから。もしかしたら企業から広告料が取れるかもしれませんしね。お父様が優しくてリッチでインテリとなると、ファンから見たらそりゃもう憧れの家庭ですよ」と、またもや取ってつけたようににっこり笑う。

「うちの夫が大学や高校の先生だなんて、そんな嘘、すぐにばれますよ」

「私の長年の経験から申しましても、ばれることはありません。だって具体的な学校名を出さないんですから。すべてにおいてぼかした表現をするつもりです」

「余計におかしいと思われますよ」

「仕事上差し障《さわ》りがあるから具体名は出さないでほしいと要望する人はたくさんいます。だから決して不自然ではありません。それに、これはお母様にとってもよいお話ではないでしょうか？」

「どういう意味ですか？」

「お母様は名門の出だと聞いています。そしてご実家から勘当されたままだとか」

私は思わず杏里を睨《にら》んだ。

杏里自身のことだけならまだしも、私という母親の、それも実家との関係までマネージャーに話す必要がどこにある？

「ママン、ごめん。話の流れで、ついしゃべっちゃったの」

杏里は悪くない。この手練手管《てれんてくだ》の女性に、たかが十七歳の小娘が敵うわけがない。

「都心の一等地に建つ立派な家で豊かに暮らしている、そんな様子をお母様のご実家の方々が、ご覧になったらどう思われるでしょう。差し出がましいことを申すようですが、勘当も解けるんじゃありません？」

そのとき、階段を上がってくる軽快な足音がした。

レイモンが帰って来たらしい。

「紫サーン、冷蔵庫に入ってるピッツァ食べてもいいデスカ？」

言いながら部屋に入ってきた。「あっ、失礼。お客様デシタカ」

「お初にお目にかかります。私、杏里ちゃんのマネージャーをさせていただいております、榊原芯子《さかきばらしんこ》でございます」

そう言って、彼女は名刺を差し出した。

「ドーモー初めまして。杏里チャンがイッツモお世話になってマス。ボク、お父さんデス」

「素敵だわあ。想像以上にハンサムなお父様」

「いやあ、それほどでも」

レイモンがさほど嬉しそうな顔をしないのはいつものことだ。日本人から見たら、白人の八割方がハンサムに見えるということに、長年の経験でウンザリしている。

「ご主人は日本のアニメがお好きだと杏里ちゃんからうかがっていますが」

「大好きデス」

レイモンは買って来たばかりなのか、書店の紙袋を手に提げていた。見るからにずっしりと重そうだ。以前は古本屋しか行かなかったのに、杏里の稼ぎが多くなってからは、新刊の発売日にいそいそと書店に出かけるようになった。

「マネージャーさん、よかったら、ボクの部屋、見マスカ？」

成長しない男だ。死ぬまで子供のままなのだろうか。マネージャーがわざわざ家まで来るのは初めてのことなのだ。なんの用事で来たのか、親ならまず最初に気になって当然ではないのか。父親としての自覚はどこにある。それに、妻がこんなにムスッとしているというのに、なぜ気づかないのか。それとも見て見ぬふりなのか。

レイモンは楽しいことだけが好きだ。つらいこと、面倒なことは大嫌いだ。そりゃあ人間は誰だってそうだけれど、みんな苦難を乗り越えて生きている。

──人生一度きりダヨ。楽しまなくっちゃネ。

レイモンの口癖であるこの言葉を、日本人男性にはない広い視野だ、なんと素敵だろうと思った若かりし日の、あまりに世間知らずの自分が、今では恥ずかしい。

「お言葉に甘えて拝見させていただいてよろしいですか?」

マネージャーが私の顔色を窺《うかが》いながら立ち上がった。

レイモンとマネージャーがリビングから出て行くのを慌てて追いかけた。目を離すと、レイモンの非常識なオタクぶりが炸裂《さくれつ》する恐れがある。

「まあ、すごい。このフィギュア、お父様がお集めになったんですか?」

「そうなんデス」

レイモンは嬉しそうに顔をほころばせている。

幼稚園児じゃあるまいし、いい歳をしてフィギュアを集めるような男性が、私は大嫌いだ。

総額いくらするのか気になるが、一度も尋ねたことはない。知ってしまったら、レイモンに対する軽蔑が一気に憎しみに変わる予感がする。

「このお部屋を見たら、杏里ちゃんのファンだけじゃなくて、日本人全員が喜ぶこと間違いなしです。だってフランス人が日本の文化を高く評価してるってことでしょう? 日本人は、欧米人に褒められるのが何よりも好きですからね」

馬鹿馬鹿しい。

しかし……都心の一等地の、それも、こんな立派な家に住んでいることを知ったら、博多《はかた》の父はどう思うだろう。結婚以来二十年近く、父には会っていない。母はお茶会で上京するたび内緒で会いにきてくれるから、こちらの内情はほぼわかっているはずだ。三人兄妹のうち、娘は末っ子の私だけなので、母はなんとか勘当を解いてやりたいと思ってくれているが、父が頑《がん》として受け付けないらしい。

父が『芸能人のお宅拝見』を見たら、レイモンを見直すのではないか。まさか杏里の稼ぎで家を建てたとは思わないだろう。由緒正しい千代松家の娘である私が、十代の娘に生計を頼るなどという、そんな恥知らずなことをするわけがないと思うに決まっている。

お父様、実は私、恥知らずなんですよ。

もうそこまで落ちぶれてしまってるんです。

心の中で父に話しかけた。

私がプライドを保って暮らしていると父が思ってくれているならば、レイモンがフランスの大学や日本の高校で教えているという嘘を信じるのではないか。一介の勤め人が郊外ならともかく青山《あおやま》あたりに家を建てるのは難しいが、父には東京の細かな土地事情はわからないと思う。

——お父さん、もう勘当ば解いちゃらんね。こぎゃん立派な暮らしばしとるのやけん。

母がそう口添えしてくれるだろう。

考えてみれば、ずいぶん博多に帰っていない。

大学時代に仲良しだった淳子や明美は、盆正月になると夫や子供を連れて帰省しているらしい。そんな話を聞くたび羨ましくて仕方がなかった。大学時代にはほとんどなかったことだが年齢とともに郷愁《きょうしゅう》に駆られるようになってきていた。テレビ出演によって勘当が解ければ、私もちょくちょく里帰りができるようになる。

いつだったか、懐かしさのあまり、実家の近くに行ってみたことがあった。千坪の敷地は焼き杉の黒い板塀で囲まれていて中が見えないが、塀の中から子供たちの楽しそうな笑い声が聞こえてきた。長兄の子供たちの声に違いなかった。打ちのめされたように、その場に佇《たたず》んだ。知らない間に兄の代に引き継がれてしまった実家は、私を拒絶しているように思えた。子供の頃、そこは〈私の家〉だった。それなのに、私の許可なく兄の子供たちが自由に振舞っている。母から聞いた話では、私の部屋は兄の娘が使っているらしい。寂しくて悲しかった。

そのときから根なし草になった気がしている。

そして、強烈な孤独感とともに生きてきた。

なんだか急に淳子や明美に会いたくなってきた。この家で女子会をやるというのはどうだろう。今まで女子会といえば、いつも明美のマンションに集まった。ここに引越す前の我が家は、今にも崩れそうな木造モルタルアパートだった。高円寺《こうえんじ》のはずれにあるそれは、２ＤＫの狭さに足の踏み場もないほどレイモンの漫画本が置いてあって、とてもじゃないが人を呼べる状態ではなかった。

明美は結婚した当初は町田市にある公団の賃貸住宅に住んでいたが、頭金が貯まると、同じ市内の分譲マンションを買った。どちらも鉄筋のがっしりした建物で、都心から離れているからか十分な広さがあった。他人の家ながら、私の住むアパートよりずっと寛《くつろ》げた。

淳子の家にも一度だけ集まったことがある。淳子は大学時代のクラスメイトと結婚したので、私も明美も、淳子の夫のことはよく知っている。五十川淳太郎という名で、偶然にも淳子と〈淳〉の字が同じだ。結婚してからは八王子にマンションを借りて住んでいたけれど、途中から五十川くんの両親の家で同居を始めた。「同居といっても母屋と離れに分かれているから遠慮なく遊びに来て」と淳子は言った。五十川くんの家が目黒《めぐろ》の高級住宅街にあるとは知らなかったので、興味津々だった。明美は高知出身だし、私は博多出身だしで、東京都心の高級住宅街にある家とはどういったものか見てみたかった。

あの日はいい天気だった。門扉にはインターフォンが二つあった。〈五十川良蔵《りょうぞう》〉と〈五十川淳太郎〉と書かれていて、母屋と離れにそれぞれ通じるようになっていた。平日だったので、小学生だった杏里は連れて行かなかった。

インターフォンを押すと、淳子が玄関に現われた。土間を通り抜けて離れに行く途中で、もしも五十川くんのお母さんが顔を出したら、挨拶《あいさつ》しなければと心の準備をしていたが、出てこなかった。

離れは素敵な内装だった。光をうまく採り入れてあり、広々としていた。五十川くんのお母さんがロールケーキを持って来てくれた。近所からのもらい物だということだったが、温泉饅頭《まんじゆう》だとか日持ちのする煎餅《せんべい》だったらわかるが、生クリームのたっぷり入ったケーキを近所からもらったりするのだろうか。本当はわざわざ店で買って来たのではないかと勘繰った。それというのも、ケーキを置いてすぐ母屋に戻るだろうと思っていたら、そのままリビングに入って来てソファに座ったからだ。自己紹介をしなければならない雰囲気になり、私も明美も出身地や住んでいる場所などを言った。淳子のお姑さんというより、五十川くんのお母さんだと考えれば、私たちはみんな五十川くんの同級生でもあるので、それほどおかしなことではないと思い直した。

しかし、そのあとも、いつまで経《た》っても彼女は腰を上げなかった。こっちは気を使って愛想笑いするばかりで楽しくもなんともないし、淳子が何回も溜め息をついているのにも気づかない様子で、なんて空気の読めない人だろうと思った。

苦い思いで淳子の家を辞しての帰り道、明美は言った。

――淳子がかわいそう。いくら家賃が浮くからって、あれじゃあ気が休まる間もないね。

そうねと私はその場では同意したものの、後になって、あれが本来の家族の姿ではないかと思えてきた。博多の実家にも祖父母がいたから、同居はいいことばかりじゃないことは知っている。しかし、不平不満を互いに押し殺しながらも、結局は協力し合って生活していた。それに比べて、今の私は、誰にも頼れず不安と孤独を嚙みしめて日々を過ごしている。親に勘当されただけでなく、夫は経済力もないうえにちゃらんぽらんな性格だ。一方、淳子の家は強固で堅実だ。いくつもの財布があり、真面目な人間の集まりである。

あれ以来、淳子の家での女子会はやめになった。その後は、また明美のマンションに逆戻りした。明美にはお世話になりっぱなしだから、たまにはうちでやるのもいいかもしれない。

この家が完成したばかりの頃、明美一家と淳子一家を招待して、簡単な新築祝いのパーティを開いたことがある。それまで彼女らは決して口には出さなかったが、私の暮らしぶりを心配している節が見受けられた。だから、杏里の稼ぎで建てたとはいうものの、やっとまともな暮らしができるようになったのを見てもらいたかった。

女友だちの集まりでは、夫が医者だとか弁護士だとかエリートサラリーマンだとかをそれとなく自慢しあうこともあると聞く。しかし、私たち三人のうち誰かの夫が仮にエリートだったとしても、夫の経済力や地位を、自分の手柄のようにひけらかすことはないだろう。私たち三人が羨《うらや》むのは、エリートの妻ではなく、結婚して子供がいるのに社会で活躍している女性たちだった。

そういう感覚の女性が、私の世代では多くはないことを思うと、やはり二人は貴重な友人だった。類は友を呼ぶのか、私たち三人は共通した感性や考え方で結びついているのだとあらためて思う。

やっぱり二人に連絡をとってみよう。

4　一九九七年　五十川龍男・十二歳

学校が終わるとダッシュで家に帰った。

二日前から工事の人が家に来て、母屋の和室の壁を塗り直している。

母屋には、おじいちゃんとおばあちゃんと伯母さん二人が住んでいる。

昨日、僕は初めて壁を塗る作業を見た。

もうびっくりした。だって、あんな原始的な道具で（コテと呼ぶらしいけど）、どうしてあんなにまっすぐに壁を塗ることができるんだろう。まるで魔法みたいだ。

短い時間しか見学できないのが残念だった。学校から帰ってきたら、おやつを食べて、すぐに塾に行かなきゃならない。でも、壁を塗る様子をどうしても見たくて、今日からおやつは食べないことにした。

「坊や、こんなの見て面白いのかい？」

壁を塗っているのは白髪《しらが》のおじさんだ。頭に鉢巻《はちま》きみたいなのをして、ぶかぶかのズボンを穿《は》いている。おじいちゃんの古くからの知り合いで、マツさんと言うらしい。

「おじさんって、ほんとに上手だね」

「嬉しいこと言ってくれるじゃねえか」

「どこで習ったの？」

「十五のときに親方に弟子入りしたんだよ」

おじさんはコテに漆喰《しっくい》を載せて、すうっと壁に沿って滑らせる。白いのはペンキじゃなくて漆喰だと、きのう教えてくれた。

最初はでこぼこなのに、何回か撫《な》でるうちに真っ平らになる。跡が全然残らない。皺《しわ》も線もない。それが不思議で仕方がなかった。

今日も完璧だった。

「そんなにきれいに塗れるようになるまで、何十年かかった？」

「そうだなあ、一年くらいかなあ」

「えっ、たったの一年？」

「毎日こればっかりやってりゃあ、嫌でも上手《うま》くなるってもんだ」

「僕もおじさんみたいになれるかなあ」

「坊やは左官屋になりたいのかい？」

そう尋ねながらも、マツさんはいっときも手を休めることがない。

「うん、なりたい」

「そりゃあ無理だろう」

マツさんは壁に向かって振り向かないまま言う。

「どうして？」

「だって、こんな立派なうちに生まれた男の子は一生懸命勉強して大学に行かなくちゃ」

「……ふうん」

三年生くらいまでは勉強が大好きだった。計算問題も得意だったし、漢字もバッチリだった。だけど、中学受験の塾に入ってから、いきなりチンプンカンプンになった。全然面白くなくて集中できない。だけど、塾の友だちはみんな毎日努力している。偉いと思う。国語と算数はまだいいとしても、社会と理科はものすごい量を覚えなくちゃならない。今日こそやろうと思って塾のテキストを開いた途端に眠くなる。

——勉強っていうのはね、やればやるほど面白くなってくるものなのよ。

母さんはいつもそう言うけど、暗記のどこが面白いのか、僕にはさっぱりわからない。成績も伸びないし、この先も、僕は母さんの期待には応えられそうにない。

弟の翔太郎が羨ましかった。勉強もせずにクッキーを焼いてばかりいる。おじいちゃんもおばあちゃんも弟には甘い。それどころか、母さんまでが、いつまでも赤ちゃん扱いしている。

——翔ちゃんにはね、ちょっぴり残念なところがあるみたいなの。龍男はお兄ちゃんなんだから、優しくしてあげてね。

初めてそう言われたとき、僕はまだ小学校二年生くらいで、翔太郎は幼稚園だった。

「マッさんは大学出てないの？」

「十五から働いてるからね。中卒だよ」

「大学を出なくても左官屋さんになれるってこと？」

「もちろんさ」

そのとき、背後から足音がゆっくり近づいてくるのが聞こえた。

「龍男は左官屋になりたいのかい？」

おじいちゃんの声に振り返った。

なんて答えるべきか一瞬迷った。おじいちゃんも母さんと同じように、僕に期待をかけている。それは普段からひしひしと感じていた。たぶん、おじいちゃんは模擬試験の結果を見ていない。見たらきっとがっかりして、ダメなヤツという烙印《らくいん》を押すに決まっている。

それにしても、あの結果を見ても、母さんが何も言わないのが不思議だった。あんまりひどすぎて声も出なかったのだろうか。期待をかけられるのも苦しいけれど、この子はダメだとあきらめられるのもつらい。翔太郎はそういうの平気みたいだけどね。それとも気づいてないのかな。

最近の母さんは気味が悪いほど上機嫌だ。僕の成績が気にならなくなってしまうほどの、何かいいことでもあったのだろうか。

「龍男も塗ってみたいんだろ？」

図星だった。おじいちゃんが僕の顔を覗き込む。

「えっ？　まあ……そりゃあ、ちょっとはね」

おじいちゃんが、突然ニヤリとした。

僕の本心――壁を塗らせてくれるなら、一生おやつなしでも我慢できる――を見抜かれているような気がした。

「マツさん、そのコテはいくらぐらいするものなんだい？」

マツさんは、初めて仕事の手を止めて振り返った。「いま私が使っているのは確か千九百円だったと思いますがね」

「意外に安いんだな。龍男、おじいちゃんがひとつ買ってやろう」

「マジ？　でも、そんなことしたら、お母さんに叱られるかも」

「どうしてだい？」

「決まってるじゃん。そんな暇があったら勉強しろって言われるよ」

一日の中で、僕に許された自由時間はおやつタイムの二十分間だけだ。そのことはおじいちゃんだって知ってるはずだ。

「お母さんにはおじいちゃんから話しておこう。叱らないように頼んでみるよ」

「ほんと？」

「約束するよ」

おじいちゃんは笑いながら胸をポンと叩《たた》いてみせた。

「だけど、道具を買ってもらったとしても、僕がこの壁を塗るわけにはいかないよね？」

「それもそうだ。がたがたのぎざぎざの壁になってしまったら困るからね」

「いい考えがあるわよ」

突然、おばあちゃんの声がした。

振り返ると、にこにこしながら僕を見ていた。「納戸《なんど》の壁だったら多少見栄《みば》えが悪くても構わないわ。そうでしょう、あなた」

「それもそうだな。マツさん、漆喰を少し分けてもらえるかな」

「いいですよ。よかったら坊や、塗り方を教えてあげようか?」

僕は心底びっくりしてマツさんの背中を見つめた。

「マツさん、お忙しいのにすみませんねえ」

「いやいや奥さん、私なんかもう隠居の身ですからね」

「お店の方は息子さんに任せてらっしゃるのよねえ」

「そうなんですよ。だもんで私は昔馴染《なじ》みのお客さんに声をかけてもらったときだけ働いているようなありさまでしてね」

「あっヤバイ。塾の時間だ」

塾の鞄《かばん》は離れの二階に置いたままだ。走って取りに行かなきゃ。

「マツさんはいつまでうちに来るの?」

早口で尋ねた。マツさんに教えてもらえるチャンスを逃したくなかった。

「私は土日も来ますから、そのときに坊やに手ほどきしましょう」

「約束だよ。絶対、絶対だよ」

「約束しますよ、絶対絶対約束しました」

嬉しくて、勝手に顔がにやけてしまう。

「じゃあ僕、塾に行ってくるよ」

そう言って駈《か》け出した。背後でおばあちゃんたちの笑い声が聞こえた。

楽しい気分になったのは、いったい何年ぶりだろうと思った。

5　二〇〇二年　シュベール千代松杏里・十七歳

ママンは口うるさい。

小さかった頃はママンのことが大好きだったけれど（今も大好きには違いないけれど）、最近は鬱陶《うっとう》しいと思うことが多くなった。

「杏里、大学だけは行っておきなさいってば」

「私は女優として頑張っていくつもりだよ。大学に行って何を勉強するの？」

「紫サン、大学は無駄ダヨ。杏里チャン、フランス語もできる。女優の才能もいっぱい」

ママンはパパを睨んだ。

「レイモンと杏里はそっくりね。外見だけじゃなくて性格も」

これを言われるのがいちばん嫌だった。ママンはパパを軽蔑している。

確かに私はママンには似ていないと思う。ママンはとにもかくにも心配性だ。そして過去を振り返っては後悔ばかりしている。それに比べてパパはいつも人生バラ色みたいに楽しそうだ。

「あなたたちは二人とも刹那《せつな》的よね」

「セツナテキ、それ、何デスカ?」

「あら、刹那って言葉、知らない? 漫画に頻繁《ひんぱん》に出てきそうなもんだけど」

パパはママンに皮肉を言われても顔色ひとつ変えない。だからママンは一層怒る。

「今日さえ楽しければいい、明日は明日の風が吹くっていう考え方のことよ」

ママンは、小さなこと——たとえば換気扇の掃除とか衣替えとか——でさえ、前もって計画を立ててきちんとやり遂げなければ気が済まない人だ。

「セツナって言葉、知らなかったデス。勉強になりマシタ」

パパはわざとしらばっくれているのか、それとも皮肉が通じないのか、私にはいまだにわからない。

「杏里、あなた高校は卒業できるんでしょうね」

「うん、たぶんね」

「たぶん?」

ママンの表情が険《けわ》しくなった。

私の将来を心配して、あれこれ忠告してくれるが、その考え方はズレている。いまだにふたこと目には勉強しなさいと言うのが信じられない。演技の勉強ならわかるけど、ママンの言う勉強とは学校の教科のことだ。

マネージャーの芯子さんは言う。

——今が勝負どきよ。学校なんて行ってる場合じゃないわ。

ママンの考えとは正反対だけど、私の直感では芯子さんの方が現実的だと思う。

芸能人人口が爆発的に増えていることをママンだって知らないわけじゃないだろう。高校の授業を仕事より優先するようなめんどくさいタレントなんて、そのうち使ってもらえなくなるに決まっている。お呼びがかかれば、いつでもどこでもすぐにかけつける人が重宝されるのは、どこの世界でも同じじゃないだろうか。

——学校の授業だけは絶対に休ませないでください。

ママンはマネージャーに注文をつけ続けてきた。小学校や中学校のときはマネージャーも配慮してくれたけど、高校は義務教育ではないし、同じ年頃のタレントはほとんど通学していない。

「杏里、あなただっていつ売れなくなるかわからないでしょう」

そんなこと言われなくても芸能人ならわかっている。それが恐ろしくてみんな年がら年中、戦々恐々としているのだ。

「学歴がないせいで苦労する日が来るかもしれないでしょう」

カモシレナイ、カモシレナイ……ママンは常に最悪の事態を想定する。もしもマイナス思考の強さを競う大会があれば、ママンはきっとグランプリを取れると思う。

そのうえ、異性関係も心配でならないらしい。

――変な男性に引っかかっちゃダメよ。

――共演者の○○氏には気をつけなさい。

――結婚するなら、堅い職業についている男の人じゃないとダメよ。

――芸能関係者はやめた方がいいわ。できれば公務員がいいわね。

私はまだ十七歳。十年経っても二十七歳。結婚なんてずっと先のことだ。

ママンは自分の結婚が失敗だったと思っている。だから娘には失敗させたくないと考えている。

子供の頃は、ママンよりパパの方が好きだった。いつも苛々《いらいら》しているママンと違って、パパはいつだって優しいし、よく遊んでくれた。だけど、最近はママンの気持ちもわかるようになってきた。パパのようなタイプが夫だったら生活に困るから、頭に来て当然だ。

「何か資格を取っておいた方がいいと思うのよ」

「プルクワ⁉」

パパと私は、同時にフランス語で「なぜ⁉」と叫んだ。

パパがにっこり笑って手を高く上げたので、仕方なくハイタッチする。パパはこういうときでも明るい。だから、またママンの苛々がひどくなる。

「ママンの心配性は困ったもんだね」とパパがフランス語で言う。

「心配で言ってくれてるのはわかるんだけど、ちょっとズレてる」とフランス語で返す。

案の定、ママンは黙り込んだ。ママンは早口のフランス語を聞きとれない。

かわいそうだけど、話を切りあげたいときはパパとフランス語で話すに限る。私は忙しいのだ。それに、ママンが家族を何から何まで取り仕切ろうとするのは間違っていると思う。誰だって自分の思ったように生きたいんじゃないのかな。私とパパがママンの理想通りにやらないからといって、束縛《そくばく》されたり管理されたりしたら息が詰まる。ママンは、自分が正しいと思っていることが世間の常識だと思っているようだけれど、本当にそうかな。ママンの心の中には、「こうでなければならない」といったルールみたいなものがたくさんある。だけど、それはたぶん古いし、それを私とパパに押しつけるのはちょっと違う気がする。

「杏里、何度も言うようだけど、ハーフは太りやすいし老けるのも早いわ。将来のことを考えたら、大卒という肩書だけでもある方がいいと思うの」

今日のママンはめげなかった。

「その考え方は、現実的でナイ思うヨ」

パパの目が輝きだした。大議論になる予感がした。

退散した方が良さそうだ。

語学の天才であるパパは、フランス語はもちろん、日本語だろうが英語だろうがスペイン語だろうが、話し出したら止まらない。少々間違っていようが気にも留めずに機関銃のごとくしゃべりまくる。

「そもそも日本の教育、おかしデス」

「そうかしら」

「その証拠が、紫サンあなたそのものデショウ」

急いでパパのセーターの裾《すそ》を引っ張った。言いすぎるなという合図だ。ママンとパパが喧嘩《けんか》をすると悲しくてたまらなくなる。

それなのに、パパは私の手をそっと振り払った。

「紫サンは大学まで出てマスのに、フランス語も英語も話せないデショウ。それに、紫サンが今までやってきた仕事は全部、大学出ている必要ないデショウ。高校生のアルバイトと仕事内容おなじデス。ニッポンの大学、なんの意味アリマスカ?」

ママンは、この家に引越してくるまでは、お弁当屋さんでお総菜を詰めるパートに出ていた。

「は? 日本の大学に意味なんかあるわけないじゃない。卒業証書だけが大事なのよ」

そんなことも知らないのかとでも言いたげに、堂々としている。ママンも負けてない。

パパはアメリカ人みたいにお手上げのポーズをして、首を左右に振った。「紫サンはナンデモカンデモ心配しすぎデス。杏里チャンがもしも売れなくなったら、もしも太ったら、もしも老けたら。そんな心配ばかりしてマス」

「心配して何が悪いの？」

「悪いデス。精神を傷《いた》めマス」

「レイモンがどんどん贅沢になっていくのもすごく心配よ」

ママンはちらりと私を見た。私に遠慮して言葉を呑み込むのがわかった。たぶん、言いたかったのは、こういうことだ。

――杏里の稼ぎにずっとしがみついて生きていくつもりじゃないでしょうね。

「ボク、野垂れ死にＯＫデス」

「は？」

「そういう覚悟ないとヨーロッパ人はアジアなんて来れないヨ」

「あらら？　その言い方、おかしくないですか？　なんだか人種差別の匂いがしますけど？」

ママンがいきなり丁寧語を使い出したときは要注意だ。

「ママン、私なら大丈夫だから。太らないように気をつけるし、いつか老けるときが来たら、おばあちゃんの役で頑張るから。それに私はママンに感謝してるよ」

「え？」

ママンがきょとんとした顔で私を見た。いきなり話題が変わったからだろう。

「ママンのこと、教養があって上品だって、いつもマネージャーが褒めてるよ。私はママンの教えのおかげで、周りからちやほやされても自惚《うぬぼ》れずに済んだし、ほかのママンの中には、勘違いしてスタッフに色気を振りまく気味の悪い人もいるよ」

「紫サンはセージツで、いつもイッショケンメイ。ボクは紫サンのこと信頼してるヨ」

ママンは私とパパを交互に見た。

「あっそう」

にこりともせず、そうひとことだけ言って、ママンはコーヒーをがぶ飲みした。

6　一九七八年春　沢田《さわだ》明美・十八歳

東京駅構内をうろうろした挙句《あげく》、やっと中央線の乗り場を見つけたときはほっとした。停車しているオレンジ色の電車に乗り、端っこに空席を見つけて座ると、すぐに電車が動き出した。ふと顔を上げると、向かい側に座っている若い女の人と目が合った。

——あなた、田舎モンでしょ。

女の人の目が、そう語っているように見えた。

私って、ひと目見て田舎モンだってわかるんだろうか。

きっと、わかるんだろうね。
この服装、やっぱり田舎臭いよね。
そう思った途端、顔を上げられなくなり、膝の上に置いた自分の手をじっと見つめた。
それにしても、今日は長い一日だったなあ。
もうこれ以上乗り換えなくていいと思うと、安堵《あんど》の溜め息が漏《も》れた。あとは、このまま
この電車に乗っていって中野《なかの》駅で降りるだけだ。そこからアパートまでは歩いて十二分。
早朝から一日中、緊張しっぱなしだった。
私が生まれ育った町には鉄道が通っていない。だから、電車に乗った経験が数えるほど
しかなかった。東京に来るのはこれで四回目だけれど、いまだによくわからない。
初めて上京したのは中学の修学旅行のときで、後楽園《こうらくえん》遊園地に行ったり、皇居を見た
り、国会議事堂を見学したりした。都会って楽しいなあと心底思った。
二度目のときは三ヶ月前で、大学受験のために上京した。
そして三度目がアパート探しにきたときだ。昔気質《かたぎ》の両親は、受験のときはもちろん、
アパート探しにもついてきてくれなかった。高校を卒業すればもう一人前なんだから、な
んでもひとりでやるのが当然だ、戦前の若者はみんなそうだったと何度も聞かされた。
そりゃあ日本全体を見渡せば大学進学率は二十六パーセントしかないらしいから両親の
言うこともわからないではない。男子が四十パーセント、女子は四年制が十二パーセン

ト、短大が二十一パーセントだ。つまり、進学する人よりも高校を出てすぐ就職する人の方が断然多いってことだ。それを考えれば、高校を卒業したらもう大人といえるのかもしれない。だけど、あんなド田舎から大都会にポンと放り出されたら、誰だって怖気《おじけ》づくんじゃないだろうか。

今朝は早くに家を出て、高知駅から岡山駅に出た。新幹線に乗り換えると、座席番号を見ながら自分の指定席を探した。見つけたと思ったら、隣に中年の白人男性が座っていたから驚いた。うちの田舎には外国人なんていないから、ギョッとして思わず立ち竦《すく》んでしまった。

荷物を網棚に上げたかったけれど、外人さんが三人掛けの真ん中に座っていて、すごく脚が長くて、膝が前の座席とぴったりくっついていたから、あきらめて通路側にそっと腰を下ろした。そしたら、彼の方から「お手伝いしましょうか」と英語で話しかけてきた。サンキューと言ったひとことが悪かったのか、英語ができると思われたみたいで、そのあとも色々と話しかけられた。外国人と話すのは生まれて初めてのことだった。

どこへ行くのですか、ひとりですか、何しに行くのですか、へえ、大学に受かったんですか、それはおめでとうございます、僕は東京で働いていますが、休日を利用して日本国内のあちこちを旅してきたところです。

私も英語で頑張った。どこがいちばんよかったですか。ああそうですか、やはり京都ですか。何がおいしかったですか。スシでしょう？　えっ、違うんですか。ユバ？　ユバってなんですか？　私？　私はユバなんて初耳ですけど、ええ、日本人ですよ私は。あっ、もしかしてユバってソバのことですか？

なんて睫毛《まつげ》が長いんだろう。瞳は緑色の宝石みたいにきれいで、顔全体が金色の産毛に覆われている。眉毛まで金色だから肌の色と同化していて、まるで眉毛がないみたいに見えた。

簡単な日常会話ではあるが、自分の英語がこれほどすんなり通じるとは思っていなかったので、すごく嬉しかった。きっとラジオ英語講座のマーシャ・クラッカワー（倉川《くらかわ》という名字のハーフだと長い間思っていた）と、ラ講（ラジオ講座の略）や『百万人の英語』のＪ・Ｂ・ハリスのおかげだろう。

中野駅で降りてアパートに向かった。大学の学生課で紹介してもらった二階建ての小さなアパートだ。私の部屋は二階の角部屋の１ＤＫである。数日前に送った荷物はちゃんと届いていた。近所に住む大家の奥さんが、蒲団《ふとん》や家財道具を受け取り、部屋に運び入れてくれていた。

部屋に入って鍵をかけた途端、緊張が緩んだのか、どっと疲れを感じた。今朝、家を出てきてから今の今までずっと、全身が危険を察知するアンテナみたいになっていた。

――東京は怖いところやき、気をつけるちや。

田舎のみんながそう言った。

六畳の和室の真ん中に、大の字になって寝転び、大きく伸びをして天井を見つめた。

今日からここが私の城になる。

疲れていたけれど、ひとり暮らしが始まると思うと嬉しくて、勝手に顔がほころんだ。


翌日、武道館での入学式を終えると、その足で大学へ向かった。

受験勉強から解放され、〈自由〉と〈青春〉の華々しい日々が始まる。なんて素晴らしいんだろう。青空に向かって大声で叫び出したいくらいだった。

受験で来たときには気づかなかったけれど、キャンパスのあちこちに看板が立てられていて、「安保反対」だとか「三里塚《さんりづか》闘争」などと書かれている。安保というのは聞いたことがあるが、三里塚ってなんだろう。看板の隣にいるヘルメット姿のお兄さんは、目から下を白いタオルで覆っていて、なんだか物騒な感じだ。

私の知っている学生運動は、小学生の頃に連日テレビニュースで流れていたあの映像だ。東大の安田《やすだ》講堂で、学生と機動隊が衝突して火炎瓶が投げられたり放水車が出動したりしていた。あれは、とうの昔の話じゃなかったの？

だけど、現にヘルメットのお兄さんが目の前にいるから、まだ闘いは続いているってことなんだろうね。お兄さんは仲間がいないのか、ひとりぼっちみたいだけれど。

お兄さんだけが周囲から浮いていた。というのも、キャンパス内はお祭り騒ぎだったからだ。

「ねえ君、もうどこのサークルに入るか決めた？」

あちこちから声がかかり、勧誘のチラシを次々に押しつけてくる。

キャンパスを見渡すと、ほとんどが男子学生だった。女子学生は今日は来ていないのか。

「君、かわいいね。スキークラブに入らない？」

かわいい？　私が？

そんなことを言われたのは初めてだった。東京の男は口が上手いというのは本当らしい。

勧誘合戦の中を足早に通り抜けて指定された教室に行ってみると、八割方が男子学生だった。驚いたのは、部屋の片隅で、五、六人の男子が仲良さそうに話をしていたことだ。彼らは、いったいいつ知り合ったのだろう。以前から顔見知りなのだろうか。

だとしたら、同じ高校から来てるってこと？

六人も？

私の出た高校からこの学科に入学したのは私ひとりだ。いや、学科どころか、この大学に入ったのも私だけだ。だから学内に知り合いはひとりもいない。

もしかして、彼らはこの教室に入ってすぐに打ち解けたってこと？

すごい。早すぎる。

「席に着いてください」

定刻と同時に、男性職員が書類を胸に抱えて入ってきた。

一クラス六十人くらいだろうか。その中で、女子は十数人しかいなかった。女子全員が教室の後方にかたまってはいるが、それぞれにひとりぼっちという風情《ふぜい》で席に着いている。見たところ、友人関係にある女子はいないようだ。

私は高校時代、友だちはたくさんいたが、ひとりでいるのも平気な質《たち》だ。音楽を聴いたり本を読んだり、手芸や料理をしたりして、ひとりでも楽しめる方である。

だけど、ここでは一刻も早く友だちを作るに越したことはない。大学での過ごし方や単位の取り方もわからない。お昼はどこで食べればいいのか、教科書はどこで買うのか、今日の私の服装はひと目見て田舎モンだとバレてしまう格好なのか……何もかもわからなくて不安だった。

そこへきて、あの男子たち。

すでに仲良さそうにしている彼らを見て、私は焦り始めた。

職員が小冊子を配り、大学生活や単位の取り方について説明を始めた。私はひとつも聞き漏らすまいと、必死でメモを取った。なんせ友人がいないのだから、頼りになるのは自分だけだ。

「それでは今日は、以上です」

説明が終わり、それぞれに帰り支度を始めた。

みんなわざとぐずぐずしているように見えた。

——話しかけたいけど勇気がない。

——誰でもいいから早く友だちを作らないとまずいことになる。

たぶん、それが共通した気持ちではないだろうか。全員がそう思っているなら、そんなに焦ることもないかもしれない。友だちなんて自然にできる。今までもそうだった。そう考えると、少し気持ちが落ち着いてきた。

「あのう……私とお友だちになってくれませんか？」

後方で、かわいらしい声がした。

思わず振り返ると、「もちろんです。声かけてくれてありがとう」と、女の子が嬉しそうにはにかんでいる。

羨ましかった。周りの女の子たちも黙って二人をちらちらと見ている。

どうして私に話しかけてくれないのか、どうしてあの子なのか。

そう残念に思っているのは私だけではないだろう。

早速自己紹介を始めた二人は、見るからに素直そうで真面目そうだった。人間には同類を嗅《か》ぎ分ける鋭《するど》い能力が備わっているのだなとしみじみ思った。

自分から「友だちになってください」なんて、とてもじゃないけど恥ずかしくて言えそうになかった。勇気がないというよりも、ガラじゃないのだ。私と同類の女子がいればいいけど、もしもいなかったら、なかなか友だちはできないかも……。

まずいな。

また焦りが込み上げてきた。

友人を作れないまま教室を出た。

門に向かってキャンパスを歩いていると、例のお祭り騒ぎの軍団が押し寄せてきた。

この大学は、もしかして女子が異様に少ないのでは？　ざっと見る限り、キャンパス内にいる九割以上が男子学生だった。さっきまでいた教室にしても、文学部の仏文科だというのに、女子が二割くらいしかいなかった。

そんな中、珍しく女子学生がチラシを持って近づいてきた。

「フリスビー同好会なんだけど、入らない？」

きれいで優しそうなお姉さんだった。

「フリスビー、ですか？　あんまり興味が……」

「まあ、そう言わずに、話だけでも聞いてよ」

腕をつかまれ、ブース内の椅子に座らされた。

「あなた文学部ね」

私の持っているオリエンテーションの資料を見て彼女は言った。「私も文学部よ。この四月で三年生になったの。よかったら、授業の選び方とか単位の取り方を教えてあげる」

「ほんとですか？　でもフリスビーって、あの円盤みたいなのを投げるやつですよね」

「名前はフリスビー同好会だけど、活動はハイキングとか飲み会とかボウリング大会とか遊んでばっかり。あなたは何か入りたいサークルがあるの？」

「できれば女性問題研究会か女性解放研究会に入りたいと思っています。この二つのサークルの違いがよくわからなくて」

「そんなのに入ったらダメよ。就職できないわ」

先輩は真剣な表情で言った。「だって、そんな女の子、企業が採用すると思う？」

「えっ？」

「中《ちゅう》ピ連《れん》を見てもわかるでしょう？」

中ピ連というのは、〈中絶禁止法に反対しピル解禁を要求する女性解放連合〉の略で、戦闘的なウーマンリブ団体だが、数年前に解散した。世間は、ウーマンリブの言動に耳を貸すことはほとんどなかった。テレビで見る評論家でさえ、彼女らを男にモテないブスの集まりだと茶化すことがあった。そういった世の中の冷たい目を考えると、先輩の言うことは信憑性《しんぴょう》がある。それに、学生運動が盛んだった頃、リーダー的存在だった学生はどこにも就職できなかったと聞いたこともある。

「だったら……女性問題の方はやめておきます」

すごく残念だった。就職はずっと先のことだから考えてもいなかったが、就職に差し支えるようなサークルには、どう考えたって入らない方が賢明だろう。

「ほかに入りたいところがなかったら、是非うちに入ってよ」

「いえ、それが……オーケストラかＥＳＳもいいなと思っていまして」

「オケ？　あなた、何か楽器できるの？」

「はい、中学のとき吹奏楽部でパーカッションをやっていました」

「その程度ならオケはやめといた方がいいよ」

「どうしてですか？」

「あそこは人数が多いから競争率が高いの。卒業まで一度もレギュラーになれない人も多いわ。例えばヴァイオリンだと、三歳くらいから習ってる人がほとんどだから、その中でのポジション争いは熾烈《しれつ》だって聞いてる。ここは音大かっていうくらいレベル高いよ」

「……そうなんですか」

中学校の吹奏楽部とはずいぶん違うらしい。

レギュラーになれないということは、舞台に立てないということだ。

四年間ずっと？　それはつらいな。

「じゃあＥＳＳに……」

「あそこもやめた方がいい。すんごく厳しいから」

「厳しいっていうのは、どういうふうに？」

「ＥＳＳのくせに、まるで運動部みたいに大学の周りを何周も走って腹筋もしてる。それも毎日よ。たぶん英語劇をやるためだと思うけど」

「そうなんですか……」

マラソンは得意じゃなかった。

「一応うちのサークルに仮登録だけでもしておけば？　あっ、そうだ。これ、あげる」

先輩は、〈文化人類学〉と書かれた本を鞄の中から出し、長テーブルの上に置いた。

「これは簡単に単位が取れるわ。教科書はここ十数年変わらないから、たぶん今年もこれでオーケーのはず。次に会ったときには心理学と哲学も持ってきてあげる。教科書は高いでしょう？」

そう言って、本を私の手に押しつけてくる。

「ありがとうございます。……助かります」

親から十分なお金を持たされて上京していた。しかし先輩は、学生はみんな貧乏だと決めつけているようだったので、そう言わないと悪い気がした。

「よかったら今からキャンパスの中を案内してあげようか？　学食とか喫茶部とか生協の本屋とか。それとも、もう知ってる？」

「いいえ、全然」

「場所もわからないんじゃあ、これから困るでしょう。さあ行きましょう」

そういって先輩は先に立って歩き出した。

広々としたキャンパスにはベンチが置いてあり、春の柔らかな日差しが当たっていた。

「心理学は取った方がいいよ」

「はい、取るつもりです。面白そうですし」

「それが全然面白くないの。講義を聞いたら一回目でがっかりすると思うわ」

「だったら、取った方がいいっていうのは、どうしてですか？」

「教授が出席を取らないからよ。最初の講義さえ出ておけば、あとは出なくていいの。試験は教科書持ち込みだし、要領よくやれば成績だって優が簡単に取れるわ」

「ユーというのは？」

「成績は、優、良、可、不可の四段階。不可はつまり赤点で単位が取れなかったってこと」

そう言いながらキャンパスの中ほどにある、今にも崩れそうな掘立《ほったて》小屋の前で先輩は立ち止まった。屋根のトタンが完全に錆《さ》びている。

「ここが売店よ。菓子パンやジュースを売ってるの。焼きそばパンもあるわ」

「焼きそばパン？」

「あなた、焼きそばパンを知らないの？」

聞いたこともなかった。

先輩が目を丸くして私を見つめている。田舎モンだと思われたに違いない。

「パンに焼きそばが挟んであるのよ。ほら、これ」

そう言って先輩が指差す先を見て、私は本当に驚いた。

「だってこれ、炭水化物に炭水化物を挟んであるじゃないですか」

「あなたって面白い人ね」

「……そうでしょうか」

「アイスクリームも売ってるのよ。すごいでしょう」

先輩は、どこの店先でもよく見かけるアイスクリーム用の冷凍庫を指差した。スライド式のガラスの扉の上から覗いて見ると、やはりどこにでも売っている商品ばかりだった。

「どこがすごいんですか？」

アイスクリームならうちの田舎にだって売っている。

「前は売ってなかったのよ。女子学生が増えてきてから、この大学もおしゃれになったの」

先輩はそう言うと、キャンパスを奥へ向かって歩きだした。

「ここの一階と二階が喫茶部よ」

先輩はガラス張りの大きな建物を指差した。ガラスは何年も拭《ふ》いていないのか、かなり汚れていた。建物ごとすっぽり埃《ほこり》をかぶった感じだ。

「だだっ広いから席が空いてないことはまずないわ。街の喫茶店と違って、すごく安いから重宝すると思う。それに驚くべきはケーキセットよ」

先輩は目を輝かす。

「もしかして、それも女子が多くなったから、ですか？」

「ご明答！　ケーキやアイスなんて女子供の食べる物って感じでしょう？」

「えっ？」

「次は食堂に案内するね。こっちよ」

「この、文化ナントカ……えっと、この人類学も、簡単に優が取れるんですか？」

もらったばかりの教科書のタイトルを読みながら尋ねた。

「そうよ。大教室だから出席も取らないわ。言っとくけど、『文化』と『人類学』を離して読んじゃダメよ。『文化人』の『類学』なんだから」

「へえ」

「文化人類学のいいところはね、ここ十年間、試験問題が同じことよ」

「は？」

「サークルで代々受け継がれている模範解答があるから、それも今度持って来てあげる」

「……ありがとうございます」

「体育は要注意よ。一回でも遅刻したら優は取れない。三回遅刻したら単位はくれない。女子の体育は女の教授で、すごく厳しい人なの。女子は人数が少ないから、たぶん英文、日文、仏文、独文、演劇の全部を足して、やっとひとクラスになると思う。もしそれでも足りなかったら、史学の女子も一緒になるかもね。あっ、ここが食堂よ」

建設現場の資材置き場のようなところだった。平屋の大きな建物で、床はコンクリートの打ちっぱなしだ。そこに長テーブルがいくつも並んでいる。なんとも殺風景で、入り口にメニューの見本がなければ食堂だとは思わないだろう。

「語学の授業は絶対にサボっちゃダメ。高校時代の授業と同じで当てられるから予習も必要よ」

そのあとも先輩は、大学を無事卒業するための方法をたっぷりと伝授してくれた。

そして、最後に部室に連れて行かれた。冗談抜きで崩れそうな二階屋だった。小さな個室が廊下を挟んで向かい合わせにずらりと並んでいる。

「雨が降ったらぬかるむから注意してね。水捌《は》けが悪いの」

私が卒業した高校の部室の方がずっとマシだ。

「学生運動が盛んな頃に、封鎖されたらしいの。それをこじ開けて使ってるのよ。フリスビー同好会の部室はここよ」

先輩はノックをしてからドアを開けた。誰もいなかった。階段下の部屋だから天井が斜めになっている。奥の方は立ったままでは入れそうにない。

「同好会なのに、うちは部室が与えられているの。それはすごく珍しいことなの」

自慢げに先輩は言ったが、二畳ほどしかなかった。

「授業の合間にひと休みするのに重宝すると思うわ。今日は新入生の勧誘でみんな出払ってるけど、普段は誰かしらいるから、わからないことは何でも聞けるわよ」

女性問題研究会、ESS、オーケストラ……心残りがないではなかったが、田舎から出てきたばかりの孤独な人間が居場所を見つけられたという安心感の方が勝った。

そんなこんなで、私はフリスビー同好会に入部の仮登録をすることになってしまった。

数週間が過ぎた。

友人はまだできなかったが、クラスメイトの雰囲気は少しずつわかってきた。法学部や政経学部などはそれぞれ二十クラス以上あり、大きな階段教室での講義が多いらしい。それに比べて仏文科は一クラスしかないから、中学や高校の授業のようにテキストを順番に読まされたり、日本語訳を当てられることも多く、早々に名前と顔が一致するようになった。

　午前の講義が終わり、机の上を片づけていたときだ。

「ねえ、一緒にお昼食べない？」

　隣の席に座っていた女の子が声をかけてきた。確か太田《おおた》淳子という名前だ。すらりとしていて手足が長い。

　ありがたかった。男子学生ばかりの学食にひとりで行く勇気がなくて、売店でサンドイッチを買って部室で食べることが多かった。さすがに焼きそばパンは一度も買っていない。あれを食べるようになったら人間おしまいだと思う。

　まともなものが食べたかった。ご飯と味噌汁とボリュームのある肉料理とたっぷりの野菜。実家で毎日食べていた物が、今ではひどく贅沢に感じられる。ひとり暮らしにまだ慣れていなくて、きちんとした食事が摂《と》れていなかった。自炊がこんなに大変だったとは。

　高校時代、母が町内会の旅行などで留守のときに、夕飯や弁当をひとりで作ったことが何度かある。そのときは、炊飯器を開けてご飯を弁当箱に詰め、玉子焼きを作り、ピーマンとお肉を塩胡椒《こしょう》で炒《いた》めた。短時間でぱぱっと作ってぱぱっと詰める。料理は得意な方だと思っていた。しかし、ひとり暮らしをして初めて気づいたのだ。料理は買い物から始まるってことに。それまでは、ご飯も玉子もいつも〈自然と〉台所にあると思っていた。

　それとゴミだ。ゴミというものは自分で捨てに行かないと、ずっとそこにあるという事実に初めて気づいて愕然としたのだった。

そんなこんなで、まだ自炊生活は軌道に乗っていなかった。

「うん、行く」

そう答えて勢いよく立ち上がったとき、強い視線を感じて前方を見ると、ひとりの女子学生と目が合った。彼女の名前は千代松紫だ。まるで時代劇に出てくるような名前だから、クラスの中で最初に覚えた。小柄で色白で、日本的美人というのか、切れ長の目にきれいな形の唇をしている。女子も男子もジーンズなどのカジュアルな服装の中、彼女は花柄のワンピースで通学していた。周りの雰囲気から浮いていて、目立っていた。

「一緒に行く?」

誘ってみると、千代松紫は嬉しそうにうなずいた。誰かに誘ってもらえるのをじっと待っていたのかもしれない。

食堂は古いうえに安普請《やすぶしん》の平屋だが、メニューは豊富だった。軽食の出る喫茶部も別棟にあるし、パンを売る売店もあるからか、学生が分散するらしく、昼どきでもそれほど混んでいなかった。

「私、沢田明美っていうの。高知から出てきてひとり暮らしなの。よろしくね」

テーブルに着くと、私はさっそく自己紹介した。

「私もアパート暮らし。北海道の室蘭《むろらん》から出てきました。太田淳子です」

淳子はおおらかで、あっさりした雰囲気の女の子だった。

「私は千代松紫です。九州の福岡の出身です」

紫は、おとなしいが芯は強いといった感じがした。

三人とも〈今日のランチ〉を注文した。生姜《しょうが》焼き定食である。

「ここの学食、美味しいと思わない？」

私は恐る恐る尋ねてみた。フリスビー同好会の女性の先輩たちは、全員が自宅通いだからか、誰に聞いても賛同してくれない。

「すごく美味しいと思う」

淳子がご飯を口いっぱいに頬張《ほおば》りながら言う。

「うん、美味しいよね。できれば朝昼晩の三食ここで食べたいくらい」

紫も同意してくれた。

ああ、やっと仲間が見つかったと思った。

「自炊してる？」と尋ねてみた。

「まあ一応は」

淳子が箸《はし》を止めた。「料理は得意だと思っていたのに、いざやってみると毎日作るのって大変ね。だからついついトーストと目玉焼きとレタスってことになっちゃうの」

「わかるわかる。千代松さんはどう？」

「兄と同居してるからご飯だけは大量に炊いてるの」

紫は、吉祥寺《きちじょうじ》にあるマンションで、医大生の次兄と同居しているという。

「偉いね。お兄さんの分も作ってあげてるの？」

「ううん、兄は夜中に帰ってきてはお茶漬けを食べるの。だから、ご飯だけはたくさん炊いておいてくれって言うの。私自身はインスタントの物が多いわ」

そう言って紫は恥ずかしそうに微笑んだ。

「沢田さんが中野で、私が阿佐ケ谷《あさがや》で千代松さんが吉祥寺か。みんな中央線沿線。近いね」と淳子が続ける。「今度、うちでお泊まり会やらない？」

「ほんと？　行く行く」

高校時代の経験から、お泊まり会をやると一気に親しくなれるのを私は知っていた。

「私も行っていいの？」

千代松紫も目を輝かせた。

「もちろんよ。三人で美味しいもの作ろ。それよりさ、もう竹の子族を観に行った？」

「まだ」

「私もまだよ。原宿《はらじゅく》ってところに行ったことないし」

「じゃあ今度の日曜日、三人で観に行かない？」

「行く」

「私も行く」

それ以降、昼食は三人で食べるようになった。

7　一九七八年夏　沢田明美・十九歳

夏休みになった。

帰省して顔を見せろと母がうるさいので、田舎に帰ることにした。

久しぶりの実家だった。裏庭では蟬《せみ》が鳴き、のどかだ。この町に生まれて、この町で育った。東京で過ごしたのはほんの四ヶ月に過ぎない。それなのに、知らない町のような気がした。

何もないこの町で、今まで自分はどうやって時間を埋めてきたのかと不思議な気持ちになる。とはいえ、小中高と学校に通っていたのだから、暇な時間がそれほどあったわけではない。小学校の頃はピアノと珠算と書道を習っていたし、おけいこごとがない日は、暗くなるまでドッジボールをして遊んだ。中学のときの吹奏楽部は、県の大会で金賞を獲るくらい優秀な部活だったから、練習は運動部かと思うくらい厳しくて、一日もサボれなかった。高校のときはテニス部に入ったので常に疲れていたし、受験勉強もしなければならなかった。

そうか、そう考えてみれば、暇を持て余していたわけではない。

ただ、都心で見かける高校生たちとは比べようもないほど世間が狭かったと思う。もしも都会で生まれ育ったら、そう簡単に自惚れたりできないし、自分が広い世界の中で取るに足らない存在だと、子供のうちから否応なしに意識させられていたのではないか。街を歩けばいろんな人とすれ違い、たくさんの学校があり、優れた人も弱い人も強い人も変な人も白人も黒人もいる。育った環境の違いというのは、人格にかなり影響を与えるんだろうなとぼんやり考えた。

それにしても……することがない。

帰省してたったの二日で、時間の流れる遅さに苦痛を感じ始めていた。

大学の夏休みは長い。二ヶ月もある。

暇つぶしに出かけるところがなかった。小学校低学年までは、この小さな町に映画館が三つもあったのに、次々に閉館になり、今はひとつもない。東京の映画館で『スター・ウォーズ』を観たと三歳下の弟に言ったら、すごく羨ましがっていた。図書館もないし、本屋にしても東京のに比べると信じられないくらい小さい。

だから、朝からテレビを観るしかなかった。

午後になって、喫茶店なら数軒あることを思い出し、文庫本を持って行ってみることにした。

ドアを押すと、カウベルの音色が店内に響いた。一歩足を踏み入れると、そこにいたおじさんたちが一斉に私の方を見た。高校生のときに一度来たことがあるけれど、こんなに狭い店だったっけ？　カウンターでマスターと話をしていたおじさんも、窓際の席で新聞を広げていたおじさんも、週刊誌を読んでいたおじさんも、まるで時が止まったかのようにぽかんと口を開けて私を見つめている。

「いらっしゃいませ。どこでもお好きなところに座ってください」

四十代のマスターの声に救われた。この人は東京でサラリーマンをしていたことがあると聞いている。父親が病気で亡くなり、長男ということもあってか、故郷に帰ってきて実家を改装して喫茶店を開いたらしい。

奥の席に座ろうとしたら、「ここ、空いてるよ」と、ドア近くの席にいたおじさんが、隣のソファをポンポンと叩いた。頬が引きつりそうになりながらも、なんとか愛想笑いを返して、そのまままっすぐに進み、奥の席に座った。ふと顔を上げると、まだみんなこっちを見ていた。

マスターがグラスに入った水を運んできた。

「アイスコーヒー、お願いします」

マスターは、さすがに私をじろじろと見ることはなく、「はい」とあっさり返事をしてカウンターの中へ戻って行った。

「あんた、どっから来たが？」

窓際の方から声が聞こえてきた。

その質問が私に向けられているのはわかっていたが、鬱陶しさが頂点に達していたので、私はうつむいたまま文庫本を読むふりをした。

「よお、あんた、どこの娘さんなが？」

びっくりするほど大きな声だったので、仕方なく顔を上げた。グレーのポロシャツを着たおじさんは私から目を逸《そ》らさなかった。たぶん私の父と祖父の中間くらいの年齢だろう。

「……沢田ですけど」

「どこの沢田さんなが？」

「……金物屋の沢田です」

「あそこの娘さんか。東京の大学に行っちゅうだってね。どこの大学じゃったかえ」

「修英大学です」

「ああ、そうそう。で、東京はどがな感じなが？」

「どがなって言われても……」

「ワシも若いころ何度か行ったことがあるき、東京ゆうとこは空気がわりぃ」

マスターがコーヒーを運んできた。すまなそうな顔をしている。

「そういえば渋川さん、お宅のおじいさんの具合、どうですか？」

マスターがグレーのポロシャツに話しかけた。気を利かせてくれたのだろう。

やっと解放されたと思い、アイスコーヒーをひと口啜ってから文庫本に目を落とした。

「ワシの家のことなんか、どうでもえい。せっかくこうして東京から帰ってきてくれちゅうがやき、東京の話を聞いた方がえい。なあ、みんなもそう思うろう。思わんか？」

「思う、思う」

周りのおじさんたちが一斉にうなずいた。

「あっ、まずい」

私は壁時計を見ながら大きな声でそう言うと、慌てたふりでコーヒーを一気飲みした。そして財布を開き、コーヒー代をテーブルに置いた。小銭がたくさん入っていてよかった。釣銭は不要だ。顔を上げるとマスターと目が合った。本当なら客がレジのところに持って行かなければならないのだろうけれど、マスターは素早い動作でテーブルまで取りに来てくれた。そして小さな声で「ごめんねー」と言った。

小走りでドアに向かい、かんかん照りの道路に出た。振り返ると、窓に顔をくっつけるようにして、おじさんたちはまだ私の方を見ていた。

ああ、東京が懐かしい。

私はもうここでは暮らせない。東京のように、周りの人が誰ひとりとして私に関心を示さず、誰も話しかけてこない環境の中で暮らしたい。

そういえば、さっきの喫茶店には女性客はひとりもいなかった。田舎の喫茶店に出入りするのは、昔から暇を持て余した男性と決まっていて、常連以外は入りづらい雰囲気がある。東京では年齢を問わず女性がひとり静かにコーヒーを飲んでいる光景をよく見かける。どうやら田舎では、女性が自由に喫茶店に入ることもできないらしい。

その日の夜、高校時代のテニス部の仲間に電話してみたが、驚いたことに、誰ひとりとして帰省していなかった。大阪や京都の短大に進学した彼女らは、大学の近くでアルバイトをしているという。私もそうすればよかった。母が帰って来いと寂しげな声で電話してきたから帰省したが、一週間もいればもう十分ではないだろうか。

それに、帰省しろと言った当の本人は朝から晩まで忙しく働いていて、私を相手にしている暇はない。ひとりで大きな金物屋を切り盛りしているだけでなく、家庭菜園にも精を出している。

本当なら私が金物屋の店番を代わってもよかった。しかし、近所のおばさんやおじさんは、私が店番をしていると知ったら、きっと用もないのに店に入ってきて、東京での生活を根掘り葉掘り尋ねるに違いない。それを思うと気が進まなかった。他人に聞かれて悪いことをしているわけではないが、興味津々といった顔つきを見るだけで、息が詰まるような閉塞感を覚えてしまう。それに、田舎では良い噂は広まらないが、悪い噂はすぐに広まるし、必ず尾鰭《おひれ》がつくから恐ろしい。

——田舎があっていいわねえ。

フリスビー同好会の、東京育ちの先輩たちはみんなそう言うけれど、田舎で暮らすのはなかなか大変なのだ。

暇だったので父の仕事場を覗いてみた。店の一部を改装して父が税理士事務所を開いたのは、私が高校生のときだ。順調に仕事の依頼が来ていると聞いている。父が机に向かって書類を整理している背中が見えた。

私が中学生になった頃、父は何を思ったのか、一念発起して税理士試験の勉強を始めた。どうなることかと思っていたら、三年かかったが見事に合格した。いま思えば、私や弟の学費を捻出《ねんしゅつ》するためだったのかもしれない。

父も母も忙しそうだ。高校生の弟はといえば、夏休みだというのに一日も休みなしでバスケット部の練習に行っている。

あまりにすることがなくて、久しぶりにピアノを弾いてみたけれど、指が思ったように動かないからすぐにやめた。

退屈でたまらなかった。まだ帰省して三日しか経ってないのに、東京へ帰りたいと思っている自分に驚く。既に東京が「自分の帰る場所」になってしまったのだろうか。

縁側に座って裏庭をぼうっと眺めていると、空が急に暗くなってきた。遠くで雷がごろごろと鳴っている。稲妻が光ったと思ったら大粒の雨が降り出した。ばちばちと瓦屋根に当たる音が大きい。

縁側に足を投げ出して座り、驟雨《しゅうう》で霞《かす》む緑の木々を見つめた。庇《ひさし》が二メートル以上あるので、家の中までは降り込んでこない。あっという間に庭に水たまりがいくつもできた。そこに容赦《ようしゃ》なく大粒の雨が降り注ぎ、散弾銃のように水しぶきが跳《は》ね返っている。風が強くなり、庭の奥にある雑木《ぞうき》林が猛《たけ》り狂《くる》ったように枝をしならせ始めた。樹木の隙《すき》間《ま》をくぐり抜けた風が軒を震わせ、頬を撫でていく。つい四日前までいた東京の喧噪《けんそう》とは、かけはなれた情景だった。自然が身に迫って感じられた。見ているうちに、だんだんと現実感が薄らいでいく気がした。

ここで過ごす一生は、どんなだろう。

何を楽しみに生きていくのだろう。

自分には耐えられそうにない。

だって窮屈《きゅうくつ》でたまらない。

窮屈? こんなに家も庭も町も広々としているのに?

この町から二度と外に出られないような気がして、まるで酸欠状態みたいに息苦しくなった。

「こんにちは」

　そのとき、店の方から大きな声が聞こえてきた。

「明美ちゃん、帰ってきとったんじゃね」

　母の妹の敏恵《としえ》叔母さんだった。「畑でトウモロコシができたもんやき、お裾分けぜよ」

　自転車で来たらしい叔母さんは、雨に降られてしまい、びしょ濡れだった。急いで風呂場からバスタオルを取ってきて渡した。

「ありがとう。東京はどうなが？」

　叔母さんは、まるで風呂上がりのように髪をくしゃくしゃにして拭いた。「都会はごちゃごちゃしよってウンザリするろう？」

「そうでもないです。楽しいやりゆうよ」

　そう答えると、叔母さんは少し残念そうな顔をした。

「でも、やっぱり田舎の方がえいろう？　緑が多うて」

「まあ確かに、ここは山に囲まれてるけど」

　でも商店街には木が一本もない。それに比べて東京の街は街路樹が整備されている。だからか、田舎よりも緑が多いという印象がある。

「懐かしいがやないかね？」

「……はい」

そう応えないといけないのだと思った。

あんまり暇なので、お菓子でも焼こうと思い、自転車でスーパーに行った。

店に入ると、サザンオールスターズの『勝手にシンドバッド』が流れていた。メンバーは青学《あおがく》の学生だという。学生なのに、すごいなと思う。それに比べて私はこんな田舎ですることもなく何してんだろ。テンポの速い曲を聞くと、わけもなく焦って、わけもなく空しくなる。帰省なんかせずに、湘南《しょうなん》の海でアルバイトをしていたら今頃どうだったろう。海辺でこの曲が流れてきたら、きっと楽しい気分になれただろうに。

スーパーの中を何度も行ったり来たりした。どうやら東京と違って、〈製菓材料コーナー〉というものがないらしい。隅から隅まで棚を見て回ったが、強力粉とイースト菌がないので、ドーナツを作るのはあきらめた。薄力粉のドーナツはあんまり好きじゃない。となるとチーズケーキを作るしかない。乳製品の売り場へ行ってみると、プロセスチーズはあるがクリームチーズがなかった。

スーパーの真ん中で、ひとり溜め息をついた。

何も買わずに店を出る勇気がなかったので、コーラを買った。

炎天下、自転車で家に向かっていると、前方から歩いてくる男性が大きく手を振っているのが見えた。派手なアロハシャツにサングラスをかけていて、ヤクザのようでもあり漫才師のようでもある。どちらにせよ、田舎ではすごく目立つ。

「誰かと思ったら沢田明美やないか、帰っとったんけ」

吉田《よしだ》先輩は大阪弁になっていた。そういえば、大阪の大学に進んだのだった。人をフルネームで呼ぶのは高校時代と変わらない。

「沢田明美、ちょっとそこいらで、茶でも飲まへんか？」

「あっ、いや、それは……」

高校時代、吉田先輩は私の親友の由紀子《ゆきこ》に惚《ほ》れていた。日頃からちゃらちゃらしていてカッコばかりつけているので、陰ではカッコマンと呼ばれていた。カッコマンのくせに由紀子に話しかける勇気はなかったらしく、何かというと私に近づいてきた。

――あいつの気持ち、聞いてくれちゅうか？

由紀子はすごくモテるんです。吉田先輩なんて論外ですよ、聞くまでもないでしょう。そう正直に言えたらどんなに楽だっただろうか。

――由紀子には好きな人がおるようです。

お決まりの嘘をついた。由紀子にそう言っておくよう頼まれていた。

――好きな人って誰なが？

――去年卒業された、平井《ひらい》さんらしいです。

平井は、背泳ぎで国体まで行ったうえに現役で東大に入った。そんな平井の名を出せば、たいていの男はあきらめるというのが由紀子の考えだった。本当はクラスの林田《はやしだ》くんのことが好きだったらしいけど、彼は見るからにひ弱そうだし、もしもばれたりしたら、吉田先輩は林田くんを目の敵《かたき》にするだろうと心配してのことだった。

——平井か……。

吉田先輩にとっても、平井は一学年上で先輩のはずだが、呼び捨てにした。

——平井とつきあっちゅうかえ？

——いえ、由紀子の片思いらしいですけど。

——そうやろね。平井は確か水泳部やった木山美智子《きやまみちこ》とつきあってたはずやき。

吉田先輩の頭の中には、すべてのカップルが記憶されていた。驚くことに、その範囲は近隣の商業高校や私立女子高にまで及んでいて、専用のノートを作っていることは校内でも有名だった。

ひとつだけ吉田先輩に感謝していることがある。相手を傷つけないで断わるのは、至難の業というよりも不可能だと学ばせてもらったことだ。いい人生勉強になった。

「そこの〈パレット〉でええか？」

パレットというのは、つい二日前にアイスコーヒーを一気飲みした例の喫茶店である。

「私は家に帰らないといけないんで」

「すぐに？」

「はい、今すぐに」

　さっきから、道行くおばさんやおじさんたちが、私と先輩を交互にちらちらと見ている気がするが、気のせいだろうか。

「母に仕事を頼まれてるもんですから」

「どんな仕事？」

　しつこい。

「店番とかいろいろ」

「実は俺、彼女ができてん。大阪で」

　いきなり話題が変わった。

「それは……よかったですね」

「その子、結構かわいい顔しとってな」

　顔、ですか。

「あっ、いけない」

　そう言って私は腕時計を見た。

　ああ神様、腕時計をしてきてよかったです。

　連日の猛暑で、手首が汗でぬるぬるになるので、腕時計をするのはやめようかと出がけに思ったのだけれど、この町は腕時計がないと時間がわからない。東京だったら、周囲を見渡せば必ずどこかに時計があるのだけれど。

「先輩、じゃあ、また」

そう言って自転車をこぎ出す。

「よお沢田明美、お前はいつまでこっちにおるの？」

なおも背後から話しかけてくる。

「明日、東京に帰ります」

思わず口から嘘が出た。また町でばったり出会うかもしれないが、そのときはそのときだ。会うたびに「明日帰る」と言えばいい。

その数日後の夕飯のとき、母は顔を曇らせて言った。

「変な噂聞いちゅう。明美が吉田さんとこの息子とつきあっちゅうて」

「私が吉田先輩と？　なんで？　冗談でしょう」

「道端で長いこと立ち話しとったって噂ぜよ」

「何それ。五分も話してないよ」

「気をつけんといかんちや。嫁入り前の娘なんやき、いったん噂が立つと、ほかから見合いの話も来なくなるがで」

いったいいつの時代の話なのだ。

東京とこの町の違いは、都会と田舎というだけではなく、時代が違う。いわば東京は近未来都市で、ここは昭和初期のままといったところか。

ああ、早く東京に帰りたい。

8　一九七九年秋　太田淳子・二十一歳

毎日が楽しかった。

生きているだけで楽しいといった感じだ。

このまま一生ずっと学生のままでいられたらどんなにいいかと思う。だけどやっぱりそうはいかないみたいで、あっという間にもう大学二年生の秋になってしまった。

勉強なんてほとんどしていないのに、一年生の成績は全部〈優〉だった。受験勉強をしていた頃に比べると、まさにぬるま湯だ。周りを見渡しても、みんな青春を謳歌《おうか》するためだけに大学に通っている。

――苦しい人生が始まる前の執行猶予《ゆうよ》期間。

大学の四年間をそういう言葉で表わした人がいると、何かで読んだことがある。

一週間ぶりに部屋の掃除をし終えたところに、玄関ドアをノックする音がした。学生が住むような安アパートにはチャイムなんて洒落《しゃれ》た物はない。

「はあい、どなたですか？」

今日は明美と紫が泊まりに来ることになっている。

「私だよ」

「私も一緒、駅で会った」

明美と紫の声だった。

「いらっしゃい」

「早速だけど、夕飯の買い出しに行っちゃわない？」

玄関に入ってくるなり、明美が言った。

「行きましょう。さっさと用意してから、のんびりビールが飲みたいわ」と紫。

私と明美はお酒が苦手だが、紫は結構イケるクチだ。

商店街から一本入った通りにあるアパートに住んでいるから、買い物はすごく便利だった。実家の牧場は、隣家でさえ遠いことを思うと、雲泥の差だ。

「夕飯、何にする？」

「鍋ものとか？」

「お弁当屋でいいんじゃない？　あとはスーパーでポテチとかチーズとかトマトとか」

「そうしよう。なんだか疲れてるから」

　昨日、学園祭が終わったばかりだった。演劇部は大教室を借りてアングラ芝居をした。紫のESSは焼きそばの模擬店で、明美のフリスビー同好会はタコ焼きだった。

「二人ともありがとね。公演を観に来てくれて。チケットも売ってくれて助かったよ」

「いえいえ、あんまりお役に立てずにごめんなさい。三枚しか売れなかったよ」

「上等だよ。で、お宅らの模擬店は儲《もう》かったの？」

「全然ダメ。赤字だったみたい」

「うちは、たったの三千円の利益。三日もやって馬鹿みたい」

「まっ、どうせお祭り騒ぎなんだから儲けなんか関係ないけどね」

　スーパーに着くと、紫は缶ビールをカゴに入れた。私と明美はサイダーとコーラだ。

「お茶やコーヒーはうちにあるからね、牛乳も」

　野菜コーナーで生野菜をたくさん買う。コーンとツナの缶詰もサラダ用に買った。きっと、いつものように夜中じゅう語り明かすことになるだろうから。

　お菓子コーナーに立ち寄る。ポテトチップスはどの種類がいいか、またしても私と明美で議論になるが、これまたいつもと同じように「どっちも買えば？」と紫のひと言で終わった。

「ケーキも食べたい気がしてきた」と明美が言う。

「チーズケーキでよければうちにあるけどね。太田牧場の」

「ほんと？　嬉しい！」

「淳子の実家のケーキ、私、大好きよ」

父が売り出したチーズケーキは相変わらず爆発的に売れていた。テレビや雑誌で紹介されるのを見るたび、誇《ほこ》らしい気持ちになる。ちょくちょく私のアパートにも冷凍したのを送ってくれていた。

兄は地元の畜産大学を卒業して牧場を継いでいるが、午後の空き時間には、チーズケーキの販売も手伝っているらしい。高校生の妹は獣医になるのが夢らしく、地元の大学へ行くと言っている。兄も妹も、一度は大都会で暮らしてみたいとは思わないのだろうか。同じ環境で育ってきたとは思えないほど、私とは考え方が違う。

スーパーを出ると、弁当屋に寄ってからアパートへ帰った。

私が流しで野菜を次々に洗い、明美がその横でレタスをちぎってサラダを作っていく。紫はテーブルにお皿やフォークを並べている。

「そういえば明美、今日は家庭教師のバイトは行かなくていいの？」

「うん、今日は向こうの都合でたまたま休み」

明美は家庭教師、私は結婚式場でのお茶出し、紫は宛名書きと、それぞれにアルバイトをしていた。三人とも親の仕送りだけで生活していけるのだが、学生生活をエンジョイするにはもっとお金が必要だった。夏は清里《きよさと》高原でテニスをし、冬はスキーに行き、普段はボウリングだのディスコだの飲み会もある。喫茶店でのおしゃべりはしょっちゅうだし、おしゃれだってしたい。

　基本的な生活費以外に、かなりお金がかかっていた。とはいえ紫だけは、仕送り額が多すぎて毎月余るらしいので、アルバイトをする必要はない。しかし、アルバイトをしていないなんて学生として恥ずかしいといった雰囲気が修英大学にはあった。だから紫もたまに思い出したようにアルバイトをしている。聞いたところによると、ミッション系の大学などでは、そんな雰囲気は全くないらしい。大学によって様々だ。

「五十川くんはここに泊まっていくこと、あるの？」

　紫がさらりと尋ねた。

「ないよ。あの人、自宅通いだもん。親が厳しいらしい」

　私は一年生の秋頃から、クラスの五十川淳太郎とつきあっていた。穏やかで優しい人だ。

　その夜も、いつものようによく食べ、よくおしゃべりをした。最近起こった事件や事故や、果ては世界平和にまで話は広がった。ラジカセからはＹＭＯの『テクノポリス』が流れていた。

　夜遅くなってから玄関ドアをノックする音がした。きっと近所に住む演劇部の先輩だ。

「こんばんは。遅くにごめんね」

「どうぞ。友だち来てますけど」

ジャージ姿の先輩は靴を脱いで上がった。

「こちらは演劇部の先輩の理恵《りえ》さん。ここから歩いてすぐのところに住んでるの」

「こんばんは」と、明美と紫の声が揃った。

理恵さんは、編み棒を刺したままのセーターを私の前で広げて見せた。「ねえ淳子ちゃん、ここの編み方を教えてほしいの」

「いいですよ。奥に座ってください。コーヒーでもどうですか?」

「ありがと」

理恵さんは部屋に入ってテーブルの上を見渡した途端、噴き出した。「てめえら、女が三人もいるのにシャケ弁かよ」

そう言うと、豪快にガハハとハスキーな声で笑った。

理恵さんが帰ったあとも、朝方までおしゃべりは尽きなかった。

9　一九八一年春　沢田明美・二十一歳

就職課の壁の前で、私は呆然《ぼうぜん》と立ち尽くしていた。

自宅通勤に限る?

それ、どういうこと?

男子学生用の掲示板には、〈自宅通勤に限る〉と書いてある求人票は一枚もなかった。女子学生用の掲示板というのは、もともと存在しないみたいで、中庭に面した壁に求人票が直に貼られている。そして一枚残らず〈自宅通勤に限る〉と赤マジックで大きく書かれていた。

いったい、どうして?

田舎から出てきた女子はどうすりゃいいの?

田舎モンを馬鹿にしてるの?

男子は田舎モンでもいいみたいだけど?

フリスビー同好会の先輩女性たちは、みんな有名企業に入った。都市銀行や大手商社や大手出版社などだ。男の先輩たちはそれよりは少し落ちるが、地銀やメーカーなど、軒並み堅い会社に入った。世間では「就職の修英」と言われていて、偏差値の割には就職がいいことで有名だと先輩たちからは聞かされていた。だけど、それが男子と自宅女子に限ってのことだったとは……。

淳子や紫は、この掲示板をもう見ただろうか。

彼女らはどう思ったんだろう。

彼女らはどうするつもりなんだろう。

淳子や紫とは、あまり会わなくなっていた。三人とも三年生までに卒業の単位をほとんど取ってしまっていたので、四年生になった今では、週に三日しか大学に来ていなかった。そのうえ三日間とも授業はひとコマずつだから、学内にいる時間が短い。同じ授業を取っていない限り、学校で淳子や紫に偶然出くわすことはなくなっていた。たまに淳子か私のアパートに集まってお泊まり会をしていたが、以前ほど頻繁ではなくなっている。

一、二年生のときは、校舎が住宅街の中にあったからか、キャンパスも広かったし、学食や喫茶部があって、友だちと空き時間におしゃべりできる場所がたくさんあった。大学の周りにも、学生向けの喫茶店やレストランがいくつもあった。

だけど、三年生以上は都心の校舎に通うことになっている。土地が高いからだろうか、道路沿いに校舎が点々と建っているだけで、キャンパスもなければ喫茶部もない。学食にしても、不潔なうえに狭くて、女子はとてもじゃないけど入れない。男子でさえ利用しているというのを聞かなかった。売店もあるにはあるが、先輩に一度連れて行ってもらったきりで、自力では二度と行けそうになかった。というのも、校舎は学部ごとに分かれて建っているのだが、実は地下通路で全て繋がっていて迷路のように入り組んでいる。

周りはオフィス街である。学生向けの店はほとんどない。近くには他の大学や有名な予備校もあるし、駅の反対側には医大がいくつかある。そこに通っている学生たちは、昼食はどうしているのだろう。それぞれにちゃんとした学食があるのだろうか。

その日の夜、『池中玄太《いけなかげんた》80キロ』を観たあと、淳子と紫に電話をかけてみた。二人とも既に就職課の求人票を見たという。紫は憤慨《ふんがい》していたが、淳子は疲れ果てたような声で「どうしたらいいんだろうね」とぽつりと言った。

その数日後に、大学近くにあるYWCAの食堂で落ち合った。学生が気楽にランチを取れる店が少ない中、ここだけが落ち着ける場所だった。

セルフサービスなので、トレーを持ってどれにしようかと料理を眺める。三人ともポテトとベーコンのチーズ焼きにした。セットでサラダとコーヒーをつけると高くなる。「セットにする？」と淳子が聞いてくる。一瞬迷ったが、長居したかったので「セットにしよう」と私は言った。紫は、いつも通り迷ったりしない。医大生の兄と同居だから家賃が要らないだけでなく、実家からの仕送りが、兄の分とは別に月に二十万円もあるらしく、毎月お金が余って困ると言っている。私の知り合いの中で、ソニーのウォークマンを持っているのは紫だけだ。

同じ地方出身者といっても、紫は私や淳子みたいな田舎モンではない。福岡市といえば大都会だし、自由に使えるお金もたくさんあるからか、どこへ行っても紫は物怖《ものお》じすることがなかった。一年生の終わり頃から『JJ』という雑誌を読むようになり、ハマトラと呼ばれる流行《はや》りのファッションも取り入れている。ハマトラは横浜《よこはま》トラディショナルの略で、ポロシャツの上にトレーナーを着て襟《えり》を出し、タータンチェックの巻きスカートにボンボンのついたハイソックスとペタンコ靴という格好だ。子供っぽい平凡な格好に見えなくもないが、紫によると、ひとつひとつにこだわりがあるらしい。トレーナーはボートハウスで、靴はミハマ、バッグはキタムラかクレージュの弁当箱型ショルダーと決まっているという。

「あの求人票ときたら、まったくもう」

淳子が腕組みをして言った。電話で話したとき、淳子はあちこちから情報を仕入れているということだった。演劇部の先輩たちの経験談も聞いたという。

「田舎モンは田舎に帰れってこと?」

私は自分たちを嘲笑《ちょうしょう》するように言ってみた。

あの求人票を見てからというもの、日が経つにつれて、どんどん気持ちが暗くなり、打ちのめされていた。

「どうして自宅通いじゃないといけないの?」と紫が尋ねる。

「ほんと理解できない。親元を離れてひとり暮らしをした経験は何よりも貴重なものだったよ。私自身、ずいぶん成長したと思うもの」

「私が聞いたところではね、企業のおじさんたちは、地方から出てきた女の子なんて何してるかわかったもんじゃないって思ってるんだってよ」と淳子が言う。

「私たちがいったい何をしてるっていうの？」

紫が首を傾《かし》げる。

「アパート暮らしだと親の目が行き届かないでしょう。だから乱れた生活してると思われているらしい」と淳子が答えた。

「昼夜逆転とか？」と紫が尋ねる。

「違うよ。たとえば男性をとっかえひっかえ家に連れ込んだり、アルバイトでバーのホステスをやったりってことらしい」

淳子は淡々としていた。そういった類いの噂を先輩などから聞かされたのはもう随分前なのか、怒りを通り越して白けきった顔をしていた。

「とっかえひっかえ？　冗談じゃないわ」

紫は怒り心頭に発しているといった感じで、まだ料理に手をつけてもいない。

紫はＥＳＳに彼氏がいる。法学部の優しそうな男の子だ。私は、サークルの先輩に紹介された城南大学の学生とつきあっていたが、話が合わずに瞬く間に自然消滅した。その後はサークルの先輩とつきあっていた。しかし、それを「とっかえひっかえ」などと言われたら心外だ。そのときそのときで真剣に恋愛しているつもりだ。

「夜の商売してる女の子なんて、私たちの周りにひとりでもいる？」と紫が不思議そうに尋ねる。

「いないね。ホステスやってるなんて聞いたことないよ」と私。

「会社のおじさんたちって妄想逞《もうそうたくま》しいね。うちの大学の女子でアルバイトっていえば家庭教師か宛名書きかコピー取りか店員ってとこでしょう、違う？」と紫。

「うん、その通りだよ。ホステスどころか居酒屋で働いている子だっていないよ」と私。

「そうでもないらしいよ。親に仕送りをしてもらっていない苦学生だっているから」

そう言うと淳子は、アツアツのポテトをふうふう吹きながら食べた。

「いくらお金がないからって、ホステスなんて……」

紫が顔を顰《しか》めるのを見て、淳子はフォークを置いた。「紫の考え方、間違ってるよ」

「え？」

「アルバイトでホステスやってることと、卒業後の就職とは何も関係ないじゃない」

「そうだよ。それに苦学生っていうのは立派だよね。水商売やってるから男性にだらしないとは限らないしね」と私。

「明美、あんたも間違ってる」

今度は私が睨まれた。

「たとえ男性にだらしがないとしても、それと仕事となんの関係があんの？　企業側が男子学生に対して、女性関係をあれこれ尋ねたりすると思う？」

「さすが淳子」と紫が感心したように淳子を見つめた。

「早い話がバージンを求めているわけだ。企業側は」と私は端的に言ってのけた。

「ご明答」と淳子は大きくうなずいた。

「おじさんという生き物は気持ち悪いね。ぞっとする」と紫は本当に身震いしている。

「社内の人間関係に疲れたときでも、親元から通ってる女子は精神的に安定しているんだってよ。ひとり暮らしの女の子はヒステリックになるんだってさ」

「ばっかじゃないの」

紫が毒づく。「日本のおじさん全員大っ嫌い。そういう考え方する人、気味が悪い」

紫の表情がどんどん暗くなる。

「紫、とにかく熱いうちに食べようよ」

「うん」

日頃から食の細い紫が、やっとフォークを手に取った。

「四年制より短大の方が就職がいいってのはどういうことなの？」

私は淳子に質問してみた。どうやらこの場では淳子が最も情報を持っているようだ。噂に過ぎないものだとしても、噂以外に頼るものはなかった。

「少しでも若い方がいいってこと？」と私は尋ねた。

「私だってまだ二十二歳だけどね、それってもうオバサンなの？」

紫は怒ったように言い、フォークを持つ手がまた止まった。「こんなこと言っちゃ悪いけど、短大でよければ受験勉強なんてラクラクじゃない。一生懸命勉強した私はどうなるの？　中学からずっと塾に通ってたのに、馬鹿みたいじゃない」

「私は塾に行ったことないけどね」

私がそう言うと、紫は驚いたように「えっ」と目を見開いた。「どうやって受験勉強したの？」

「高校の受験指導や補習とか、それに参考書とか問題集とか赤本とか」

「すごい。明美って頭いいんだね」

「違うよ。うちの田舎にはピアノや書道やソロバンの教室ならたくさんあるけど、学習塾や予備校なんてひとつもないもん。それでも東大とか京大とか行く子、毎年いるよ」

「へえ、知らなかった……世の中いろいろだね」

紫はそう言うと、ひとり何度もうなずいている。

「話を元に戻すと」

淳子は水をひと口飲んで続けた。「おじさんたちは短大の子が好きなんだと思う。つまり、受験勉強してちょっとでも偏差値の高い大学に行こうとするような、野心があったり努力したりする女子が大嫌いなんだよ」

「どうして？　努力って素晴らしいじゃない」

小学校の先生みたいなことを言う紫が悲しかった。

「努力の方向性が気にいらないんでしょうよ。料理だとか華道や茶道みたいな女らしいことに努力するんならいいけど、男性と伍《ご》していこうとするなんてとんでもないってことよ」と淳子。

「そうか、女のくせに生意気だってことだ」と平気そうな声を出してみたが、将来が不安で、ふとした拍子に気分が沈みそうになる。そのとき、サークルの女性の先輩たちの明るい笑顔が頭に浮かんだ。「あれ？　ちょっと待って。うちのサークルの先輩たちは、東京中央銀行とか四菱《よつびし》物産だとか、帝都《ていと》出版に入社したよ。みんな自宅通いだけど四年制女子には違いないよ」

「すごいじゃない。そんな大手は、いくら就職の修英といえども男子でも入れないよ。ってことは、四年制女子でも希望はあるってことよね？」

紫はひと筋の光を見たと感じたのか、焦《こ》げたチーズの載っているポテトをやっと口に入れた。

それを見ていると、言いづらくなってきた。サークルの先輩たちの中で大企業に就職した女性は、自宅通勤であるだけでなく、かなりの美人だというのを。

「明美、その先輩たちは、どういった内容の仕事をしてるのか、聞いた？」

淳子が私を正面から見据《みす》えた。私に怒っているというよりも、社会に対しての怒りといった感じだった。

「都銀に入った先輩は秘書課で、商社に入った先輩は男性のアシスタントで、出版社の先輩は受付だって聞いた」

「やっぱりね。要は短大女子のお茶汲みコピー取りと同じ扱いってことだね。そういう仕事、明美は羨ましいと思うの？」

淳子が目を逸らさない。

「思うよ。悪い？　だって、この期《ご》に及んで仕事内容がああだこうだなんて言ってられないじゃん。どこでもいいから内定が欲しいよ」

そう答えると、淳子は大きな溜め息をついた。「だよね。私も同じ。だけどね、そういう職場で働いている自分をじっくり想像してみたの。そしたらさ……」

「確かにガラじゃないね。いつも笑顔で感じ良くってこと自体が私には無理だ」

「人事のおじさんから見て性格のいい女の子っていうのはさ、文句を言わずにいつもにこにこして何でもハイハイって仕事する女のことだよ。お尻を触られようが、エッチなことを言われようが、女を見下した態度を取られようが」

「私にも無理」と紫がフォークを置いた。

考えてみれば、〈自宅通勤に限る〉というようなふざけたことを求人票に書くような企業は、自分たちにとってロクでもない会社と言えるのかもしれない。こっちから願い下げだと強気で言いたいところだが、このまま就職できなかったらと思うと、不安でいっぱいになる。

「会社側からみれば、自宅通いの女子の方が利点が多いらしいよ。家賃が要らない分、給料を低く抑えられるとか」

淳子は話しながらもしっかり食べているらしく、いつの間にか耐熱皿が空っぽになっていた。

「それと、企業側は男性社員のお嫁さん候補が欲しいわけだから、東京に自宅のある女子の方がいいんだってさ」

「なんで?」と私。

「どうせお嫁さんを貰うんなら東京育ちの女子がいいってことよ」

淳子は冷静に答える。

「よくわかんないなあ」と私。

「それって、単なる好みの問題?」と紫。

「それも大きいみたいだけど、実家が近い方が結婚後も何かと便利なんじゃない?」と淳子が答える。

「話の次元がどんどんずれていくね。私たちって、修英大学の学生というより、嫁としてどうかってことで判断されてるように聞こえるけど」と私は言った。

「その通りだよ」

淳子が平然と言い切った。今頃になってやっと気づいたのかとでも言いたげな表情だ。

「地方出身者なんて、どこの馬の骨かもわからないから採用できないって、人事のおじさんにはっきり言われた先輩もいるよ」と淳子が言う。

「なんなの、それ。東京の人の方がよっぽど、どこの馬の骨かわからないじゃない。田舎じゃ親戚に犯罪者が出たら代々後ろ指さされ続けるから、何ひとつ誤魔化せないよ。隠したい人こそ都会に出るんだよ。紫だって、田舎に帰れば旧家のお嬢さんでしょう」

「明美、その発言はすごく差別的だよ。よくないと思う」

紫はまたもや小学校の先生みたいに言った。

「私だってわかってるけど……でもそこまで馬鹿にされたら黙っていられないよ」

「結局、私たちは少数派なんだよ」

淳子が冷静な表情のまま続ける。「四年制の大学に進学する女子は全国でも一割ちょっとしかいないでしょう。その中で地方から出てきている子なんてほんの数パーセントよ。男子の場合は貧乏な家庭でも無理して大学にやろうとする親は多いよ。だけど、女の子を東京の大学に送り出してやろうと考えるリベラルな親で、そのうえに生活費と学費を仕送りできる家庭ってことになると、全国的に見てもかなり少ないはずよ」

「つまり、少数派のことなんか誰も問題にしてくれないってことか」

「その通り」

「私たち、なんのために東京に出てきたんだろう」

「なんのために大学に入ったんだろう」

「今さらだけど、自分をアピールするものがひとつもないよ。英語もフランス語もペラペラじゃないし、資格も持ってないし、私、なんの価値もない人間じゃん」

何の価値もない……私は自分で言っておきながらショックを受けていた。

「明美、それは違う」

淳子はきっぱりと言った。「だって考えてごらんよ。すでに内定もらっている女子だって、これといった特技なんてないよ。単に自宅が東京にあっただけ。それか、もしくは短大生。または生まれつき男だっただけ。だから明美、卑下《ひげ》する必要なんてないんだよ」

今日の淳子はずっと年上のお姉さんみたいだった。以前からあれこれ先輩たちに聞かされていたのだろうか。淳子は今まで就職の状況を咀嚼《そしゃく》して理解しようと努力したり、馬鹿馬鹿しくなったりを何度も繰り返してきたのかもしれない。私と紫のようなショック初心者とは違っていた。

「だって、あの淳太郎だってとっくに内定出てるんだから」

入学式の日、学科に分かれてのオリエンテーションが行われたとき、初日であったにもかかわらず仲良さそうに固まっていた男子たちがいた。それを見て私は早く友だちを作らねばと焦った。しかし後になって、彼らは付属高校からエスカレーター式に上がってきた男の子たちだと知った。その中に五十川くんもいたらしい。

「五十川くん、就職どこに決まったの？」

「東都ナントカ銀行っていう地銀よ。コネでね」

「ふうん」

だったら淳子、いっそのこと五十川くんと結婚しちゃえば？　そしたらもう就職に悩まなくてもいいじゃないの。

咄嗟《とっさ》にそんなことを考えてしまう私って、矛盾《むじゅん》だらけの人間だと思う。

あれ？　もしかして紫も同じことを考えてる？

紫も口を開きかけたが、私と目が合うと、すっと目を逸らした。

「大学じゃなくて看護学校に行っていればよかったんだね」と紫は言った。

「頭が良ければ医学部でもいいけどね」と淳子がうなずく。

「あーあ、馬鹿みたい。四年間も高い学費を親に払わせてさ、生活費の仕送りは学費の何倍にもなるでしょう？　つまり、地方から出てきた私たちは、自宅通いの子の何倍も経費がかかってる。それなのに就職できないってことは、経費を回収できずに人生大赤字ってことだよ」と私は嘆いた。

大学生の身分でいられるこの四年間は、人生最大の無駄遣いをした期間だったらしい。

「知ってると思うけど、私には兄と妹がいてね」

淳子は食後のコーヒーをひと口啜った。「今さら気づくのも遅いけど、兄貴も妹も、私と違って高校生のときからしっかりしてたんだと思う」

そう他人《ひと》ごとのように言って、自嘲《じちょう》気味に笑った。

淳子がこんな笑い方をしたのを見たことがなかった。彼女が笑うときはいつも爽《さわ》やかな笑顔だ。口の端を歪《ゆが》めたような、そんな笑い方は似合わない。捨て鉢になっているのが感じられて、私まで一層つらくなった。

「兄貴は畜産大学を出たあと実家の牧場を継いでいるし、妹は獣医学部の二年生。要は、二人ともちゃんと現実を見極めて進路を決めたんだよね。それに比べて、私はなんと愚《おろ》かだったのでございましょうか」

演劇部なので、以前からふざけて芝居がかった言い方をすることはあった。しかし、今日は笑えなかった。

「紫はコネがあるんじゃないの?」

ふと思いついて聞いてみた。「おじいちゃんが貴族院議員だったくらい立派な家柄なんだから」

「コネなんか使わせてくれないわよ。卒業したら実家に帰ってこいの一点張りだもの。花嫁修業して見合い結婚しろってうるさいったらないの。うちの両親て、時代錯誤《さくご》も甚《はなは》だしいのよね」

「紫は大学を卒業したら実家に帰る約束で東京に出してもらったんだったよね」

「あんな封建的な家には絶対に帰りたくない。見合いして好きでもない人と結婚させられて専業主婦になって子育てして……そんな人生、嫌だよ。でね、実は困ったことに……」

言いかけて紫はふうっと息を吐いた。紫の皿はまだ三分の一も減っていなかった。チーズが冷めて固まってしまっている。

「私の卒業と同時に、兄が研修医を修了して福岡の大学病院に勤務することになったの。だから、いま住んでいるマンションを来年の三月末には引き払うの」

「となると、紫が東京に残るには、新しくアパートを借りなきゃならないわけだね」

「そうなの。仕送りの余った分を貯金してきたから、それで当分は足りるとは思うんだけど……」

「だけど、もしも就職できなかったら田舎に帰らなきゃならないってことだね？　それは私も同じだよ」と淳子。

「地方から出てきた子はみんなそうでしょ。大学は卒業したけれど就職口はない、となると、まさかそれ以上、親に仕送りしてもらって東京に居残ることはできないでしょう。大学院に進学するんなら別だろうけど」

「やだなあ。田舎には帰りたくないなあ」

「だよね」

「博多に帰ったら親の言いなりになるしかないから人生終わったも同然よ。ところで、淳子の演劇部の先輩たちは、どういうところに就職したの？」

「就職した人は少ないよ。劇団に入ったり、新たに劇団を立ち上げたり」

「えっ、劇団って儲かるの？」と私は尋ねた。

「まさか。儲かるどころか持ち出しだよ。みんな演劇と関係ないアルバイトで食べてる」

「信じられない。この歳になってまだ夢を追いかけるなんて」と紫が目を丸くする。

「みんないつまで経ってもガキなんだよ。後悔するのは目に見えてるじゃん。演劇部の先輩の中でも唯一、私に就職の厳しさを教えてくれた人は公務員になったよ」

「うちのＥＳＳでも、しっかりした先輩は学校の先生とか公務員になった人が多いわ」と紫も言う。

　仏文科で教職を取っている学生はほとんどいなかった。私たち三人も取っていない。中学高校のフランス語の教師の資格を取れるのだが、中高でフランス語を教えているのは、ほんの一部の私学だけなので狭き門である。

「自宅通いでもない、短大でもない、美人でもない、ナイナイづくしだね」

「美人も大変だって聞いたことあるよ。面接で彼氏がいるかどうか、キスしたことがあるのかどうかって根掘り葉掘り聞かれるらしい」

「彼氏と仕事は関係ないじゃない」

「だから、女に仕事なんて期待してないんだってば。私たちは社会人になるんでもなく、仕事をする人間でもなくて、単に女なんだってば。オ、ン、ナ！」

淳子の声が大きかったので、周りの客がこっちを見た。

「で、今後のことだけど」

私は、わざとゆっくりと落ちついた声を出した。話を前向きに切り替えなければまずいと思った。いつまでもぐずぐず言っていても仕方がない。「自宅かどうかで女子を差別しない企業を当たるしかないんじゃない？」

「そんな会社、あるの？」

「小さい企業とか、コンピューターのソフトウェア会社なら採ってくれるって聞いたよ」

「コンピューターは私には無理っぽいな」

「小さい企業って、どれくらいの規模を言うんだろう」

「さあ、見当もつかない。とにかくあちこち当たってみるしかないね」

「不思議なのは、大企業だろうが零細企業だろうが給料が変わらないことだよね」

「どこでも初任給は十二万円前後なのに、どうしてみんな大企業へ行きたがるんだろう」

「そう言われれば、確かにおかしいね」

「十二万円か……少ないね。毎日朝から晩までアルバイトした方が多いよ」

「そこから税金や厚生年金や健康保険を引かれるから、手取りは十万円を切るらしい」

「じゃあ私の仕送り額より少ないってことじゃない」

「ただでさえ少ないのに、そんなに引かれるの？」

三人ともサラリーマン家庭の育ちではない。だから、会社勤めにおける常識が欠けているのかもしれないと、私はそのときふと思った。

「じゃあ、このポテトのチーズ焼きなんて、食べられなくなるかもね」

「自分で作れば安上がりだよ」

「ＥＳＳの先輩に言われたんだけど、土日が休みの会社の方がいいんだって」と紫が言った。

週休二日の会社がぽつりぽつりと増えつつあったが、まだ少数だった。土曜日の午前中は勤務するのが普通で、役所も銀行も郵便局も小中高も土曜日は休みではない。

「ひとり暮らしの場合は、洗濯とか掃除とかスーパーの買い出しなんかで休みの日は忙しいから、週に二日は休みじゃないと体力的にきついらしいよ」

そう言うと、紫はコーヒーを飲みほした。

その後、三人はそれぞれに中小企業を何社も訪問した。業種や職種にこだわる余地はなかった。

秋になり、淳子は法律事務所に決まった。仕事はお茶汲みとコピー取りらしい。

紫は、ＥＳＳの先輩の紹介で、新宿駅前にある電器店の店員になった。

私は中堅のアパレル会社からやっと内定をもらった。

派遣社員というものが存在しない時代だったので、三人とも正社員ではあった。

10　一九八四年冬　千代松紫・二十五歳

私は〈ドリーム電器〉のレジにいた。

客が無言のまま単三電池を台の上に置いた。

「いらっしゃいませ」

機嫌の悪そうな男性客に笑顔で応対し、レジを打って袋に入れる。

そういった単純作業を朝から晩まで繰り返す。

仕事は面白くなかった。面白いわけがない。男性社員のように販売戦略会議に出席させてもらえるわけでもない。自分のやっている仕事は高校生のアルバイトと何ら変わりない。商品の陳列方法に意見を言ったこともあるが、十代の高卒男性社員に〈女の子扱い〉されて、鼻であしらわれ、悔しい思いをした。

大卒男子は売り場をひと通り経験したあと本社勤めとなるが、女性の先輩でそういった人はいない。女性社員には目指す目標もなければ成長もない。その空しさが精神に与える打撃は、自分が想像していたより、はるかに大きかった。気持ちが日々荒廃していく。

親の反対を押し切ってまで東京で就職したのは、いったい何のためだったのか。

週に二回、会社が退《ひ》けてから語学学校に通うことにしたのは、このままでは精神的におかしくなりそうだったからだ。安い給料の中からレッスン料を払うのは痛かったが、なんでもいいから〈知的なこと〉をしていないと、息をするのも苦しいような気がしていた。

――今さら語学を習ってどうする。

――中途半端に語学ができたところで、転職なんかできないよ。

そんな声が自分の中から聞こえてくる。そもそも大学で四年もの間フランス語を勉強したというのに何も身についていないのだから。

――それはそれ。そんなの私だけじゃない。大学は青春を謳歌《おうか》する場だったもの。あの四年間は十分意味があったのよ。

もうひとりの自分が自分を慰める。

レッスンは五人の少人数制だった。私を含め三人が二十代のOLで、あとは四十代のサラリーマンと写真専門学校に通う十代の男の子だ。

講師はフランス人のレイモン・シュベールという若い男性で、映画スターかと思うほどハンサムだった。緑がかったグレーの瞳に栗《くり》色の髪が波打っている。身長は優に一八五センチはあるだろう。手足が長くてかっこよかった。

その日も、レッスンが始まる五分前には生徒五人全員が席に着いて、レイモン先生を待っていた。

「内藤《ないとう》さんは、すごく上達が早いですよね」

印刷関係の会社でOLをしているという女性が、四十代のサラリーマンに話しかけた。彼の学ぶ姿勢は、誰が見てもクラスでいちばん真剣だった。

「実はね、来週またパリ出張が入ってるんですよ」

機械メーカーに勤めていて、フランスの会社と商談をまとめなければならないという。

「すごいなあ。私なんか、パリ旅行のときに少し役立てばいいかなって程度だもん」

「私もよ。旅行っていったって団体ツアーだし」

「俺なんか単なる趣味ですよ」

それぞれがのんびりとした調子で話す。

「いいなあ、みんな優雅で。仕事上の取引となると金が絡むでしょう。聞き間違えたじゃ済まないですからね。馘《くび》にならないよう必死なんですよ」と内藤は苦笑してみせた。

羨ましかった。大変だとは思うが、彼はやりがいのある仕事をしている。

「ちゃんと目的があって切羽詰まってないと、外国語はなかなか覚えられないですよね」

と、私は自分に言い訳するように言った。

難民はすぐに英語を覚えると聞いたことがある。生きるために必要となると、人間は凄まじい能力を発揮するらしい。仏文科を卒業していることなど、恥ずかしくて口が裂《さ》けても言えなかった。

「一度、うちのクラスでレイモン先生を交えて飲み会をやりませんか？」

内藤は思いきって口に出してみたといった感じで言った。「そういうの、やっぱり図々しいのかな。飲み会といったって、結局は講師を無料で数時間拘束するってことだから」

内藤は逡巡《しゅんじゅん》するように宙を睨む。

「飲み会だったら、きっとレイモン先生のくだけたフランス語が聞けるわね。そういうの、旅行のときにも役に立ちそう」

「ためしに頼んでみたらどうかしら。先生の分の飲み代は私たちが持つってことで」

「フランス人と飲みに行ったなんて、俺、友だちに自慢できる」

五人全員が乗り気だった。

レッスンが終わって机の上を片づけているレイモンに、内藤が飲み会の話を切りだした。

「ボクいつでもＯＫデス」

レイモンが快諾してくれたので、ほっとした空気が流れた。

「今からドーデスカ？」

一拍置いてから歓声があがった。

「この近くに雰囲気のいい居酒屋があるんです」

内藤が、洋風居酒屋へ案内してくれた。

乾杯を終えると、改めてひとりひとり自己紹介をし、冗談を言い合ったりした。

居酒屋でのレイモンは、教師ではなくひとりの青年に戻っていた。

「先生は日本語がお上手ですよね」

レイモンは、思っていた以上に日本語ができた。イントネーションはおかしいけれど、日々の生活には十分だろう。それどころか、外国人には難しいと思われる熟語――絶体絶命、自業自得、海千山千、因果応報など――をたくさん知っている。

聞けば、フランスにいた頃から日本のアニメをよく観ていたという。それがきっかけで、日本に憧れて来日したらしい。レイモンが日本の文化や食べ物を絶賛するので、日本人として誇らしい気分になった。

「先生は日本に来てどれくらいですか?」

「二年デス」

「えっ、たった二年でこんなに日本語が話せるんですか?」

みな一様に驚いている。

「もしかして英語もできるんですか?」

「モチロン。英語はできて当たり前ダヨ」

「すみませんが先生、なるべくフランス語で話してもらえませんでしょうか」

四十代の内藤が遠慮がちに言う。内藤以外の四人は懇親会の気分だったが、彼は少しでもフランス語を上達させたいのだろう。

「気づかなくてゴメンナサイ。ボクがフランス語で話さないと、みなサンの勉強にならないネ」

レイモンはそう言って、フランス語に切り替えた。

器用に言語を操《あやつ》れるレイモン。

なんてかっこいいのだろう。

明るくて屈託《くったく》のないレイモン。

アジア人を上から目線で見ることのないレイモン。

素敵な人だ。

和気あいあいとした雰囲気の中、話が弾んだ。いい意味での仲間意識のようなものが芽生えたように感じられて嬉しかった。

「ああ今日は楽しかったなあ。勉強になったし、先生を思いきって誘ってよかったです」

内藤が満足そうに言う。「先生、またお誘いしてもいいですか?」

「もちろんデス」

「じゃあ次は……」

内藤がスーツのポケットから手帳を取り出してスケジュール表を見る。

「毎週っていうのはどう？」

ＯＬのひとりが言った。

「レッスンが火曜と金曜だから、毎週金曜のレッスンのあとっていうのは？」

「来られる人だけでもいいよね」

恋人のいない私には願ってもないことだった。

大学時代の恋人は故郷の山形に帰り、中学の教師になった。赴任先の学校は荒れているらしく、最初のうちこそ電話で愚痴《ぐち》っていたが、生徒が傷害事件を起こしてから多忙を極めるようになり、連絡が間遠になっていった。遠距離恋愛は、思ったよりも呆気《あっけ》なく幕を閉じた。

〈花の金曜日〉を略して〈花金〉という言葉が流行り始めていた。その花金にアパートにひとり帰る身にとって、飲み会の予定が毎週入っているとなれば、日々の生活のアクセントにもなる。会社を離れ、利害関係のない仲間との飲み会は気分をリフレッシュさせるのにもってこいだ。

「いくらなんでも、毎週だと先生もご迷惑でしょう」

内藤が上目遣いにレイモンを見る。

「だから、来られる人だけでいいんですってば」とＯＬ。

「ああ、なるほどね……」

内藤にとって、レイモンが来ない飲み会など意味がないのだろう。あまり乗り気がしないような表情だった。

「ボクはダイジョブですよ。金曜の夜、いつも空いてマス」

「やったー」

拍手が起こった。

みんな満面の笑みである。

レイモンは痩《や》せているが、やはり身体が大きいだけあって、よく飲みよく食べた。日本人の三人前はペロリといった感じだった。そのせいなのか、勘定のときになり、思ったより料金が高くて驚いた。日本人五人で割勘のはずだったが、内藤が多めに出してくれた。

レイモンもズボンのポケットから財布を出そうとした。

「いや、まさかまさか、先生は結構ですよ」と内藤が押しとどめる。

「アリガト。ゴチソサマ」

レイモンはさっと財布をしまった。いちいち身のこなしがスマートだ。

にっこり笑って片手をあげると、「お先に」と言って帰って行った。

ある日、私の勤める〈ドリーム電器〉にレイモンがふらりと現われた。休日は大層混み合う店だが、平日の午前中は嘘のように空いている。

「レイモン先生じゃないですか」

背後からいきなり名前を呼ばれたからか、レイモンは驚いたように辺りをきょろきょろと見渡した。

「紫サンじゃないデスカ」

「私、ここに勤めているんですよ」

「ボク、日本の電器のお店、大好きデス。買う物なくてもとっても楽しデス」

「わからないことがあったら何でも聞いてくださいね」

「アリガト。紫さん、今度の日曜、ボクとデートしないデスカ？」

レイモンはそう言うと、頬を赤く染めた。

なんて純情なのだろう。人種や国が違っても、赤面ひとつで相手の純朴さが伝わってくる。肌の色が違っても同じ人間なのだとあらためて思い、レイモンを身近に感じた。

「井《い》の頭《かしら》公園を散歩シマショウ。ボクは武蔵野《むさしの》の自然が大好きデス」

デートの約束をしただけで、心の中にぽっと灯りがともったようだった。だからか、その日の仕事は空しさを感じなかった。

デートの朝は、早起きしてサンドイッチを作った。喫茶店に入るより、公園のベンチに座って鳥のさえずりを聞きながらおしゃべりする方が、きっとレイモンの好みに違いないと思ったからだ。ヨーロッパの人々はみんな自然を愛し、自然に感謝して生きている。テレビのドキュメンタリー番組や映画などを通してそう感じていた。

日曜日になり、井の頭公園へ行って、のんびりと散策した。

すれ違う女性たちが思わずレイモンを振り返るのは、先日フランスから来日したばかりのピアニストに似ているからだろう。リチャード・クレイダーマンの『渚《なぎさ》のアデリーヌ』は優しいメロディで、日本でも大ヒットしていた。それがきっかけで、イージーリスニングというジャンルが一気に日本に広まった。

途中でベンチを見つけて並んで座った。

「レイモンさん、お腹空きませんか？」

持参した甘い紅茶や簡単なサンドイッチを広げると、レイモンは両手を口に当て、「オオッ」と言って目を大きく見開いた。

「素晴らしいデス。手作りのもの食べるの、久しぶりデス」

欧米の人間は表現が大げさだなと思ったが、やはり嬉しかった。

彼は徹底してレディファーストだった。まるで自分が宝物か壊れ物にでもなったような気がした。今までこれほど大切に扱われたことがあっただろうか。

レイモンと一緒にいると、日本人男性というもの全てを嫌いになりそうだった。日本の男たちは、女を添え物としてしか見ていない。そのことは職場においても顕著《けんちょ》だった。実家の両親が外出するときも、重い荷物を持つのは母と決まっている。父はどこへ行くにも胸を張って手ぶらで歩くのを男らしい態度だと信じて疑わない。

――一歩下がって男ば立てるのが女子衆《おなごし》の本分ばい。

これを祖母が私に説くのならまだ可愛げがある。祖母の育ってきた時代を思えば、孫娘が将来苦労しないようにと、早いうちから儒教的な考えを植え付けようとするのも生活の知恵といえる。しかし、実家でこの言葉を口に出すのは、決まって祖父と父だ。怒りを通り越して滑稽《こっけい》でさえある。

それに比べて、いま目の前にいるレイモンの清涼感ときたら……。父と同じヒト科の同じオスとはとても思えない。そもそも自分に自信のある男性は威張らないのではないか。

私は日本人男性とは相性が悪いのかもしれない。いや、私だけじゃないかも。女性の考え方はどんどん欧米化されていくのに、男性は変わらないから、男女間の開きが日々大きくなっていく。

実家の父は、家柄と格式を何よりも重んじる人間だ。代々炭鉱や林業を手広く経営してきた家系で、亡き祖父は貴族院議員だった。現在は炭鉱が閉鎖され、林業も下火だが、駅前にレストラン二軒と大分県にある国立公園内にドライブインを経営している。父は時代錯誤も甚だしい人間で、嫁入り前の娘が親元離れて東京の大学へ行くことには大反対だった。

息が詰まりそうだった私は、家から遠く離れた大学へ行きたかった。大学進学というチャンスを逃したら、きっとこのままがんじがらめの人生から逃れられない。親には東京の大学にしか受からなかったと嘘をついた。医大生の兄が先に上京していたこともあり、兄と同居するならと、やっとのことで許された。親からすれば、兄が監視役になるはずだったのだろうが、博多小町と呼ばれた母親に似た美形の兄は、女性にモテまくった。連日連夜遊び歩いていて、私を監視するどころか、逆に「僕のことは親父やお袋には黙っておいてくれないか」と手を合わせる始末だった。

――日本の男はダメばい。

そう溜め息混じりに言ったのは、高校時代の担任教師だった。シスターでもあった初老の英語教師は常に凛《りん》としていて、女生徒たちはみんな彼女に一目置いていた。

東京の大学へ進むのを父に強く反対されていると話したとき、いつもは標準語で話す彼女が、いきなり博多弁になった。

――戦後三十年も経つんに、先進国ん仲間入りばしてもGNP何位になっちも、この日本ちゅう国は女に席ば譲らんとよ。男は既得権益ば絶対に手放さんと。政界や会社だけん話やなくて、家ん中までそうやけん。過渡期、過渡期っち、いつまで言いよっとか！

感情を露《あら》わにした先生を見たのは、それが最初で最後だった。

先生は、私が地元の名門女子大に受かったことを親に黙っていてくれた。

同級生から、先生が修道女になったきっかけを聞いたのは、卒業したあとだった。

——プライドば保っち生きるためげな。男と一切かかわりあいたなかけん、修道会に入ったちゅうたい。先生の時代に独身ば通すち、世間《せけ》ん目の厳しかったけんが、キリスト教に心酔したこつにしたげな。

明美も淳子も地方から単身上京してきていたが、親の反対はなかったようだ。それを考えると、やはりうちの家族は、世間に比べてもかなり保守的だと思う。

家柄に恥じないように。

女はこうでなければならない。

九州男児はこうあらねばならない。

そんなすべてのことに反発して生きてきた。多勢に無勢という環境の中に置かれると、自分が間違っているのかもしれないという思いが常につきまとった。しかし今、こうやってレイモンといると、私の考え方や感じ方はまともだったのだとつくづく思う。

おおらかなレイモンを見ていると、日本人男性がみんな小さく思えた。

そして、世間体ばかりを気にする実家がどんどん嫌いになっていった。

交際を始めて三ヶ月目のある日、レイモンにプロポーズされた。

嬉しくて、すぐにでも良い返事をしたかったのだが、身近に国際結婚した知り合いもいなかったし、不安もあった。もう少しつきあってみてからでも遅くはないと思い、「少し考えさせてください」と言うと、レイモンは悲しそうな目をした。

しかし、その数日後、母からの電話で私の気持ちは固まった。

——紫にお見合いん話のあるけん。とってもよか話ばい。

「まだ私には早か」

——もう二十五やろう。遅かくらいよ。

母の背後で父が何やら怒鳴る声が聞こえてきた。

——お父さんが、次ん日曜に帰っちこいっち言うとんしゃる。

「そんなこと急に言われても無理よ。私にも仕事があるけん」

——お父さんの言うことば聞かんね。私があとで怒られるけん。

母はおろおろしていた。いつものことながらうんざりする。母は、父に叱られないためには娘を犠牲にしてもかまわない人間である。言い換えれば、父に叱られないで生きていくことが母の人生の最大の目的だ。いつの日か自分に子供ができても、決してこういう母親にだけはなるまい。そう誓ったときだ。心の中の何かがポキンと折れた。

「もしもし、お母さん、私ね、実は結婚したい人がおると」

——なんば言うとっと？

母はいきなり声を落とした。近くに父がいるからだろう。父に知られまいと緊張しているのが、受話器を通しても伝わってくる。

——そぎゃんふしだらなことは許しとらん。

囁《ささや》くような小さな声だが、語調は強かった。

「とってもいい人やけん。純粋やし」

——純粋？　なん馬鹿んことば言っとる。そぎゃんことより、どこん大学ば出とる。

「フランスのリヨン大学ばい」

——えっ、フランス？　フランスば留学しとったと？　外交官の息子やろか？

急に声が柔らかくなる。

「違うよ。フランス人ばい」

——あんた、馬鹿じゃなかと？　お父さんがどんだけ悲しむか考えたことがあると？

「変な人やなか。フランスん貴族ん出身たい」

思わず口から出まかせを言ってしまった。

——そげんこつ嘘たい。どこん馬ん骨かもわからんばい。

「レイモンは開城《かいじょう》中学でフランス語の講師ばしとるとよ。開城っちいえば名門私立たい」

どんどん嘘が出てくる。

——東京の開城が名門ち、そげなこつは知っとう。中学から上京して開城に行った親戚の男ん子はいっぱいおるとやもん。

「だったら……」

――例えばフランス政府の関係ん仕事ばしよったり有名な芸術家であいば、お父さんば説得することができるかもしれんけど、フランス人がフランス語ば教えるなんち誰やっちできる。そげなもんロクなもんじゃなか。話になりまっしぇん。とにかく見合い写真ばすぐ送るけん、早う目ば覚まさんね。

翌々日、速達で大きな茶封筒が届いた。

見合い写真を見つめた。七三分けの御曹司は、肥満体に似合わず神経質そうな目つきをしている。今までそれほど面食いだった覚えもないのだが、レイモンとつきあうようになってからは、黄色人種の顔が扁平《へんぺい》に見えて仕方がなかった。

同封されていた釣り書を広げる。

――博多ふれあい病院勤務、帝都大医学部卒、三十五歳、福岡県出身、趣味は囲碁、特技はプラモデル作り。

――こっちで段取りを進めますから、そのつもりで。

母の短い手紙は、レイモンとの恋の炎に油を注いだ。

レイモンと交際を始めてまだ三ヶ月目だった。結婚という人生の一大事は、いくらなんでももう少しつきあってから決めようと思っていた。しかし、のんびりしていたら、この写真の男性と結婚させられてしまう。そう思ったらいてもたってもいられなくなった。

というのも、何年か前、仲良しの従姉の森子《もりこ》ネエちゃんには好きな男性がいたというのに、騙《だま》し討ちで見合いをさせられ、泣く泣く嫁がされたのだ。彼女の心中を察すると同情に余りある。

そうだ、森子ネエに会ってみよう。何かいいアドバイスをもらえるかもしれない。ダンナさんが厚生省に勤めている関係で、世田谷《せたがや》にある官舎に住んでいると聞いている。

早速、電話してみると、懐かしいと言って喜んでくれた。

翌週、二子《ふたこ》玉川《たまがわ》のレストランで会うことになった。

「紫ちゃん、久しぶりね」

森子ネエは痩せてきれいになっていた。痩せたのは気苦労が絶えないからだろう。

「紫ちゃん、どうしたの？　なんだか暗い顔しちゃって」

森子ネエは心配そうに私の顔を覗き込んだ。

「実はね……」

レイモンと結婚したいが、実家の母が強引に見合いを進めていることを話した。

「私と同じパターンだわ」

森子ネエは悲しそうな顔で窓の外を見た。「私にも好きな人がいたのよ。とっても優しくて素敵な人だった」

「大学の同級生だった人でしょう？　叔父さんたちはどうして反対だったの？」

「彼は作詞家を目指していたの。彼の書く歌詞はそりゃあロマンチックで胸キュンものだったわ。だけど、そんなのでどうやって食べていくんだって、親はもうカンカンだった」

「実際、彼はどうやって食べてたの？」

「実家が浅草《あさくさ》の下町で果物屋をやってたの。そこの店番をしながら歌詞を書いてたのよ」

「えっと……じゃあ例えば、彼がサラリーマンだったら反対はされなかったわけ？」

「そうとも言えないわね。サラリーマンといったっていろいろだし。ほら、おじいちゃんが貴族院議員だったような家柄だからね、そもそも私なんかと同じ三流大学を出てること自体が結婚相手としては論外でしょう？」

「で、森子ネエは今はどう？　幸せなの？」

「後悔してる」

そう言って、森子ネエはグラスについた水滴を人差し指で拭《ぬぐ》った。「好きな人と結婚できていたらどんなに幸せだったか……」

「でも、その彼と結婚してたら生活は安定しなかったんじゃない？」

実はレイモンと結婚したらと想像すると、経済的な不安を払拭《ふっしょく》できないでいた。

――ボクは紫さんを幸せにしマス。

最近のレイモンは、デートのたびにそう言う。だからきっと結婚後のことは家計を含め、しっかり考えているのだろうとは思うが。

「ところが彼、成功したのよ。作詞家として」

「ほんと？」

「本條《ほんじょう》ナギサが歌ってる『ロンリネス・ハート』を作詞したの」

「えっ、あの有名な作詞家？　驚いたわ。もしも彼と結婚してたら……」

「きっと今ごろ億万長者になって楽しく暮らしてるはずよ。もちろん最初の何年かは私が働いて生活を支えなくちゃならなかっただろうけど、でもそんなのどうってことない。愛さえあればどんなことにも耐えられた自信があるもの」

森子ネエのモト彼と同じように、レイモンにも可能性はたくさんある。例えば翻訳《ほんやく》の仕事だってできるだろうし、有名私学に正式採用されることだってあるかもしれない。レイモンは、二足も三足も草鞋《わらじ》を履く能力を秘めている。なんせフランス語が話せるんだから。

「さっさと結婚しちゃわないと博多に連れ戻されるわよ」

森子ネエが深刻な表情で言った。「私のときは、母が交通事故で危篤《きとく》だって言われたの。それで急いで帰ってみたら、二度と家から出してもらえなかったわ」

すぐそのあと、実家の使用人が上京して、森子ネエの住むマンションの荷物を博多へ送ったらしい。そして森子ネエが勤めていた渋谷《しぶや》の着付け教室に出向き、今日限りで辞める旨を勝手に申し出てしまったという。まるで安っぽいドラマのストーリーみたいだ。

「森子ネエは、今のダンナさんと離婚したいと思うことある？」

「もうあきらめてるわ。子供はかわいいもの」

そう言って高級ブランドのバッグから写真を取り出した。

「修一《しゅういち》は三歳。果歩子《かほこ》は一歳半よ」

「見ない間にずいぶん大きくなったね。今日は子供たちを誰かに預《あず》けてきたの？」

「タンポポルームよ」

官舎の近くにある民間の施設らしい。一時間ひとり千円で預かってくれるという。

「ちょくちょく預けてるの。美容院とか買い物とか映画とか、お友だちとランチするときとかね。だから毎月七万円くらいになっちゃう」

そういって、ペロッと舌を出した。

ずいぶんと贅沢な暮らしをしているらしい。さっき後悔してると言った割には楽しそうだ。ネックレスとイヤリングをよく見ると、高級ブランドのものだった。森子ネエが幸せに暮らしているのなら、それに越したことはないが、なんだか釈然《しゃくぜん》としない。

私と森子ネエとは性格も考え方も違うのだろう。きっと森子ネエは、私みたいに我が強くなくて、与えられた環境に順応していける人だ。

「紫ちゃんとこのお父さんも考えが古そうだもんね。外国人なんてとんでもないって怒りまくってるでしょうね。紫ちゃん、勘当されちゃうかもよ」

それならそれで構わない。

とにかく、ぐずぐずしてはいられない。

博多に連れ戻される前に、レイモンと結婚してしまわなければ。

11　一九八六年春　シュベール千代松紫・二十六歳

久しぶりの女子会だった。

それぞれに子供が生まれたときは、出産祝いを贈り合ったりしたが、子連れで会うのは今日が初めてだ。私はレイモンと結婚し、淳子は大学の同級生の五十川淳太郎と結婚し、明美は仕事関係で知り合った国友さんという男性と結婚した。

淳子のところは男の子が生まれた。明美とうちは女の子だ。

赤ん坊が生まれてからは、なかなか会えないでいた。三人とも妊娠を機に会社を辞めたが、慣れない子育てに翻弄《ほんろう》されていたこともあるし、結婚を機にそれぞれが引越したことで家も遠くなった。明美は小田急《おだきゅう》線の町田の団地に住み、淳子は京王《けいおう》線の八王子のマンション、私は中央線の高円寺のアパートだ。三人とも実家が遠いので、母親にひょいと子供を預けて気軽に外出というわけにはいかなかった。

今日は明美の家に集まることになっている。私の家から明美の住む団地は遠いし、赤ん坊連れで外出するのは本当に大変だが、それでも会えると思うと、楽しみで仕方がない。

三人の中間地点あたりのお店でどうかという話も出たが、喫茶店もレストランも赤ん坊連れでは入りづらかった。オムツを替える場所もないし、いつ大声で泣き出すかもしれないと思っただけで気が気でない。

――紙オムツも哺乳《ほにゆう》瓶もミルクもタオルも全部うちにあるからね。離乳食も簡単な物を作っておくから、手ぶらで来てちょうだい。

明美が電話でそう言ってくれなかったら、旅行するのかと思うような大荷物になっていただろう。片方の腕には大きな鞄、もう一方には赤ん坊……それを想像しただけで遠出する気力が萎《な》える。杏里も生後七ヶ月目に入り、重くなってきた。赤ん坊を抱えたまま、片手でベビーカーを畳んだり広げたりすることひとつとっても、小柄な私には難しくて危ないことだった。だから、外出といえば近所の公園に行くくらいしかなくなっていた。

本当なら子連れの女子会は私の家でやるのが最適だと思う。なぜなら、明美と淳子は日頃から車を運転しているし、私はペーパードライバーのうえに、そもそもうちには車がない。赤ん坊を連れての移動を思うと、彼女らがそれぞれ車で私の家に来るのが最も良い方法だろう。

しかし私は、彼女らに家を見られるのが嫌だった。古い木造アパートであるだけならまだしも、夫が平日の昼間から畳の上に寝転んで漫画を読んでいる。

女子会の日は朝からからっと晴れていい天気になった。平日の昼間だからか、電車が空いていてほっとした。

「泣かないでね」と、腕の中の杏里に祈るような気持ちで話しかけた。世間の人が赤ん坊の泣き声に寛容でないことは、杏里が生まれてから嫌というほど身に沁《し》みていた。三人がもっと近くに住めたらいいなと思うことがある。歩いて数分のところだったら、どんなに心強いだろう。

車窓を流れる景色を眺めた。ぎっしり並んだビルや民家が見える。

明美も淳子も実家近くの病院で産んだらしい。産後も一ヶ月以上は実家に留《とど》まり、母親の世話になっていたという。私はといえば、父がいまだに結婚に反対していて、半ば勘当されたも同然なので、博多に帰ることはできなかった。ひとりで赤ん坊の面倒を見られるだろうかと心細く思っていたら、レイモンが甲斐甲斐《かいがい》しく世話をしてくれた。彼は子煩悩《こぼんのう》で、杏里が笑ったり泣いたりするのを飽きもせず日がな一日眺めている。私のように、赤ん坊の泣き声で苛々することはなかった。レイモンと杏里は、自然界にいる動物の親子みたいだ。早く大きくなってくれればいいのにと願う私とは違い、レイモンは赤ん坊のいる生活を楽しんでいた。

町田駅からはタクシーを奮発しようと、家を出るときから決めていた。しかし、改札を出ると気が変わった。

やっぱりもったいない。バスに乗ろう。

少しの距離でもすぐにタクシーに乗る実家の母の生活を羨ましく思った。

こぎれいな十一階建ての団地が見えてきた。明美一家は七階の２ＬＤＫに住んでいる。前に一度、来たことがあった。三人とも新婚でまだ会社に勤めていた頃だ。明美のダンナさんは肩幅の広いがっちりタイプで、素朴《そぼく》でシャイな感じの人だ。女三人でおしゃべりを始めると、早々に立ち上がり、「本屋にでも行って来るよ」と出かけて行ったのを覚えている。

玄関のチャイムを鳴らすと、「はあい」と明美の元気な声がインターフォンから聞こえてきた。

「いらっしゃい。待ってたよ」

ドアを開けてくれたのは淳子だった。

「うわあ、やっぱりハーフってかわいいね」

淳子がそう言って杏里を覗き込む。杏里は私の腕の中で、じっと淳子を見上げている。

明美がエプロンで手を拭きながら出てきた。

「まだこんなに小さいのに、さすがハーフだね。目鼻立ちがはっきりしてる。杏里ちゃんに比べたら、うちの子なんて、まるで肉まんみたいだよ」

明美の後ろから、よちよち歩きの女の子が壁を伝って歩いてきた。

「えっ、もう歩けるの？」

明美のところの百香ちゃんは、小さな熊のぬいぐるみを胸にしっかり抱きしめていた。私をちらりと見る冷たい目つきから、この熊は誰にも渡さないといった気迫が窺える。

「だって百香は四月生まれだもの。もう一歳になったのよ。生まれ月が違うから今はこんなに差があるけど、学年は同じになるのよね。さあ、入って」

リビングが広々としていて、フローリングは艶《つや》があって清々しかった。こんな団地に住めたらどんなにいいだろう。郊外の、それも公団の団地なのに、家賃は高いらしい。

「これがうちの龍男くんです」

男の子が淳子の隣で大人しく車のおもちゃで遊んでいた。

「男の子でよかったわね」

そう言うと、飲み物を運んできた明美が「えっ、どうして？」と驚いたような声を出した。「私、女の子でよかったと思ってるよ。だって大きくなったら一緒に買い物に行ったりして楽しいじゃない。男の子なんてどうせお嫁さんのものになっちゃうんだもん。寂しいよ」

「でも、やっぱり跡継ぎが必要でしょ」と私。

「紫って旧家のお嬢さんだけあって、考えが古いね」

明美が同意を得ようと淳子を見るが、「そうとも言えないかも」と淳子は溜め息混じりに続けた。「私はどっちでもよかったけど、男の子だとわかったとき、ダンナの親がすごく喜んだよ。『でかした』とか『よくやった』って言われるたびに、子供を産む道具に過ぎないって言われてる気がして落ち込んだよ」

「でも、五十川くんはいいヤツじゃん」と明美が言う。

五十川淳太郎は、優しくておおらかな感じが淳子とよく似ていて、似た者夫婦だなと思う。大学一年のときからつきあっていたから、気心も知れているはずだ。

「うん、まあね」と淳子はなんだか歯切れが悪い。

「ねえ淳子、龍男って名前は誰がつけたの？」と明美が遠慮がちに尋ねた。

私も前から不思議に思っていた。龍男なんて、まるで戦前の名前みたいだ。

「変な名前でしょう」

「いや、変じゃないよ。でも、ほら、辰《たつ》年生まれでもないしさ」

明美が慌てて取り繕《つくろ》う。

「私ね、本当は『翔』にしたかったの」

淳子の表情が暗い。

「あっ、わかった。お寺の住職につけてもらったんでしょう。姓名判断か何かで」

「違うよ。ダンナの母親が龍子《たつこ》なのよ」

「だから？」と明美が先を促《うなが》す。

「だから、お義母さんの一文字をもらって龍男にしなさいって」

「それ、誰が言ったの？」と明美。

「だから、お義母さん本人だってば」

私は驚いて、思わず明美と顔を見合わせた。

「お義母さんは辰年だからいいよ。でも龍男は辰年じゃないんだよ」

なにも姑の言う通りにしなくてもいいではないか。子供の名前は親がつければいい。きっと明美もそう言いたかったのだろうが、黙っていた。今さら言ってもかわいそうなだけだ。

明美が淹れてくれた紅茶は香りが良くておいしかった。カップも高級ブランドではないけれど、とてもおしゃれでかわいくて、生活を楽しんでいるのが垣間見えた。

ここには安定した生活がある。

子供を抱《かか》えた女が安心して住める家だ。

でも、うちは……違う。

「うちのダンナ、すごく残業が多くてね。子育ては私ひとりでやんなきゃならないから、ノイローゼ気味なの」

明美がつらそうに顔を歪めた。

「うちも同じく。でもね、早く帰って来てほしいって言えないんだよね。なんせ残業代がなければ食べていけないから」と淳子も苦しげな表情をする。

残業……レイモンには無縁の言葉だった。

「子供を産んで実家から東京に戻ってきたら、急に不安になっちゃってね、地域の保健婦さんに来てもらったことがあるの。ところがさ」

話しながら、明美は表情を曇らせた。

訪ねてきた保健婦が明美の母親と同年代だったので、彼女は親しみを覚えたらしい。しかし、保健婦は子育てのことだけでなく、家事の細かなことについても説教を繰り返し、夫の帰りが遅いのは怪しいとまで言い始めた。「日頃のストレスを私にぶつけるために訪問しているとしか思えなかったよ。余計ノイローゼになりそうだった。あの保健婦、ダンナさんとうまくいってないいんじゃないかな。だから私ね、『もう大丈夫ですから訪問は結構です』って早々に断わったのよ。なのに『まだまだ心配だからそうはいきません』って言うんだよ。『本当にもう結構ですから』って押し問答よ。しまいには喧嘩別れみたいになっちゃった」

「ひとりきりで子育てするのって本当にきついよね。この子が生まれるまでは、北海道の地元で暮らしている高校の同級生を羨ましいと思う日が来るとは、想像もしてなかった」

「紫が羨ましいよ。レイモンは残業もないし、杏里ちゃんの面倒もよく見てくれるんでしょう?」と淳子が尋ねる。

「……うん、まあね。レイモンは、すごく子煩悩な人よ」

「フランスの男の人って、みんなそうなんだろうか」と明美が聞く。

「まさか。人それぞれでしょう?」と私。

「でもさ、日本人の男の人で子煩悩な人って、私あんまり見たことない気がするけどね」

「そう言われればそうだね。人それぞれっていうような確率じゃないよね」

「レイモンは子煩悩なだけじゃなくて、紫の話もちゃんと聞いてくれるんでしょう?」

「まあ、そりゃあ……家にいる時間が長いからね」

「いいなあ、うちなんて全然聞いてくれない」

「うちもそう。子供のことで相談してるのに、俺には関係ないって顔。あなたはこの子の父親じゃないのかって叫びたくなるよ。あーあ、私もフランス人と結婚すればよかった」

「私も」

「あー失敗した。やっぱり日本人の男はダメだ」

「もう今さら遅いよ」

テンポのいい明美と淳子の会話が続いたとき、龍男くんが泣き出した。

「そろそろお腹が空いたのかな」と淳子。

「ちょっと早いけどお昼にしようか」

明美は、龍男くんと百香ちゃんのためにクリームシチューをテーブルに並べてくれた。食べやすいように具が小さく切ってある。

「大人もクリームシチューでいい？　そう思って鍋いっぱいに作っておいたんだけど」

「上等よ。ありがとう」

「ごめんね、いつも明美にばかり負担かけちゃって」

明美は、離乳食を始めたばかりの杏里のために、蒸したカボチャをつぶしたものまで作っておいてくれた。

「そろそろ再就職したいと思ってたら、本屋さんで偶然こういう雑誌を見つけたのよ」

明美は〈とらばーゆ〉と書かれた雑誌を見せてくれた。ふんわりと分厚くなっているのは、何度も見返したからだろう。

「私も買った。女性専門の求人情報誌だなんて、すごく画期的って感激して」

私はその雑誌を知らなかった。この三人の中で、最も働きに出る必要にかられているのは私なのに。

「どの企業も採用条件は〈二十三歳以下〉なの」と淳子は言い、寂しそうに笑った。

「は？」

「やんなっちゃう。〈自宅通勤に限る〉の次は〈二十三歳以下〉だってさ」と明美が言う。

「例えばさ、二十四歳だとダメなの?」

私は素朴な疑問を口にした。

「そりゃ二十四歳はダメでしょうよ」と淳子が平然と言い放つ。

「なんで?」

「だって二十三歳の女性っていうイメージに、ニッポンの人事のおじさんたちはロマンを感じてるんだろうから」

「ああ虫唾《むしず》が走る。大学四年のときの暗い気分を思い出しちゃったよ」

「その気分、私にも感染してきた。やる気とか努力とか能力とか全然関係ない、メスとして魅力があるかどうかってこと」

「たとえ二十一歳でも子持ちだったりしたら、たぶん論外だよね」

「当たり前じゃない。おじさんからしたら、子持ちの女は何歳だろうがおばさんだもん」

「日本ってホントに先進国なのかね」

「少なくともジェントルマンの国にはなれないね。たぶん、未来永劫《えいごう》」

淳子と明美はアハハと乾《かわ》いた笑いで締《し》めくくった。

私は笑えなかった。二人とは違って死活問題だ。

「どうやったら働けるのかな」

私は杏里にカボチャをひと匙《さじ》ひと匙食べさせながら尋ねた。

「パートだったらあるよ」

「お弁当屋とかスーパーのレジとか」

たいしたお金になりそうにない。

「パートのおばさんのまま歳を取る。これじゃあ母親の世代と変わりないね」

「うちの母は朝早くから牛に餌《えさ》をやって、搾乳《さくにゅう》したり放牧したり、その間に家事もこなして一日中働いてるよ。明美の家だってそうでしょう？　お父さんが税理士事務所を開いてから、金物屋の方はお母さんひとりでやってるんじゃなかったっけ」

「そうだよ。家で商売するのはいいよね……って今さら気づく馬鹿な私。やっぱ失敗だった。修英大学なんて行かないで資格の取れる学校に行くべきだった。この子にはきっと、そうさせる」

そう言うと、明美は百香ちゃんの頭にそっと手のひらを載せた。

働いている母親を見て育った二人が羨ましかった。博多の母はお嬢様育ちで一度も働いたことがない。それどころか、お手伝いさんが家にいるから家事もほとんどしない。つまり、今の私にとって母の暮らしは何ひとつ参考にならなかった。

「ねえ、聞いてくれる？」

淳子がしんみりした声で切りだした。

実は、ここに来たときから淳子の表情が気になっていた。いつもならあっけらかんと明るい淳子が、今日はなんとなく暗いように見えた。会うのが二年ぶりくらいだから、その間、それぞれに色んなことがあったのだろう。楽しいことばかりじゃないのは、いずこも同じということか。とはいえ、結婚したこと自体を後悔しているのは私だけだろうけど。

「明美と同じで、うちのダンナも残業残業で帰りが遅いのよ。だから土日くらいは家族水入らずでのんびりしたいじゃない。たまには美容院にでも行って私も息抜きしたいしね。だけど、ダンナの両親とお義姉《ねえ》さんたちが毎週来るの。ひどいときは土曜日に来たと思ったら日曜日も」

「そりゃ大変だ」

「掃除が行き届いてないって叱られることもあるの。だけど、龍男の世話と家事で私もうへとへとなんだよね」

「わかるよ。でもそういうとき、五十川くんは言い返してくれないの？」

「お義母さんもお義姉さんも、うちのダンナが席を外した隙を狙って言うの。それはもう絶妙なタイミングで。そうじゃないときは遠回しの皮肉よ。私は牧場で育ったせいか皮肉は得意じゃなくて、ああいうの絶対に真似できない。すごいと思う」

淳子がさも感心したように言うのがおかしかった。

「紫も明美も笑ってるけどね、皮肉を言うのは案外難しいよ。頭の悪い人は言えないと思う」

明美と私は同時に噴き出した。

「冗談で言ってるんじゃないんだってば」

「ごめん」

「龍男の洋服やオモチャを持って来てくれるから、経済的には助かるけど、私もたまには休息日が欲しいよ」

「うちはダンナの実家が静岡だから滅多に来ないよ。お義父《とう》さんは癌《がん》で亡くなってるし、ダンナは三人兄弟の末っ子で、百香は五人目の孫だから感激度が低いみたい」

「うちはお義姉さんが二人とも独身だから、龍男がたったひとりの孫なのよ」

「お義姉さんから見ても、龍男くんはかわいくて仕方ないでしょうね。独身の人にとって、兄弟の子供は格別にかわいいって聞くもの」

「龍男くんにみんなの視線が集中するわけだね」

龍男くんはと見ると、口の周りをべたべたにしながらシチューと格闘している。

「美味しいよ、明美のクリームシチュー」

「ほんと？」

「うん、コクがあって美味しい」

「ありがとう。ところで話変わるけど、最近ものすごい勢いで地価が上がってるでしょう。庶民には手が届かないよね」と明美が溜め息まじりで言う。

「だからこそ一年でも早いとこ家を買わないとやばくない？」と淳子が真剣な表情になる。

「でも頭金がなかなか貯まらないよ。早く買わないと老後が心配」と明美が応えた。

ショックだった。私には家を買うなんて考えられない。なんだかんだいっても明美と淳子は夫たちがしっかり働いている。残業が多いなどと言って、帰りが遅いのを嘆《なげ》いているが、私からしたら羨ましい限りだ。家庭を顧《かえり》みる余裕がないほど働く男は立派だ。夫が仕事人間で家庭的ではないと不満に思うのは贅沢というものだ。

先行きが不安で、心が押しつぶされそうだった。

そろそろ私自身が働きに出なければならない。たびたび職安に足を運んではいるのだが、なかなか見つからずに焦っていた。赤ん坊がいるとわかると、どこも雇ってくれなかった。レイモンは短時間ではあっても平日は毎日働いているので、杏里をレイモンに預けて働きに出ることはできない。保育園に空きがあったとしても、就職が決まっていないと預けられない。しかし、保育園に預けられることが決まっていないと就職も難しい。

レイモンの稼ぎだけだと、節約してなんとかぎりぎりという線だ。レイモンはせっかく舞い込んだ翻訳の仕事まで断わってしまった。フランス人会の誰かが世話してくれた仕事で、フランスに輸出する家電製品の取扱説明書の翻訳だった。専門用語が多くてボクには向いていないというのがレイモンの言い分だった。

──人生一度きりダヨ。楽しまなくっちゃ。

レイモンの口癖であるこの言葉を、結婚前は素敵だと思っていたが、今では腹が立つ。彼は、最低限の生活ができればいいと考えているから、極端な節約家である。

パン屋でパンの耳を平気でもらってくるレイモン。

フリーマーケットでシャツが五十円で買えたと狂喜するレイモン。

レイモンをどんどん嫌いになっていく自分。

親友だと思っている明美や淳子の前でさえ、自分の気持ちや現状を正直に話す気にはなれなかった。彼女たちは見栄を張らない人間だから、私は今までずっと自然体でいられた。学生時代も互いに恋愛の悩みなんかを打ち明けてきた。そのうえ、高校時代の友人とは違って故郷がそれぞれバラバラだから、実家周辺に噂が漏れる心配もない。そういうことを考えても、最も気が楽な相談相手のはずだった。

それなのに……。

三人の中で自分だけが結婚に失敗してしまったという思いが、心を閉ざした。

先行きが不安だった。貯金はほとんどない。レイモンにはお金を貯める習慣がない。

「百香のお古がたくさんあるんだけど、杏里ちゃんにどうかと思って」

明美がダンボールに詰め込んだ百香ちゃんのお古を出してきた。

一瞬、躊躇《ちゅうちょ》した。

もしかして私は貧乏に見えるのだろうか。

「うちのダンナの姪《めい》っ子たちのお古だから、いったい今まで何人が着たんだかわからないくらいの代物だけど、もしよかったら。子供ってすぐに大きくなっちゃうでしょう。ワンシーズンしか着られないから、もったいなくて、ほとんど買ったことないの」

見ると、色褪《あ》せている物もあったが、きれいに洗濯してきちんと畳んであった。

「ありがとう。遠慮なくいただく」

「宅配便で送ってあげようか？」

「そうしてもらえると助かる。もちろん着払いにしてよ」

「うん、わかった」

久しぶりの女子会は、あっという間に時間が過ぎた。

楽しかったけど、つらかった。

明美も淳子も愚痴を言いながらも、きちんと生活している。家を買う計画まで立てている。なんと言っても夫がまともだ。

羨ましかった。

その帰り、最寄りの駅で降りて、自宅に向かっていたときのことだ。

「今日はいい子にしていてくれてありがとね」

抱っこ紐《ひも》の中ですやすや眠っている杏里に話しかけた。

どんなことがあってもこの子だけは守っていかなければならない。そのためには先立つものが要る。なんとしてでも仕事を見つけなければ。

「かわいいですね」

駅からの商店街を下って歩いていると、背後から声がした。

振り返ると、すらりとした清潔感のある女性がにこやかな表情で杏里を覗き込んだ。

珍しいことではなかった。女子高生たちとすれ違うときなどは、杏里をかわいいと言って大騒ぎして取り囲まれることもある。

「ご主人はどちらの国の方ですか？」

その女性は私の横に並んで歩き始めた。

「フランスです」

「フランスかあ、いいですね」

「……そう、ですか？」

結婚するなら日本人男性の方が勤勉でいいと思いますよ、と心の中で言った。

レイモンひとりを見て、すべてのフランス人男性が怠け者だと決めつけるのは滑稽だとわかっている。だけど、自分だけが変な男にひっかかったと思うと絶望感に打ちひしがれる。だから、フランス人男性というものはすべて怠惰《たいだ》なのだと思った方が精神衛生上いい。本当に愚かしいことだけれど。

「赤ちゃんをモデルにしませんか」

そう言って、その女性が急に立ち止まったので、駅から吐き出された会社帰りの人々と、ぶつかりそうになった。

「ちょっと、こちらへ」

人の流れを無神経に堰《せ》き止めてしまったことに気づき、女性は私の腕をそっとつかんで道の端へと誘導した。

「私、こういう者です」

女性は名刺を差し出した。有名なモデル事務所の名前が刷られていた。

「最近、ミカハウスという赤ちゃん服のブランドができまして、そこでハーフの赤ちゃんモデルを探しているんです。うちの事務所に依頼があったんですが、なかなか集まらなくて困っていたところです。是非一度スタジオに見学にいらしてくださいませんか」

近所の奥さんが、子供を劇団に入れたと聞いたばかりだった。レッスン料が思った以上にかかると嘆いていた。

「持ち出しが多いと聞いたことがあるんですが」

「正直言って、登録料や写真撮影料を払っていただいたのに実際の仕事がないといったことはよくあります。だけど、この赤ちゃんは別です。特別にかわいいですから」

なんだか怪しい。

仮に本当だとしても、杏里をモデルにしてお金を稼ぐのは後ろめたい。

「もちろん、お返事はご主人とご相談なさってからで結構ですよ」

「わかりました。じゃあ一応……」

名刺を鞄にしまって別れた。

レイモンと住む家は、二階建ての木造家屋で、一階には大家のおじいさんがひとりで住んでいる。二階に行くには、鉄製の外階段を上るのだが、塗装はほとんど剝《は》がれていて赤錆が浮いている。築四十年近いうえに、もともとが安普請である。歩くと床がへこむし、一階からテレビの音が漏れ聞こえてくる。大家は耳が遠く、ボリュームを目いっぱい上げているから尚更だ。

２ＤＫの部屋は狭かった。玄関を入ると小さなキッチンがあり、その横にお風呂がある。キッチンを通り抜けると、四畳半の和室が二つ縦向きに並んでいて、襖《ふすま》で仕切られている。

明美の住んでいる公団住宅にはエレベーターがあった。新しくて頑丈そうな鉄筋コンクリートの建物だ。学生時代に兄と住んでいた吉祥寺のマンションが懐かしい。レンガ造りのしゃれた建物で、水回りも最新式だった。

ドアを開けると、レイモンが畳に寝転んで『ドラゴンボール』を読んでいるのが見えた。熱中しているらしく、こっちを見もしないで「おかえり」と口先だけで言う。

抱っこ紐を緩め、杏里をそっと座布団の上に寝かせる。

「ドラゴンボール、面白かったデス」

そう言ってレイモンは本を閉じ、私を見て満足そうに微笑んだ。

もう随分前から愛想笑いを返せなくなっている。

「ついさっき、駅前の商店街で杏里をモデルにしないかって話しかけられたの」

もらったばかりの名刺を見せた。

「冗談デショウ。子供を道具に使ってはダメ」

だったらあんたが稼いで来てよ。

「ためしにどんなものかやってみるのもいいんじゃない?」

ここに帰ってきて、寝転んで漫画を読んでいる夫を見た途端、私の心は決まっていた。

背に腹は代えられない。

今の経済状態では将来も習い事ひとつさせてやれないだろう。私が博多の親にしてもらったように、杏里にも良い教育を授けてやりたかった。

「やめた方がいいと思いマス。アンリかわいそうデス」

「杏里のためにやるのよ。杏里の教育費を捻出《ねんしゅつ》できるかもしれないじゃない」

「教育費? そんなものなぜ要りマスカ? ショーガッコ、チューガッコは義務教育でしよう。都立高校は授業料とても安いでしょう。いつお金、要りマスカ？」

「小学校の頃からみんな塾に通ってるわ」

「フランスに塾ないデス」

「ここはフランスじゃない」

「子供が夜遅くまで塾行くの、おかしデス」

「じゃあ聞くけど大学はどうするの？」

「国立大学の特待生になればいいデス。ボクのイトコもそうデシタ」

「その人はすごく頭がいいんでしょう？」

「紫サン、頭の良くない人が大学へ行ってドーシマスカ。意味ナイネ」

「大学くらい出てないと就職できないのよ」

「紫サン、アナタ大学出てマス。でも就職ナイ」

　話すのが嫌になってきた。

「紫サン、あなた、なんのために生きてマスカ？」

　根源的な話になると、レイモンには太刀打ちできない。すべてが正論だからだ。だが、その正論は日本では現実離れしている。彼と話すうち、日本という国や日本人であることがどんどん嫌になってくる。

「レイモン、話を元に戻すけどね、杏里が赤ちゃんモデルになるっていうことは、プロに写真を撮ってもらえるってことよ。いい記念になると思わない?」

「……ナルホド」

レイモンは眉間に縦皺《たてじわ》を作りながらも、譲歩の姿勢を見せた。

「杏里のかわいい姿が雑誌に載ったら、フランスのママンにも送ってあげましょうよ」

レイモンの顔つきが変わった。

「ママンきっと喜びマス」

普段なら梃子《てこ》でも動かない頑固な面があるが、フランスのママンには弱いらしい。

「じゃあためしにスタジオ見学に行ってみるわ」

持ち出しが多そうだったら、すぐにやめればいい。

12　一九八八年夏　五十川淳子・三十歳

もう来ないでください!

大声で叫びたかった。

その日もまた、夫の両親と義姉二人が家に来た。

「龍男ちゃーん、元気でちたかあ?」

「上手にアンヨできまちゅね、翔太郎くーん」

玄関に入ってくるなり大騒ぎだ。

土日くらいは夫に子守りを交代してもらって、ほんの一時間でいいから、ひとりになれる時間が欲しかった。喫茶店でコーヒーを飲んで帰ってくるだけでもいい。

それなのに彼らは毎週遊びに来る。

何度頼んでも、夫は断わってくれない。

「しょうがないじゃないか。親父もお袋も孫がかわいくてたまらないんだからさ」

こういうとき、夫には私の気持ちは永遠にわからないだろうと思う。夫だって会社勤めで疲れていることは重々承知しているが、夫には私と違って自由な時間がある。会社帰りに本屋に立ち寄る自由もあるし、同僚との飲み会も週に一、二度はある。

それに比べて、私は一日二十四時間、一年三百六十五日、ひとりになれる時間がない。

頭がおかしくなりそうだった。

「そろそろピアノかヴァイオリンを習わせた方がいいんじゃない？」

また始まった。

長姉の万知子《まちこ》は龍男に楽器を習わせるべきだと、訪問するたび主張する。

「三歳までに絶対音感を身につけさせなきゃダメよ」と次姉の寿美子《すみこ》が同調する。

どちらも龍男と翔太郎を自分の息子だと勘違いしているのではないかと思うほど遠慮が

ない。毎回、オモチャやお菓子を山のように持ってくるので、龍男も翔太郎も二人の伯母にたいそう懐いている。甘い物を買ってこないよう注意してほしいと夫に何度頼んでも、すぐに忘れる。いや、忘れたふりをする。

「それよりスイミングの方がいいんじゃない？　丈夫な体作りがいちばんだと思うわよ」

姑も楽しそうだ。ピクニック気分なのだろう。

「あれ？」

姑が、絵本のページをめくる手を止めた。「これ、私が先週買ってきてあげた絵本よね。新刊案内やアンケートハガキが挟まったままじゃない。ちょっと淳子さん、もしかしてまだ読み聞かせしてやってないの？」

責め口調である。

「すみません。私も寝不足で……」

「せっかく買ってきてあげたっていうのに、それはないんじゃない？」

「はい、私もそう思って、淳太郎さんに読み聞かせするよう頼んでおいたんですが……」

夫は私のすぐ隣に座っているというのに、全く聞こえていないかのようにテレビのサッカー中継に見入っている。

「何を言ってるの？　淳太郎は会社勤めをしてるのよ。会社から疲れて帰ってきた淳太郎に読み聞かせなんかさせないでちょうだい」

姑が怒り始めると、舅はいきなり新聞を開いて熱心に読み始めた。

「寝不足なんて言ってる場合じゃないでしょ。子育ては母親の役目よ」

長姉の万知子が非難の目を向ける。

「あのね、淳子さん」

今度は寿美子が諭《さと》すように言う。「子供っていうのはね、あっという間に大きくなっちゃうものなの。三つ子の魂百までって言うでしょう。あれは本当よ。科学的にも証明されてるって何かで読んだことあるもの」

子供を産み育てた経験のない人間が、どうしてここまで偉そうに言えるのか。

「このまま子育てを淳子さんに任せておいていいのかしら。私、なんだか心配でたまらない。万知子姉さん、どう思う？」

「正直言うと、私が淳子さんに代わって子育てしたいって衝動にかられることがあるの」

「実は私もよ」

「大切な五十川家の子供たちなんだものね」

「私たちは子供を産み育てた経験がないからこそ、客観的な意見が言えると思うの」

「私もそう思う」

「ねえ淳子さん」

姑が割って入る。「この絵本を選ぶのに一時間もかかったの。本屋に立ちっぱなしで腰を痛めたわ。淳太郎はまだ若いから安月給でしょう？　絵本は高いからと思って……なのに、私の真心を踏みにじるなんて」

姑は目にハンカチを当てた。

「どうもすみませんでしたっ」

思わず、言い方がつっけんどんになってしまった。

しかし、それに気づいたときには遅かった。姑と二人の義姉だけではなく、舅や夫までが私を呆れたような顔で見た。

四面楚歌《しめんそか》とはこのことだ。

明美や紫が羨ましかった。明美の夫の親族は静岡にいて、上京することは滅多にないらしい。数年に一度の上京のときでも、姑の妹の家に全員が集まると聞いた。

そして紫。紫の姑はフランス人だ。一度も日本に来たことがないという。

それに比べて、毎週毎週、プライベートな空間に土足で入り込んでくる夫の親族たち。

ああ、どうして私だけがこんな目に遭うんだろう。

自由が欲しい。

自分だけの空間、自分だけの時間が欲しかった。

13　一九九四年秋　五十川淳子・三十六歳

「淳子、それ、本気で言ってんの？」

テレビを見ながら風呂上がりのビールを飲んでいた淳太郎が、目をパチクリさせた。

「本気だけど？　いけないかしら？　もうすぐ翔太郎も小学校に入学するんだよ。翔ちゃんにも勉強部屋が必要でしょう？」

龍男のときにつけられなかった〈翔〉というかっこいい名前を次男につけようと思ったが、姑に反対された。どうしてもその漢字を使いたいのなら淳太郎の太郎をくっつけて翔太郎にせよと命じられた。仕方がないから従った。波風立てるのが嫌だった。

「だってお前、俺んちの親や姉貴たちとうまくやっていけるのかよ」

心配そうに眉間に皺を寄せるが、はっきり反対と言わないところをみると、やはり夫は実家で暮らしたかったのだろう。親離れができていないのではない。とても親孝行なのである。孫に会いたがる両親に、孫との同居をプレゼントしたいと思っていたに違いない。

「話せばわかると思うんだよね」と私は心にもないことを言ってみた。

「そりゃそうだよ。俺んちの親や姉貴たちは口は悪いけど根は悪い人間じゃないんだから、話せばわかるに決まってるさ。でも、やっぱり心配だよ」

その明るい口調といい、笑顔といい、全然心配そうなんかじゃない。

「心配って何が？」

「淳子がストレスを溜めないかと思ってさ」

へえ、そりゃご親切に。

皮肉な言葉を、すんでのところで呑み込んだ。私も知らない間に成長したのか、最近は皮肉が言えるようになっている。とは言え、心の中で言うだけだが。

世間の人は私をあっさりしていておおらかだと言う。さすが北海道の大地に育っただけあると言う人も多い。長年つきあってきた明美や紫までがそう思っているのではないかと思うときもある。でも私は決してあっさりした人間なんかじゃない。そもそもあっさりした人ってどんな人？　舅や姑や小姑に嫌なことを言われても、聞き流せる人がいるとしたら、それは悟《さと》りを開いたお釈迦《しゃか》様か、よほど鈍感な人だと思う。心の中はいつだってドロドロだ。ただ、現実主義者なだけだ。

父が牧場経営の多角化に成功するまで、うちは貧乏だった。給食費が払えなくて親戚に頭を下げて頼みに行く母を何度も見た。両親は未明から夜中まで働き通しの毎日で、自分たち兄妹三人は小学校に上がる前から牛の飼育や家事を手伝ってきた。そんな生活の中で、お金がない生活がどれほど惨《みじ》めなものか身に沁みてわかっている。

しかしその後、父は商才を発揮し、濃厚なチーズケーキを商品開発し、市場を広げていった。時代がよかったこともあって、どんどん裕福になった。おかげで兄は私立の畜産大へ行き、私も東京の大学へ出してもらい、妹は獣医学部に進んだ。

地銀勤めの夫の給料が、世間一般に比べて、それほど低いとは思わない。しかし、子供たちに惜しみなく教育費をかけられるかといえば、それは無理だ。なんせ東京は家賃が高すぎる。

翔太郎が幼稚園に通うようになってからは、短時間だが駅前の牛丼屋でパートを始めた。そのうえ、考えうる限りの節約もしているつもりだが、もともと贅沢な暮らしをしていない人間が節約したところでたかが知れている。

ここのところ、マスコミがバブル崩壊と騒いでいる。それまで好景気とされてきたが、私たち庶民にはほとんど恩恵はなかったように思う。夫の給料は毎年四月になると二万円前後の昇給はあったが、もとが安いし、物価も上がるしで、少しばかり給料が増えたところで生活が変わるわけではなかった。熱海一泊だった社員旅行が台湾二泊三日になったり、課内の花見では一万円の豪華弁当が出されたりといったことがあったにはあった。しかし、そのたび夫が言うには、「そんな無駄な金を使うくらいなら、その分を現金で欲しいと陰で行員みんなが言っている」らしかった。社長は美人秘書を引き連れてゴルフ三昧《ざんまい》で、どこにいるのか連絡がつかないことも多かったらしい。儲かっていたのも浮かれていたのも、経営者やエリートや金持ちだけだ。庶民は苦労続きだ。それというのも、明美のところは五千万円もする築十五年の中古マンションを買ったが、数年のうちに三千万円に値下がりし、今もさらに下がり続けていると嘆いていた。

どうしたら豊かに暮らせるのか、どうしたら教育費が捻出できるのか、いろいろとシミュレーションした結果、行きついたのは同居して家賃を浮かすことだった。幸運にも夫の実家は東京にしては広い。

とは言うものの、いくらなんでも無謀ではないか、あとでひどく後悔するのではないかと考えないではなかった。淳太郎の両親は本当に感じが悪いし、性格も悪いうえに口も悪い。会うたびに私を傷つけることばかりを言う。

今まで、夫の両親やお義姉さんたちに嫌な思いをさせられたことは数えきれない。

だが……。

「同居すれば家賃が浮くから子供たちの教育費に回せるのよ」

「それはわかってるけど、でもあの家のどの部屋に住むつもり？」

「離れがいいよ」

これは絶対に譲れない。同居する目的は、あくまでも家賃を浮かせることである。夫の両親や姉とはなるべくなら顔を合わせたくない。

離れの外観を眺めたのは一度きりだ。夕飯に招待されたとき、食後に母屋の台所で洗い物を買って出た。そのとき、台所の窓から見えた。梅雨どきだったせいかもしれないが、暗いイメージがつきまとう。畳も襖も壁も天井もじめじめしてカビが生えているのではないか。想像するとぞっとするが、やはり背に腹は代えられない。畳の表替えや襖を新しく張り替えるくらいの費用なら捻出できる。

「だけど、離れは寿美ねえちゃんが占領してるよ」

「お義姉さんには母屋の二階に移ってもらえばいいじゃない」

「そこは万知ねえちゃんが占領してるじゃん」

「母屋の二階は四部屋もあるよ。それを万知子義姉さんひとりで使ってるの、おかしくない？　離れだって立派な二階建てで、そんじょそこらの家の一軒分は優にあるでしょ」

「だから？」

姉二人に可愛がられて育ったせいか、夫は姉たちが大好きである。母親よりも姉の方を近しく感じていることは、普段の雰囲気からも窺えた。

「お義姉さんたちには、母屋の二階に二人で住んでもらえないかな。それだって、ひとり二部屋ずつあるんだし」

「うん、それはそうだけど……」

「言い出しにくい？」

だが、私から言うわけにはいかない。角が立つ。夫の実家に対して言いたいことは、すべて夫の口から言わせなければ。

「なんか心配だなあ。うまくいくとは思えないんだよ」

何を渋っているのだ。実家が大好きなくせに。

「淳子と俺んちの家族、波長が合わないみたいだし」

「人間っていうのは、誰しも話せばわかるものよ」

「もちろん、それはわかってる」

夫は大真面目な顔で言った。

なんと単純なヤツ。

話せばわかるなんて、本気で信じているのか、我が夫よ。あんな常識外れの両親や義姉たちとうまくやっていける嫁なんて、この世の中にいないよ。

だが、なんとしてでも家賃を浮かせたい。

「このマンションにあと何年住めると思う? ずっとこのまま龍男と翔太郎が同じ部屋でもいいと思う? 翔太郎の入学に合わせて学習机を買ったらまた狭くなるよ」

「それもそうだな。今でも家賃が高いのに、もう一部屋広いマンションとなると……」

「十五万円はするんじゃない? それだって、もっと郊外へ出なきゃ無理だと思う」

「これ以上もっと遠くへ? それは勘弁してもらいたいなあ」

「実家からだと淳ちゃんの会社も近いでしょう? 通勤はぐっと楽になるよね」

「問題はそこだよね。ここからだと満員電車で一時間。年々腰痛がひどくなってるし」

「善は急げだわ。離れをリフォームして、台所とトイレとバスルームを作りましょう」

リフォーム代金はローンを組むしかないが、月々の払いは家賃に比べれば安いものだ。

「えっ、お袋たちとメシは別々なのか？」

「だってお義母さんにご迷惑よ。老人と子供じゃ食事の好みも違うだろうし」

「だけど同居するとなったら、親父もお袋も孫と一緒にメシ食うのを楽しみにするだろ」

「八人分の食事を用意するのはとっても大変よ。たまにだったらいいけど」

「だけど、お袋とお前と主婦が二人もいるんだから、それくらいはできるだろ」

だからね、あんなお義母さんと一緒に台所仕事なんかした日には、ストレスが溜まって胃に穴が開くんだってばさ。

心の中で言っただけなのだが、知らない間に夫を睨んでいたらしい。

気配を察したのか、夫は慌てた様子で、「だよね、だよね。一緒に料理を作るのは大変だよね。嫁と姑だもんね」と早口で言った。

わかっているなら、最初から言わなきゃいいじゃない、とまた心の中で言った。

「でもさ、いくらなんでも風呂まで別にする必要はないんじゃないかな。母屋の風呂、見たことあるだろ？　すごく広くて温泉気分に浸れるんだよ」

「人数が多いから順番待つだけでも大変よ。なんなら淳ちゃんだけ母屋のお風呂に入れてもらえば？　私はユニットバスでも平気。なんならシャワー室だけでもいいよ。とにかくさ、淳ちゃんの方からお義父さんとお義母さんに相談してみてよ。子供たちの転校のことを考えたら、引越しは三月がいいと思うの」

「わかった。電話してみるよ」

夫は嬉々《きき》として、その場で早速電話をかけた。

「もしもし、母さん？」

用件を伝えたあとも楽しそうに話し続ける様子からして、こちらの要望はすんなりと通ったのだろう。あまりに長電話だったので、台所でアップルティーを丁寧に淹れて、その場で立ち飲みした。リビングに戻ったら夫の弾《はず》んだ声に苛々しそうだった。屈託のない笑顔も見たくなかった。

「大喜びだったよ、お袋たち」

電話を切るなり夫はわざわざ台所まで来て言った。満面の笑みだった。

「ずっと前から孫と一緒に暮らしたかったみたいなんだ。姉貴たちも喜んでたよ」

義姉二人と次々に電話を代わって話したらしい。

「今までは遠慮があったんだろうなあ」

「遠慮って？」

「だから嫁に対する遠慮だよ。本当は毎日でも孫に会いに来たかったんだってさ。我慢してたらしいよ。かわいそうなことしてたんだなあ、俺たち」

しみじみと語る夫の横顔を見た。

この人は私の夫というより、五十川家の息子だ。私だけが五十川家と血のつながりのない人間だ。両親と三人姉弟の五人家族に、新たに龍男と翔太郎が加わっただけだ。

同居しても大丈夫だろうか。

本当は嫌でたまらなかった。あんな人たちと同居するなんて。

だけど、家賃が浮く。月十五万円も浮く。すごく助かる。でも同居はしんどい。

二つの考えが頭の中でぐるぐる回る。

大挙してこのマンションに押しかけられるより、同居の方がマシじゃないの？

同居後は、子供たちだけを母屋に遊びに行かせれば済む。そうなれば、姑たちがわざわざ離れに足を運ぶこともないだろうから、掃除をチェックされることもなくなるはずだ。

「で、お義姉さんは母屋の二階に移んなきゃならないこと、渋ってなかった？」

「ぜーんぜん。姉貴たちって、俺とは歳が離れてるだろ。だからか考えが古いんだよ。家は長男が継ぐべきだって思ってるらしくて、長男の淳ちゃんが望むんならいいよって言ってくれた」

離れに住んでいる寿美子は、早速今夜から母屋の二階に荷物を少しずつ運ぶと言ったらしい。

「ラッキーなことに、リフォーム代は親父が出してくれるって」

「ほんと？　それは助かるわ。かなりかかりそうだもん」

これで何もかもうまくいった。

もう言うことはない、はずだ。

だが、なぜか心の中に黒い雲が広がった。

14　一九九五年正月　国友明美・三十五歳

同窓会に参加するのは久しぶりだった。

クラスごとの会なら、地元の有志を中心にちょくちょく行われているらしいが、学年全体での同窓会は初めてだった。正月二日に開催されるのは、都市部で暮らす同級生が帰省のついでに参加できるようにという配慮らしい。

会場は隣の市にあるホテルで、最近できたらしいが、車がないと不便な場所にあった。母の運転する軽トラックの助手席に座り、田園風景を眺めながら、ホテルへ向かった。

夫と百香は留守番だ。夫が嫁の実家で窮屈な思いをするのではないかと心配したが、二階でのんびりテレビでも見て過ごすから、ゆっくりしてくれればいいと言ってくれた。

実家は今では父と母の二人暮らしだ。相変わらず父は税理士として忙しくしているし、母は金物屋を続けている。弟の伊知郎《いちろう》が帝都大の工学部に受かったときは驚いた。弟が優秀なのは子供の頃から知っていたけれど、中学高校時代はバスケ中心の生活を送っていたし、部屋にはアイドルのポスターがべたべたと貼られていて、そこまで秀才だとは思っていなかった。

弟が帝都大に受かった噂は、田舎町ではすぐに広まったらしい。そのことだけで、弟は一生分の親孝行をしたと思う。両親は口にこそ出さないけれども鼻高々な様子だった。卒業後は大手通信会社に就職し、会社からマサチューセッツ工科大学へ留学させてもらった。帰国してからはエリート街道まっしぐらだ。

弟夫婦は鎌倉《かまくら》に注文建築の一軒家を建て、今では子供が三人いる。夫と百香とともに一度だけ遊びに行ったことがある。それほど大きな家ではなかったが、かわいらしい庭には犬用のシャワーがあったり、書斎には作りつけの本棚があったりと、工夫を凝らした洒落た家だった。コーヒーカップだけでなく、子供の着ているものまで全てが高級ブランドで、親子ともども穿き古したジーンズで訪問したことを激しく後悔した。弟の嫁の理紗《りさ》さんは、私の全身にちらりと目を走らせてから、「吹き抜けは冷暖房費がかかって困るんですよ」と、たいして困ってもいなそうな明るい笑顔で言った。

母からのまた聞きだが、伊知郎は二十代後半ですでに年収一千万円を超えていたらしいから、今はいったいどれくらいもらっているのか聞くのも恐ろしい。

両親も私も田舎モンだから、世間で稼ぎの多いのは会社の社長や医者や商売で当てた人だけだと思っていた。大きな声では言えないが、単なるサラリーマンでこれほどの高給取りが世間にザラにいるということを私は長い間、知らなかった。

——理紗さんがいっつも笑顔ながは、伊知郎の給料が多すぎて笑いが止まらんからろう。

父が冗談交じりにそう言ったことがある。

理紗さんの父親は帝都大の工学部の教授で、母親と理紗さんは皇后様と同窓らしい。そのせいなのか、伊知郎まで雰囲気が上品になってきた気がして、少し寂しかった。

山の手育ちのお嬢様から見たら、私など、とんでもなく下品なところがあるのではないだろうか。下位から上位を見たときはそれほど上品だと感じないが、上位から下位を見たとき、ほんの少しのことで決定的な下品さに気づいてしまうのはよくあることだ。

というのも、そのときどきの集まりの顔ぶれによっては、こんな私でも上位に属してしまうことがある。それは新卒のときに就職した会社だったり、百香が通っている地元の学校のＰＴＡだったり、団地のつきあいだったりと色々だ。

そういうことに気づいてからは、弟一家に会うとき、気後れが胸の奥に重く淀むようになった。父も母も同様らしく、たまに上京しても、弟の家には寄らず、うちのマンションに泊まる。「明美のマンションは窮屈やけんど、伊知郎のとこよりずっと気が楽ちゃ」と言って。

節約を重ねて頭金を貯め、やっとの思いで買ったマンションだったから、父の言葉に傷ついた。うちは、ゆったりした造りの３ＬＤＫで、決して窮屈なんかじゃない。それでも、だだっ広い家に住んでいる田舎の人間は狭いと感じるらしかった。

同窓会の会場についた。

「じゃあ行ってきます。お母ちゃん、送ってくれてありがと」

「明美、今日の晩御飯のことやけど、百香ちゃんと国友さんはナマでえいろうか」

ナマというのは刺身《さしみ》のことである。

「何も作らなくていいよ。おせちの残りもいっぱいあるし、フライもんだって残っちゅうから、それに、お餅を焼いて食べてもえいがだし」

夫も百香も大食漢である。好き嫌いはなく、日頃から何でもおいしいと言って食べてくれる。そのうえ、二人とも母の田舎料理が大好きだ。

「でもせっかく高知に来たがやき、ナマを食べんというのはもったいないきね」

「そう？　じゃあお母ちゃんに任せる。よろしくお願いします。悪いね」

母は短くクラクションをひとつ鳴らすと、帰っていった。

夫が庶民の出でよかったと思う。理紗さんもうちの実家に来たことがあるが、母は何週間も前から緊張しっぱなしだった。料理上手な母が何を御馳走《ごちそう》していいかわからないと言い出し、迷いに迷った末、料亭から仕出しを取ったときは本当に驚いた。

最近では、弟一家は正月にはハワイに行くようになり、帰省はしなくなった。母は伊知郎に会いたくてたまらないらしく、写真を見ては溜め息をついているのを何度か見たことがある。しかし理紗さんと一緒では肩が凝るから、できれば弟ひとりで帰省してほしいというのが本音だろう。とはいえ、それを口に出すわけにもいかない。母がちょっぴりかわいそうだった。

同窓会の受付には男女ひとりずつが座っていた。

「沢田さん、お久しぶり。元気やったか？」

旧姓で呼ばれるのは久しぶりだった。

婿《むこ》養子を取って家業の和菓子屋を継いだ美奈《みな》ちゃんは、相変わらず笑顔が愛くるしい。

隣に座っている男性は誰だっけ？　こんな人、同級生にいたっけ？　髪は薄いし、首が見当たらないほど太っていて、当時の担任教師かと思うくらい老けている。

仕方がないので、その男性にはあいまいな微笑みで会釈《えしやく》をし、会場へ入った。

丸いテーブルがいくつもあって、氏名が書かれた札が置かれていた。あらかじめ席が決められているらしい。座席は半分ほど埋まっていて、あちこちから「久しぶり」の声がかかる。会場の隅にずらりとバイキング形式の料理が並んでいた。

席を見つけて座ると、テーブルの上に小冊子が配られていた。私のテーブルにはまだ誰も来ていなかったので、ゆっくりと冊子をめくっていった。どうやら、同窓会の出欠確認の往復ハガキに、それぞれが書いた〈近況報告〉を印刷したものらしい。

――息子が小四、娘が小一と幼稚園。毎日てんてこまいの主婦やってます。

――主人と娘二人の四人家族です。三食昼寝付きで家のお守りをしています。

――大阪でしがないサラリーマンをやってます。嫁さんと娘三人の五人家族です。女四人に男一人。女に不自由しない？生活です（笑）。

――今いちばん燃えていることはママさんバレー。ボールを追うときだけは、高校時代と同じ、青春まっただ中って感じです。昼間の四時間ほどスーパーでパートしてます。

どれもこれも微笑ましい文章ばかりだった。

――大阪で小学校の教員をやっています。夫も教員です。子供は小五、小三、小一と男の子ばかり。やんちゃで大変な毎日です。

敦子《あつこ》が先生になったのは知っていたけれど、今も続けていたとは知らなかった。

……偉いね。

子供が三人もいるのにね。

それに比べて私は……考え出すと気分が沈みそうだったので、急いで次を読んだ。

――国立看護学校を出て、大学病院で六年間働きました。その間に結婚し子供も三人できました。その後、京都の医大で教員になるための勉強をして資格を取り、今は専門学校で看護教育職として働いています。平和で忙しい日々です。京都にお越しの際は是非お立ち寄りください。

由紀子が看護学校に進んだのは知っていたけれど……。

ふうん、偉いんだね。

みんな頑張ってるんだね。

――私は短大を卒業後、神戸の公立保育園に勤め、今も毎日、保母としてたくさんの子供たちに囲まれて働いています。家に帰ればワンパクな息子の母でもあります。定年まで頑張るぞ！　ここだけの話ですが、実は園長を目指しています。なんだか最近の私は野心のカタマリ（笑）。

あーあ、なんてみんなすごいんだろう。

同じ学年の女子で四年制大学に進んだのは、確か私を含め五人だけだったはずだ。ひとりは小学校教師の敦子。あとの三人はどうしてる？　まさかみんなキャリアウーマンだとか？　だったら私、冗談抜きで落ち込みそう。

小冊子をめくり、彼女らの名前を探す。

――大学を卒業後、地元に戻り、家事とＰＴＡに頑張っています。小六と小三の娘がいます。

ああ、よかった。

あの映子《えいこ》が専業主婦なら、私が働いていなくてもおかしくない。だって彼女は学年でトップを争う才媛《さいえん》で、城南大学を出ている。ほっとした。

——幹事さん、ご苦労様です。夫婦とゴールデンレトリバーの三人？暮らしです。夫の転勤で仙台在住です。料理が苦手なのに専業主婦やってます。今回は都合により出席できません。みなさんによろしくお伝えください。

里美《さとみ》は子供がいないらしい。それなのに専業主婦とは、すごく意外。誰よりもウーマンリブっぽかったのに。でもダンナさんが転勤族だとしたら、仕方がないのかもしれない。

——小学生の娘がひとりいます。それと猫一匹。あ、忘れてたけど、サラリーマンの夫がひとり（笑）。つい最近フラワーアレンジメント教室に通い始めました。去年は陶芸教室で、その前はパッチワーク教室。何をやっても長続きしませーん。アハハ。

ああよかった。真美《まみ》のお気楽な文章は、まるで私を慰めようとしてくれてるみたい。

教職に就いている敦子を除くと、残りの四大卒女性は全員が専業主婦になっていた。それに引き換え、看護学校を出たり、短大に進んで保母や幼稚園教諭の資格を取った女性たちの多くが子持ちとなった今も働き続けている。彼女らのほとんどが実家から離れた都市部に住んでいて、偶然だろうけど子供が三人もいる人が多い。

「久しぶりやね。卒業以来ちゃうか？」

いきなり隣の席から大阪弁が聞こえてきた。スーツ姿の男性が笑みを向けている。

誰だっけ？

確か一度、同じクラスになったことがある気がするが……だけど高校時代の彼は、もっと地味で暗くて目立たなくてガリガリに痩せていたのではなかったか。

「沢田さんは東京の大学に行ったんやろ？　今も東京か？　東京で何やっとんの？」

ああ思い出した。この男性は浅尾《あさお》くんだ。あいうえお順の出席番号が一番だった。

人は変わるものだ。あれほどおとなしかったのに、積極的に話しかけてくるなんて。

「何やってるって言われても、えっと、なんていうか……」

専業主婦と言ってしまうには抵抗があった。現に通信添削の仕事もしているんだし。

「俺はなあ、高校を卒業してから大阪の建築専門学校に進んだんや」

浅尾の方から尋ねたくせに、私の返事を待たずに、彼は自分のことを話し始めた。「建設会社で働きながら夜は勉強を続けて、ほんで何度目やったか、一級建築士の試験に合格してん」

「へえ、そうなんだ」

気のない返事をしたからか、浅尾は不満そうな表情になった。

「それでな、やっと去年、独立したんや」

「独立って？」

「会社を興《おこ》したんや。まだ小さい会社やけど、いや、ほんま小さいねん」

そう言って苦笑してみせる。

「ふうん」

浅尾の求めている言葉はわかっていた。

――すごいね、それって社長ってことでしょう。

それとも、

――きゃー、かっこいい！

とか？

「確か沢田さんは修英大学に進んだんやったな」

そう言いながら浅尾は手許にある小冊子をめくり始めた。私の近況報告の欄を探しているらしい。

はて、私は往復ハガキに何と書いて返送したんだっけ？

一ヶ月も前のことだから全く覚えていなかった。

急いでページをめくる。

あった。

――私はサラリーマンの夫と娘の三人暮らしです。子育てと家事と内職の日々です。

ああ、なんてバカな書き方をしてしまったんだろう。

まさか小冊子になるなんて思いもしなかった。幹事が読むだけだと思っていたから適当に走り書きした。どうしてYX会のことを「内職」だなんて書いたりしたんだろう。もっとカッコつけて書くべきだった。たとえば、「通信教育の添削指導に携わり、日々成長しています」とかなんとか。

「あれま、沢田女史は主婦やっとんのか。よう勉強できたのになあ、まあ女はしゃあないか」

そう言うと、浅尾は心底嬉しそうに、にんまりと笑った。

「なんやかんや言うても女はええなあ。主婦しとったらそれでええんやもん。気楽なもんやわ。俺はホンマ苦労の連続やったわ。ようやっとここまで辿り着いたけどなあ」

すごいね、浅尾くんて。

私がそう言って認めるまで、この男は自慢話を続けるのではないか。もう当時の気弱で目立たなかった男の子とは違うのだと認めてほしいのだろうか。

絶対に口にしてやるもんか。

自分でも大人げないとは思う。だけど……。

「みなさん、席にお着きください」

前方から声が響いてきた。

幹事が緊張した面持《おもも》ちでマイクを握っている。

浅尾はあきらめたのか、反対側の隣に座った女性に話しかけ始めた。一級建築士、独立といった単語が途切れ途切れに聞こえてくる。

乾杯が終わると、私はグラスを持ったまま、逃げるようにして映子のいるテーブルへ移動した。

「映子、元気だった？」

「明美がやないかね。久しぶりやか。ちっくとも変わらん」

「映子は城南大学を出たあと、すぐに田舎に戻ったの？」

小冊子によると、小六と小三の娘がいて、家事とＰＴＡに頑張っているらしい。

「地方出身者は就職がなかったがで。迷ったけど、なんせ私はひとりっ子やき、親も帰って来いって言うがやき、仕方なくね」

「映子のダンナさんはどんな人？」

「やまなみバスの創業者の息子ちや」

「すごい」

やまなみバスは、この地域の独占企業だ。

「ほがなことない。過疎《かそ》化しちゅうし、みんな自家用車持っちゅうがやき、バスなんち儲からん」

そう言いながらも切羽《せっぱ》詰まった感じはしない。見ると、上質なワンピースを着ている。

たぶんカシミアだ。

「ここだけの話……」

映子は声をひそめた。「市から助成金がこじゃんと出てるきね。バスがのうなったら困る年寄りがたくさんおるがやき」

「いいなあ。で、どう？　田舎の暮らしは」

「最初の頃は退屈でたまらんかった。それに近所の目が窮屈で、もう死にそうじゃった」

「わかるわかる。田舎で暮らすって大変だよね」

「けんど今は逆に、もう東京で暮らしたいとは思わんよ」

「えっ、どうして？」

「たった四年間じゃったけど、あがなごちゃごちゃした都会で、ようも平気で暮らせたと思う。信じられやあせん」

「ほんなら今はこの町の方がいいと思っちゅうが？」

「もちろん。空気がきれえで、家も広いきね。それに、田舎じゃあ家族揃って夕飯食べるのが普通やけど、都会じゃあ休みの日くらいしか揃わんろう。都会のサラリーマンはいっつも疲れとって、まっこと非人間的やと思うぜよ」

「それは言える。それになんといっても、この辺は子供にはすごくいい環境だもんね。きっと子供たちはのびのび育ってるんだろうね」

「それが、そうでもないんよ。私らの時代とは全然違《ちご》うとる。最近の子供は外で遊ばんがや。虫取りやザリガニ取りに行ったりしやあせんし、海でも遊ばんし、ゲームばっかりしちゅうが。それに、田舎の学校でもイジメや不登校もあるちや。今んとこ、うちの子は大丈夫やけど」

「そうか……どこに住んでても時代の流れには逆らえないんだね」

沈黙が流れた。何を話そうか目まぐるしく考えるが、共通の話題が思い浮かばない。いっそのこと、地球温暖化や不景気についてとか？

「明美、知っちゅう？」

映子が顔を近づけてきて小さな声で言った。「三組の西川《にしかわ》さんが離婚して帰ってきたって。子供二人連れて」

三組の西川さんの顔が思い浮かばなかった。たぶん一度も同じクラスになったことがない人だろう。興味が湧かなかったが、どうやら二人に共通の話題は、同級生の噂話しかなさそうだった。

15　一九九五年春　五十川淳子・三十六歳

翔太郎が小学校に入学するタイミングに合わせて、夫の実家に引越した。

離れは新築同様といってもいいほどきれいになっていた。長く住めるようにという姑の配慮で、水回りを増設するだけでなく、大々的にリフォームした。一千万円近くかかったらしいが、舅が全額出してくれた。

リフォームの詳細については、私には一度の相談もなかったし、希望を聞かれることすらなかった。姑と義姉二人が全てを決めたらしい。女三人でショールームを見て歩き、壁紙一枚にしても、ああでもないこうでもないと話し合ったみたいだよと夫が嬉しそうに報告してくれた。

私たち夫婦はお金を出さないのだから仕方がないと思うべきなのだろうか。感謝こそすれ、不満を漏らすなんて、お門違いというものだろうか。

割り切らねば。

だって、家賃が浮くというのは、とても有り難いことなのだから。

一階にあった三つの和室は、二部屋分をダイニング兼リビングに改造し、残り一部屋が夫婦の寝室となっていた。浴室と台所は、庭の一部に出っ張る形で増設された。二階の三部屋は子供部屋がひとつずつと、もう一部屋は納戸になった。

じめじめした印象だった離れが、明るくて清々しい家に様変わりしていた。

全室ともに無垢《むく》材を使ったフローリングになっていたので、実家の板の間を思い出した。昔は集成材なんてものがなかったから無垢材が当たり前だった。懐かしくて裸足《はだし》で歩くのが楽しくなる。

台所や浴室の窓は大きく切ってあり、湯船に浸かって窓から枇杷《びわ》の木を眺めていると、大自然の中にいるかのように錯覚した。システムキッチンも木目調のものだし、ふと都会にいるのを忘れそうになる。

もっとこうしてほしかったと思う点を挙げればキリがないが、全体としてはよくできていた。壁はオフホワイトだし風呂場のタイルは薄いブルーといった具合で、奇をてらうようなデザインは一ヶ所もなく、姑や義姉の個性を感じさせるものがない点も良かった。

やっぱり感謝すべきなのだと改めて思った。

次の日曜日、私たち一家四人は姑に連れられて、近所へ挨拶回りに行った。

ご近所は老人世帯ばかりだった。姑はこの家に嫁に来てから五十年近く経つ。その割には、近所の人々とそれほど打ち解けた感じもなく、型通りの礼儀正しい挨拶をした。物騒な昨今だから、ご近所の人々に子供たちの顔を覚えておいてもらった方が何かと安心だと思い、子供たちを前に押し出した。

「こちらが淳太郎くんのお嫁さんなの?」

一軒目のお宅では、品のある痩せた婦人が私を上から下までじろじろと見た。

「嫁は田舎者ですから、何かと不調法ですが、長い目で見てやってください」

「あらあら、そうなの?」

あらあらとはどういう意味か。やれやれといったニュアンスに聞こえたが。

二軒目以降も、「嫁は田舎者ですから」を姑は繰り返した。何か言ってくれないかと夫をちらりと見たが、笑みを浮かべてお辞儀をするばかりだった。

その夜、翔太郎と二人で湯船に浸かっていた。

「ねえ母さん、イナカモノっていうのは悪い人なの?」

私は一瞬、言葉に詰まった。

「僕は母さんの味方だよ。僕は母さんがイナカモノでも大好きだからね」

不覚にも涙がこぼれそうになって、翔太郎をぎゅっと抱きしめた。

子供たちも新しい小学校に慣れてきた頃だった。

その日、離れのリビングにいた私の耳にも、母屋の玄関チャイムが聞こえてきた。

これで二度目だ。舅も姑もいないのだろうか。

私は中庭を横切り、母屋の土間を通り抜けて玄関に向かった。

「回覧板です」

隣家の主婦だった。

「お世話様です」

回覧板を受け取り、玄関を閉めて踵《きびす》を返すと、すぐそこに姑が仁王立ちしていた。

「あーびっくりした。お義母さん、いらしたんですか」

「トイレに入ってたのよ」

「そうだったんですか。回覧板です、はい」

そう言って手渡そうとすると、姑は私の顔をじっと見た。

「淳子さん、そんな格好で出たの？」

「はい？」

グレーのスウェットの上下を着ていた。

「そんな体操服みたいなの着て、何て言われるか。さっきの人、スピーカーなのよ」

「この格好が、それほどおかしいとは……」

「それに、お化粧もしてないでしょ」

「今日はどこにも出かける予定がないので」

引越しの片づけはあらかた終わっていたが、段ボールに入ったままの本があるので、今日は本棚の整理をするつもりだった。夕飯は冷蔵庫にあるもので済ませようと思っていた。

「口紅くらいは塗っていただける?」

「は?」

「朝から化粧もせずに体操着姿でみっともないと思わない? 面倒ならファンデーションは塗らなくてもいいから、少なくとも眉毛をしっかり描いて赤い口紅をつけてくださる? それだけで、いかにも化粧してるって感じがするものなのよ」

化粧というのはきれいに見せるためにするものだと思っていたが、他人に「化粧している」と思わせるためだけにする場合もあるらしい。

「それと淳子さん、もうジーパンは卒業してくださらない?」

「どうしてですか?」

「ここは牧場じゃないのよ。もっと奥様らしくしてくれなきゃ私が恥をかくわ」

言われてみれば、この近所でジーンズを穿いている女性はあまり見かけない。新学期早々の保護者会でも、高級住宅街に住む母親たちは膝丈のスカートが多かった。朝夕に犬を散歩させている主婦たちも、パンツ姿ではあってもジーンズではない。

小学校の通学区域は、高級住宅街と下町に二分されていた。それはそっくりそのまま子供たちの服装や雰囲気に表われていた。駅から奥へ行くほど屋敷の高級感が増す。夫の実家はといえば、かろうじて高級住宅街の端に位置していて、道路を挟んで向こう側は下町だ。つまり、高級住宅街の中では最下層といえる。でも、だからこそ商店街にも駅にも近くて便利だった。

「あのね、あなた知らないだろうけど、隣の奥さんは私を見下してるのよ。お隣だけじゃないわ。そのお隣も、そのまたお隣もそうだし、お向かいだってそうなの」

「どうしてですか？」

「どの家の息子さんも一流大学を出て一流企業に勤めているし、お嬢さんたちはみんなしかるべきところに嫁いでる。そこいくと、うちは娘が二人とも婚期を逃してしまった。そりゃあ万知子も寿美子も誰が見たってブスかもしれないけど、でももっと不細工なお嬢さんだって、この近所ではみんな嫁いでるわ」

そう言いながら、姑はエプロンのポケットから長財布を取り出した。「娘たちが適齢期になった頃、私は認知症の姑の世話で大変だった。だから親身になってやれなかったの。見合いの話が来ても、娘たちは遊び半分で写真を見て、簡単に断わっちゃうの。まだ若かったから、大恋愛の末に素敵な誰かと結ばれると信じてたんでしょうね。そのうち誰も見合い話を持ってきてくれなくなったわ。本当に後悔してる。母親として失格ね。だけど、うちの子供が三人とも独身ってわけじゃない。淳太郎は一流大学こそ出てないけれど、ちゃんと結婚して孫も二人できたわ。なんだかんだいって、孫と同居してるのを近所の人たちは羨ましがってる。あら本当よ。顔つきを見ればわかるわ。お向かいの奥さんなんて、孫の顔が滅多に見られないって嘆いてらしたわよ。息子さんの家に遊びに行くと、お嫁さんがいい顔しないんだっておっしゃってね。だから、ご近所さんはみんな、淳子さんをどんなお嫁さんだろうって興味津々で見てるの。人間ってみんな嫉妬《しっと》深いものよ。だから悪口言われないように、淳子さんにはちゃんとしててもらいたいのよ」

姑は長財布から一万円札を抜き取ると、私の手に無理やり握らせた。

「これ少ないけどスカート代。スカートが嫌ならジーパン以外のズボンを買いなさい」

「ありがとうございます。でも……」

「でも、なに？」

姑が真正面から鋭い目で見つめてくる。

「お義姉さんたちは二人とも立派だと思いますよ。短大を出てからずっと勤め続けておられて、それは、たぶん想像以上に大変なことで、よく頑張っておられると思います」

寿退社が当たり前の世代で、今も大企業の一般職で働き続けることの困難さを思った。今は義姉たちの世代にはいなかった女性総合職がたくさんいるはずだ。年若い女性が義姉たちの上司になっている可能性は大きい。

「あの子たちが立派って……あなた、本当にそう思う？」

「はい、思いますけど？」

姑は長財布を再び開き、一万円札をもう一枚出して私に握らせ、その上からぎゅっと私の手を握った。

「あなたって意外にいい人ね」

意外って……。

「お義母さま、話は変わりますけど、私、パートに出ようと思うんです」

一応、話しておいた方がいいだろう。

姑は何も言わずに私をじっと見つめている。少し耳が遠いのだろうか。

「わ、た、し、パ、ア、トに出ようと思うんですがっ」

「そんなに大きな声出さないで。びっくりするじゃない。ここは牧場じゃないのよ。で、パートってどこで?」

「まだ決めてないんですけど、駅前の商店街にも募集の貼り紙がたくさんありますし」

姑は相槌《あいづち》さえ打たない。能面のような表情のない顔で私を見ている。

「それで、ですね。コロッケ屋かクリーニング店か喫茶店かファストフードかイタリアンレストランか……とにかく時給や待遇を詳しく調べてから決めようと思っていまして」

実家の母と電話で話すたびに、「子供も大きくなったっしょ。そろそろ働いたらどうなの」と毎回言われるようになっていた。うちの田舎では、健康なのに働いていない嫁は軽蔑の対象だ。働き者であることが、いい嫁の条件である。

「淳太郎の給料では生活していけないとでもいうの？」

「いえ、そんなことはありませんけど」

「塾の費用もちゃんと払えてるんでしょう？」

「まあ一応は」

「毎月きちんと貯金していけば、これからの教育費だって払えるんじゃないの？」

「そうかもしれませんが……」

だけど、ぎりぎりだ。かなり節約しなければならない。

確かに住居費が浮いたのは大きかった。私がパートで得る収入より、同居することで浮く家賃の方が高額だ。だから同居に踏み切った。しかし、もっとお金が必要だった。

この家に同居するまでのマンション暮らしでは、子供たちが幼稚園や学校から帰宅する時間帯には家にいてやりたいと思い、パートの時間を短くしていた。同居だからこそ得られるもうひとつのメリット——祖父母が在宅していて子供に目が届く——があるのだから、フルタイムで働ける。実家の母は、チーズケーキでボロ儲けして以降も、牛の世話を続けている。「時間がもったいない」というのが口癖で、朝から晩までコマネズミのように働いている。そういう姿を見て育ったからか、自分が怠け者に思えてつらくなる。

「淳太郎が外で働いているんだから、淳子さんは家を守ればいいのよ」

「守る、ですか？」

よく聞く言葉だが、具体的に言うと、何をどうするの？

「私はパートに出ても今まで通り家事もちゃんとやりますし、子供たちの宿題も見ますし、もちろん健康状態にも気を配ります。そういうことが家を守るということなら、パートに出たとしても変わりはないわけで……」

「そんなみっともないことやめてくださる？　五十川家の嫁がコロッケ屋で働くなんて冗談じゃありませんよ。近所の人に何て言われるか考えてみたことあるの？」

近所の人なんて……」何の関係があるんですか？

他人がいったい何をしてくれるっていうんですか？

お義母さん、なんだかんだ言ったって世の中、お金ですよ、お金！

現に、背に腹は代えられないと思ったから同居に踏み切ったんですよ。

それに、このままではどんどん自分がダメ人間になっていく気がするんです。

「淳子さんて怖いわ。睨まないでちょうだい」

「あっ、すみません」

「とにかく、みっともないことはやめてちょうだい」

「……わかりました」

今日のところはいったん退こう。

この町は姑のテリトリーである。長いつきあいの中で生まれたプライドもあるだろう。

新参者の私がしゃしゃり出て、姑が暮らしにくくなるのはまずい。何かいい方法を考えつくまでは、おとなしく従ったふりをしているのが賢明だろう。

参観日や保護者会などを通じて、下町派の母親たちと知り合いになった。名簿で住所を確認しなくとも、どちらの地域に住んでいるのか、見ただけでわかった。持ち物や服装からわかるのならまだしも、その物腰や言葉遣いや雰囲気からわかってしまう。

彼女らの話によれば、高級住宅街から通う児童のほとんどが中学受験をするという。

――やあねえ。小さいうちから、あんなに勉強させて、かわいそうよね。

母親たちが声を揃える。

龍男も中学受験の塾に通っているんですよ、とは言い出しにくくなった。

下町に住む母親たちは、ことあるごとに高級住宅街に住む母親たちを敵視していた。それなのに、なぜ私にだけは親しげに話しかけてくるのか。高級住宅街といっても端っこの方だからか。それとも例によって〈あっさりしたおおらかな性格〉だと思われているからなのか。

その理由が最近になってわかってきた。どうやら私は下町派に分類されるらしい。セレブ派と呼ばれるためには、高級住宅街に住んでいるだけでなく、核家族であるという条件が必要だという。たとえ塀に囲まれた大きな一戸建てに住んでいたとしても、親と同居して家賃を浮かせているようなのは、下町派よりさらに下層に位置するらしい。どうしてそう細かく序列をつけたがるのだろう。決して仲間にはなりたくない。彼女らと話すたび、社会に出たいという思いが強くなった。

だが、彼女らの〈同居は下層〉という辛辣《しんらつ》な見方は、的を射ていると思う。もしも夫が高給取りなら、誰が好きこのんでわざわざ夫の親と同居するだろうか。

下町派の彼女らが、名実ともにセレブ派だと認める家庭は、夫が見るからにエリートサラリーマンといった風で、妻たちも金のかかった身なりをしていた。そして、妻たちの大半がスタイルがよく、目鼻立ちのはっきりした美人だった。確率的にも偶然とは思えなかった。

そういった家庭の多くが犬を飼っていた。妻が早朝と夕方に犬を散歩させている姿をよく見かける。いわゆる短大卒で一流企業に就職し、お茶汲みとコピー取りといった補助的な仕事につき、社内恋愛の末、寿退社というパターンなのだろうか。

求人票の〈自宅通勤に限る〉という赤い文字を久しぶりに思い出した。

負けたくないと咄嗟に思った。

負けたくないって、いったい誰に？　いったい何に？

ことあるたびに〈自宅通勤に限る〉の文字を思い出している。これは一生続くのか？

思わず苦笑が漏れた。

下町派の母親たちは言う。

——お金があっても不幸な人はいっぱいいるよ。

——リッチなご主人なんてみんな浮気してるに決まってるじゃない。うちの主人は小遣いが少ないから無理だけどね。

私はいつも、「へえ、ふうん」と聞いているだけだ。同意したりしたら、私自身の発言だと言い触らされかねない。広大な牧場で牛に囲まれて育ったからか、他人の複雑な感情に疎《うと》いところがあると自覚していた。だが、そんな私でも、彼女らの言葉が嫉妬の裏返しだと容易にわかる。

息子を下町派にはしたくない。うまく生きていってほしい。

商売はアタリもあるがハズレたら怖い。実家の両親を見て育ったから身に沁みている。この国で生きていくには一流企業に勤めるのが最も堅実な道だと思う。それというのも、明美の弟は帝都大を出て大企業に勤めているらしいが、その年収は、聞き間違いかと思うほど多かった。

大学の付属中学に入れてエスカレーター式に進ませたい。そうなったら塾に行く必要はないから、家から少々遠くてもかまわない。だが付属でない場合は、塾にも通わなければならないから、通学で時間を取られて疲労すると、勉強時間が取れなくなる。だから遠い中学校はダメだ。

やはり都心に出てきて正解だった。私立中学は都心に集中しているから、郊外に住んでいたら選択の幅も狭まるし、交通費も馬鹿にならない。

エスカレーター式で受験勉強が必要ないとなれば、自由時間が多いから、いろいろなことにチャレンジできるはずだ。興味を持ったものを研究することだってできる。その結果、自分の適性や方向を見出《みいだ》すこともできるのではないか。

大学受験は全国規模での競争だが、中学受験は範囲が限られている。都市部に住み、ある程度経済力のある家庭の子供だけが受験する。このチャンスを逃す手はない。

しかし、夫は龍男の受験には協力的ではなかった。勉強を見てくれることもなかったし、偏差値一覧表などを見せても興味を示さない。

「なんたって俺は付属だったから大学受験の経験もないしね」

夫が苦笑いする。

「だって修英大学の付属中学に入ったときは、試験があったんでしょう？」

「うん、まあね」

歯切れが悪い。

「だったらやっぱり小学校のときから受験勉強したんだよね？」

私が育った室蘭の実家の近くには学習塾はひとつもなかった。だから私は塾というものに通った経験がない。

「言いにくいけど……」

「何よ。はっきり言いなさいよ」

夫の両親や義姉たちのいる前では、決してこんな命令口調で言うわけにはいかない。彼らの前では常に夫を立てているように振舞わなければならない。五十川家にとって、夫は大切な跡継ぎである。

夫の両親は私の両親と比べると十歳ほど年上だ。だからなのか、考え方が驚くほど古い。義姉たちも、ずっと企業で働いてきたのだから、男女差別と戦ってきたのだろうし、さんざん嫌な目にも遭ってきているだろうに、私のことを跡継ぎである弟の添え物くらいに軽んじているのが日々見てとれた。

そんなこんなでストレスが溜まっていた。母屋にはなるべく近づきたくないが、母屋の土間を通らないと外出できないので、土間を通り抜けるときは、自然と抜き足差し足になってしまう。

「あの当時、修英の中学は定員割れしてたんだ。だから全員が受かった」

「えっ、ほんと？　聞いてないよ、そんなこと」

今まで長年の間、騙されていた気分になった。

「そのうえ、大学は文学部だしね」

「私が受験したとき、文学部は修英大学の中でいちばん偏差値が高かったよ」

「うそっ」

今度は夫が驚いた顔をした。

よくよく話を聞けば、いくつかある付属高校はすべて男子校であるため、内部進学においても文学部は最も成績の悪い男子が進むところだったという。その当時、女子学生が年々すごい勢いで増えていた影響で、ほとんどの大学で文学部の偏差値が最も高かった。女子と言えばその大半が文学部を受験したからだ。

「それでさ、高三の内部進学相談のときだけど……」

何を思い出したのか、夫は屈託ない笑みを浮かべた。

「高三のとき、担任に言われたんだ。大学教授と面接すると、仏文科を志望した理由を必ず聞かれるから、何でもいいからフランス文学を読んでおけって。俺、そんなの読んだことなかったから、何がいいでしょうかって聞いたら、フランソワーズ・サガンの『悲しみよこんにちは』にしろ、あれは短くてすぐ読めるからって。五十川、お前は分厚い本なんか読めないだろうって。意外と担任っていうのは、生徒のことよく見てるよな」

夫はけらけらと声を出して笑ったが、私は全然おかしくなかった。

「そんで、担任が言うには、フランス文学にいかにも興味あるように振舞わなきゃ落ちるぞって。だから、仏文科を受けるやつの間で、その悲しみよナントカって本を回し読みしたわけよ。そしたら面接官が『今どきの高校生はみんなサガンが好きなんだね』って。笑っちゃうよな」

夫がひとり笑い転げている。

浪人時代のつらさを思うと、思いきり蹴飛ばしてやりたくなった。

16　一九九六年四月　五十川淳子・三十七歳

新学期が始まり、ＰＴＡの広報委員になった。

気が進まなかったが、子供ひとりにつき一回は役員を引き受ける規則があり、避けて通ることはできない。

今日は初めての会合だった。教室に入ると、机がコの字型に並べられていて、私は窓を背にして座った。広報委員は一学年につき二人だから、六学年で合計十二人だ。今日はその中から委員長と副委員長を選出することになっている。

「それでは始めます」

昨年度の委員長が前に出て司会進行役を務めた。たぶん私より十歳近く年上だろう。ふっくらとした体つきで、優しそうな目元をした女性だ。

「委員長に立候補される方はいますか？　といっても、毎年そんな奇特な人はいないので、結局はアミダで決めることになるんですけどね。私もそうでした」

　そう言って前委員長は苦笑した。

「あのう……」

　そのとき、ひとりの女性が遠慮がちに手を挙げた。

　どこかで見た覚えがある。色白で大きな目が印象的なスレンダー美人で、二十代かと思うほど若い。はて、誰だったか……。

「私、やってもいいですけど」

「ほんと？　やってくださるの？　すごい！　みなさん、承認の拍手！」

　元委員長が嬉しそうに叫ぶと、みんな一斉に手を叩いた。クジ運に自信のなかった私も心底ほっとして、力いっぱい手を打ち鳴らした。

「こんなに簡単に決まるとは思わなかったわ。じゃあ早速だけど、自己紹介お願いできる？」

「佐伯《さえき》伊万里《いまり》と申します。一年二組に息子がおります。ひとりっ子ですし、入学したばかりですので、わからないことだらけです。息子のためにも一日も早く学校の様々なことを知っておいた方がいいだろうと思って立候補しました」

「あら、若いのに立派なお母さんだこと」

　元委員長は満面の笑みだ。

「いえ、そんな……」

そう言って恐縮する横顔を見た途端、彼女が誰だったか思い出した。毎朝夕、イタリアン・グレーハウンドを散歩させている女性だ。高級住宅街に住む、いわゆるエリート族の奥様で、犬の散歩のときでさえおしゃれに手を抜いていない。今日も真っ白いパンツにブルーのニットのセーターを着て、趣味のいいスカーフを巻いている。

「委員長は副委員長を指名できる決まりがあるのよ。気心の知れた者同士で仕事を進めた方が、なにかと都合がいいでしょう？　佐伯さんは、このメンバーの中で誰か仲良しさんはいる？」

「はい。できれば五十川さんに副委員長になっていただきたいんですが」

えっ？

驚いて、佐伯伊万里と名乗る女性をまじまじと見た。仲良しどころか話をしたこともない。いやそれ以前に、なぜあなたは私の名前を知っているの？

「犬の散歩のときによくお会いするんですよ。ご近所なんです」

そう言って私をじっと見つめてくる。

「あらそうなの。五十川さん、どうかしら？　副委員長を引き受けてくださるわよね」

「えっと……」

頭が混乱していた。副委員長の仕事とはどういうものなのか。断わる権利が私にあるのか。そもそも、彼女はなぜ私を指名したのか。次々と疑問が浮かび、声が出てこない。

「じゃあみなさん、拍手で承認しましょう」

元委員長が声高らかに言ったので、一斉に拍手が鳴り響いた。

呆然としている間にも、次々と分担が決まっていく。会計係、写真係、編集係、印刷係の名前が黒板に書き入れられていく。そのあと、去年の資料を引き継ぎ、仕事の説明を受けたあと解散となった。

みんなが帰り支度を始めたとき、伊万里がすっと近づいてきた。

「すみませんでした。いきなり指名したりして、ご迷惑だったでしょうね」

「いえ、大丈夫ですよ」

説明によると、たいした仕事量ではないし、難しい仕事でもなさそうだった。

「だけど、どうして私を指名したんです？」

「それは……」

言いかけて目を泳がせる。「犬の散歩のときに、五十川さんがゴミ出しをされているのをよくお見かけするもので……」

釈然としないが、それ以上聞いてくれるなと、伊万里の表情が語っている気がした。

「そんなことより五十川さん、帰りにどこかで打ち合わせしませんか」

「……いいですけど」

さっそく打ち合わせとはずいぶん熱心である。

「お昼を食べながらっていうのはどうでしょう。それとも、お昼はおうちに帰らなきゃまずいですか?」

家には帰りたくなかった。今日は朝っぱらから姑に夫のワイシャツのアイロンのかけ方について叱られたのだった。まだ四月で肌寒い日が続いているから、仕事場でもスーツの上着を脱ぐことはないと夫も言っていた。だから、アイロンは襟と胸の辺りにだけかけている。そのほかの部分は皺だらけでもスーツを脱がない限り見えない。そう反論したら、姑はまるで異常者を見るような目つきで私を見た。

――あのね淳子さん、人様に見える見えないの問題じゃないの。品性が出るんですよ。

――はあ、すみません。

きっと素直な言い方ではなかったのだろう。姑は一層腹立たしそうな顔になった。

そのときに言えなかったひとこと――私は合理的な人間なんです!――が、朝からぐるぐると頭の中を回っている。

「佐伯さんこそ大丈夫ですか? うちの子は五年生と二年生だから給食が出ますけど、新入生は午前授業で給食はまだ始まらないし、そろそろ下校する時間じゃないですか?」

「大丈夫です。今日はPTAで遅くなるって主人の母に言って出てきましたから」

主人の母? それって……。

「もしかして、ご主人のご両親と同居されてるとか？」

「ええ、そうですよ」

「なんだ、そうだったの。へえ意外」

一気に親しみが湧いた。下町派よりさらに下層に位置する同居派だったとは思いもしなかった。リッチで自由な暮らしを満喫している優雅な奥様だと勝手に想像していた。

昇降口を出ると、「こっちです」と伊万里は裏手に向かって歩き出した。驚いたことに、彼女は車で来ていた。彼女の家は、私の家より更に学校に近い。徒歩三分くらいだ。

来客用駐車場に停めてあるジャガーは目立った。助手席に座ってドアを閉めた途端、滑るように発進した。

「少しだけ遠出してもいいですか。近所のレストランだと、あとでまたいろいろとね」

近所の店だと姑に出くわすこともあるだろうし、そうでなくても、回り回って姑の耳に噂が入ることは十分考えられる。

「私もその方が助かります」

しばらくすると湾岸道路へ出た。

「どこに行くの？」

「羽田《はねだ》空港です」

「えっ、なんでまた？」

「たまに飛行機を見たくなるんです。それに空港内にもレストランがたくさんありますし、道路がこれだけ空いていれば二十分ちょいで行けますから。ご迷惑でしたか?」

「迷惑なんてことはないんだけど……でもちょっと驚いた」

「実は私、朝早く犬を散歩させてたとき……」

ジャズが流れる車内で、伊万里は静かに話しだした。「五十川さんがゴミ置き場でお姑さんに叱られているところに通りかかったんです。ああここに私と同じ立場の人がいたって、勝手に親近感を持ってしまって、犬の散歩のときは必ず五十川さんの家の前を通るようになりました」

「なるほど、そういうことだったの」

いい天気だった。抜けるような青空が広がっていて、車内が日差しでぽかぽかと温まって気持ちが良かった。

「私は今二十九歳なんですけど、夫がもう四十五歳なんです。だから夫の両親はすごく年寄りで、考え方が信じられないほど古いんです。嫁は滅多に外出するもんじゃないなんて言うんです。それに比べて、下町のアパートやマンションに住んでいるお母さんたちは自由で羨ましいです。あの人たち、月に一回は子供をダンナさんに預けて、お母さんたちだけで飲み会やカラオケ大会をやってるみたいなんです」

「知ってる。私も誘われたことある」

「ほんとですか？　羨ましいなあ。どうして私は誘ってくれないんだろう」

「佐伯さんは誘われないでしょうね。母親にしてはきれいすぎて、ひとり浮いてるもの」

「そんなあ……私も仲間に入れてほしいんです。五十川さんはそのグループにもう入っちゃったんですか？」

「断わったよ。集団行動ってあんまり得意じゃないから」

どんな集まりでも派閥ができて序列ができる。女ばかりの気楽な飲み会やカラオケに魅力を感じないではなかったが、新たなストレスの種になる予感がした。それに、そういうグループはいったん入ると抜けるのが困難だ。言い訳を適当にみつくろって抜けられたとしても、しばらくは、わだかまりが残ることが多い。

「良かった。まだどのグループにも入ってないんですね。ところで、五十川さんは今日は何時までに帰ればいいですか？」

「そうねえ、ＰＴＡが長引いたことにすればいいとして……」

「四時までなら大丈夫ですか？　食事のあと、カラオケに行って力いっぱい歌いませんか？」

「いいね。賛成」

「ほんとですか？　あー良かった。断わられたら一週間くらい落ち込むところでした」

そう言って伊万里はハハハと声に出して笑った。外見と違い、さばさばとしていて、まるで少年のようだ。

羽田空港内にあるレストランに入り、クラブハウスサンドイッチのランチを注文した。

「どっか行きたいなあ。遠いところに。あれに乗って」と伊万里は溜め息をつく。

全面がガラス張りなので、飛行機が離発着するのがよく見えた。

食後のコーヒーを飲み終えると、またジャガーに乗せてもらい、山手通り沿いにあるカラオケ店に入った。

「五十川さん、私、みっともないくらい力いっぱい声を張り上げて歌いたいんです。見られると恥ずかしいので、すみませんけど、別々の部屋にしてもらっていいですか」

遠慮がちにそう言って、私を上目遣いで見る。

私は思わず噴き出してしまった。「もちろん、私も声が嗄《か》れるほど歌いたいから」

一時間半の予約をして、隣同士の個室にそれぞれ分かれて入った。カラオケは久しぶりで、何を歌っていいのか曲名が思い浮かばなかった。デンモクで、昭和五十年代ヒット曲を検索した。誰もいない狭い個室の中で、松山千春《まつやまちはる》の『大空と大地の中で』を熱唱すると、実家の牧場を思い出して涙がにじんだ。

「あー楽しかった。シャ乱Qの『いいわけ』を十回くらい歌っちゃいましたよ。歌詞の中に『男なら負けてやれよ』ってところがあるんですけど、歌うたびに痺《しび》れます。五十川さん、また今度誘っていいですか？」

帰りの車の中で、伊万里は言った。

「うん、誘って。久しぶりにストレス発散できて楽しかったよ」

「そう言ってもらえると嬉しいです。でも、毎月っていうのは多すぎます？」

「月に二回くらいなら許されるんじゃない？」

「やったー。やっと友だちできたー」

伊万里はハンドルから両手を離して万歳した。

その後も、月に数回の割で、「ＰＴＡで帰りが遅くなる」のを口実に、伊万里と二人で出かけるようになった。

17　二〇〇三年春　シュベール千代松紫・四十三歳

〈芸能人のお宅拝見〉に出たくらいで、本当に勘当が解けるとは思ってもいなかった。

――お父さんが紫ば許してくれたと。

母は電話口で泣いた。

――お父さんな、もう歳やけん、はよう帰って来て顔ば見せてあげなさい。

父は今年で八十歳になる。知らない間にひどく歳を取ったような気がしたが、長兄が既に五十を超して孫がいることを思えば当然だ。

母は電話では触れなかったが、口ぶりからして、もしかして父は具合が悪いのではないか。そう思うと、いてもたってもいられなくなり、急遽《きゅうきょ》実家に帰ることに決めた。一度でいいからレイモンと杏里を父に会わせたかったが、レイモンは急には講師を休めず、杏里は一日の休みもなく仕事が入っていたので、仕方なくひとりで帰省することにした。

懐かしい我が家だった。

住宅街の角地にある実家は変わらずそこにあった。威風堂々としていて、この家に生まれ育ったのだと思うと誇らしい気持ちにさえなる。しかし、門に近づいて表札を見た途端、嫌悪感が襲ってきた。時代劇に出てくるような古めかしい表札には、大きく〈貴族院議員・千代松 拾五郎《じゅうごろう》〉と書かれている。

まだあったとは……。

見栄っ張りの本性を世間に晒《さら》していることに両親は気づかないのだろうか。子爵《ししゃく》や男爵の家柄ではなく、単に多額納税者だったから議員になれたと聞いている。そのことで当時から劣等感があったのか。そう勘繰りたくなるほど、表札としては大きすぎた。

祖父が貴族院議員になったのは明治時代だから、この表札を作って既に百年以上が経過しているし、貴族院が廃止になった終戦時から数えても六十年近くの時が経っている。それなのに、木製の厚い表札に墨で書かれた文字は、今でもはっきり読める。

あれは高校三年生の冬だった。受験勉強をしていた夜中、何か温かいものが飲みたくなり、階下に降りた。両親を起こさないようにと、抜き足差し足で廊下を進んだ。そのとき、母の家事室から細い灯りが漏れているのに気がついた。その当時、長兄は大阪にある外資系の証券会社で働いていて、次兄は東京の医大に行っていたので、この大きな屋敷は、両親と私の三人暮らしだった。家事室を隙間からそっと覗いてみると、母は作りつけの一枚板の机に向かっていた。そこはアイロン台でもあり、ミシン台でもあった。母の手もとには、門にあるはずの表札が置いてあり、文字をなぞるようにして毛筆を動かしていた。母は書道が好きで、年賀状や礼状などを毛筆で書くのを得意としていた。私はそのとき初めて、表札の文字がいつまで経っても風化しないわけを知った。

長い間忘れていたのに、嫌なことを思い出してしまった。

離れている間に、ふるさとを美化していたらしい。

同級生に「お寺のごたる」と言われた門をくぐる。小学生の頃、友だちがたくさんいたのは、この家に住んでいたからではないかと今さらながら気づいた。同級生たちの多くは、「千代松さんの家の中って、どげん感じになっとると？」と尋ね、遊びに来たがった。

いつだったか、懐かしさのあまり内緒で帰省したとき、中から兄の子供たちのはしゃぐ声が聞こえてきて寂しくなった。しかし、あの日と違い、今日は静かだった。それもそのはず、長兄の子供たちはとっくに大人になった。母から聞いたところでは、子供三人のうち、長女はすでに嫁いでいる。結婚相手は県議会議員の息子で、将来は議員を継ぐらしい。次女は去年大学を卒業したばかりで、今は家業を手伝っている。末っ子である長男は九州大学法学部の学生で、自宅から通学しているという。

飛び石を進み、玄関へ向かった。

玄関にはカメラ付きインターフォンが設置されていた。髪を手櫛《てぐし》で整え、小さく咳《せき》払いをする。父がどんな顔で私を出迎えるだろうと思うと緊張した。

深呼吸をひとつしてからインターフォンを押した。

――どなたですか？

知らない声だった。長兄の妻だろうか。

――紫ですけど。

――ユカリ？　ああ、そういえば。

インターフォンが切られ、奥の方から足音が近づいてきた。玄関の硝子《ガラス》戸に人影が映る。ガラガラと引き戸が開けられた。鍵はもともとかかっていなかったらしい。

やはり兄嫁だった。長兄の結婚式に出席したとき、私は大学四年生だった。それ以来会っていないから、ほぼ二十年ぶりだ。老けはしたが、相変わらずきれいな人で、中年太りとは無縁だった。私のように胃下垂だから痩せているというのではなく、体形を保つために日々努力しているように見えた。

「お久しぶりです」

私がお辞儀をする間も、兄嫁が私の全身を素早く観察しているのがわかった。

そのまま玄関に入ろうとすると、兄嫁はびっくりしたように後ずさった。

「お義父さまとお義母さまは、別棟に住んでおられるんですよ」

博多の出身なのに標準語を使うのも相変わらずだった。地元で聞く標準語は冷たく聞こえる。

「はい、聞いていますけど？」

広い庭の奥に別棟が建っている。家督を長男に譲ったら、老夫婦は別棟に引っ込むのが習わしだった。私が幼かったときも、祖父母は別棟に住んでいた。

「だから……別棟に行ってみられたらどうですか？」

母屋には上がるなと言うことか？

祖父母が生きていた頃は、食事どきになると母屋に全員が集まった。別棟にはテレビもあったし小さな台所もあったが、祖父母は食後も母屋でゆったりと寛いでいた。風呂は母屋にしかなかった。客が祖父母を訪ねてきたときは、母屋の客間に通してから、祖父母を別棟まで呼びに行くのが常だった。

黙って踵を返した。兄嫁に愛想笑いをする気も失せていた。

それでも、背後から兄嫁が追いかけてくるに違いないと思っていた。きっと小走りで私を追い抜き、別棟の玄関前で「紫さんがお帰りになりましたよ」と声をかけてくれる……はずだ。

しかし、追いかけてくるどころか、背後で玄関がぴしゃりと閉まった。

振り返らず、そのまま別棟に向かう。昨夜雨が降ったのか、足もとがぬかるんでいた。

今朝早くに羽田を発《た》った。飛行機に乗るのも久しぶりだったし、勘当が解けてから初めての帰省だから緊張感もあって、すでに疲労していた。気をつけないと泥に足を取られそうだった。

別棟のチャイムを鳴らすと、母が玄関先に出てきた。その品のある顔を見た途端、ああやっと自分が生まれ育った所に帰ってきたんだと思った。

家の中はきれいにリフォームされていた。水回りが一新されて、台所は広くなり、浴室が増設されていた。

「素敵な台所ね」

「なんが素敵なもんか。三十里《みどり》さんに食事は別々にしましょうって言われたとよ。若いもんの食事は脂《あぶら》っこくて、年寄りの口に合わんでしょうからって」

「ふうん」

「嫁さんがもっと優しかったらどぎゃんよかやろう。私は姑にイジメ抜かれてきたけん、三十里さんには親切にしようと決めとったとよ。やけど、向こうは一分一秒でも私とはかかわり合いたくなかよ。昔の私がどんだけ良か嫁やったかと、最近しみじみ思うばい」

「お父さんは？」

「うん……ちょっと出かけとる」

母はなぜか目を逸らした。

「どこに？」

「碁会所《ごかいしょ》に」

「お父さんも、〈芸能人のお宅拝見〉を観てくれたんだよね？」

「……観たことは観た」

なんだか歯切れが悪い。

「テレビ観たとき、お父さん、何か言ってた？」

「特にはなんも」

あのときのレイモンは、「紳士が家で寛ぐとき」というテーマでスタイリストが選んでくれた高級ブランドのシャツとジャケットを着ていた。上品で知的に見えたが、父は彼をどう思っただろうか。私はラフなワンピースに水玉模様のスカーフを巻いただけの普段着だったが、スタイリストに「そのままでいいです。すごく素敵」と大層褒められた。

「お昼は食べたと？」

母が緑茶を出してくれた。

「まだ食べてない」

「私とお父さんは、朝ご飯と昼ご飯ば一緒にしとるとよ。やけん、ご飯と味噌汁の残りくらいしかなかけど、それでよかったら食べる？」

「……うん」

いったい、どういうこと？

飛行機が着く時間も伝えたはずだ。大学時代に帰省したときは、食卓に御馳走が並んだ。あの頃の両親は母屋に住んでいて、老舗《しにせ》の店から鰻《うなぎ》を取ってくれたり、寿司を取ったり、そうでなければ、前の日から下ごしらえをしていたガメ煮やら天ぷらやらバラ寿司などをお手伝いさんが出してくれた。もちろん夏休み中、毎日そうだったわけではない。だけど少なくとも帰省した日と上京する前の晩はすごい御馳走だった。

驚いたことに、ご飯と味噌汁くらいしかないというのは謙遜ではなかった。ほかに焼き海苔《のり》と佃煮《つくだに》が添えてあるだけだった。

「いま目玉焼きば焼いてあげてるから」

目玉焼き……。

私は歓迎されていないのだろうか？

どうして？

あれだけ帰ってこいって言ったくせに。

「お父さんは何時頃帰ってくるの？」

「さあ、ちょっとわからんばい」

「勘当は解けたんだよね？」

母は返事をしなかった。台所にいるから聞こえなかったと思い、もう一度大きな声で聞いた。

「それがなあ……」

言いながら、母は目玉焼きの載った皿を持って居間に入ってきた。

「あん番組で、レイモンさんが青山にあるミッション系の高校の教師や言いおったね？」

打ち合わせでは、単に〈某私立高校〉ということになっていたのに、レポーターが勝手に言い換えてしまった。だが、固有名詞を出したわけではなかったので、特に修正はしなかったと聞いている。

「三十里さんの伯父さんに当たる人が調べたみたいでね」

「えっ？」

「そん人、私学協会の偉い人らしくて、最初は疑う気持ちは全然なかったげな。そいどころか、親戚にフランス人がおってフランス語ば教えとうなんて自慢できっち思ったげな。私ら、よそん国ん人と結婚するこつ自体、どげんかっち思うばってん、そん伯父さんは新しもん好きで軽薄げな」

相変わらず母は愚かな人だった。言葉の端々に人を傷つける言いまわしがあることに全く気づいていない。母は変わっていない。上京するたびに父に内緒で会いにきてくれたときは、もしかして母性溢《あふ》れる優しい人ではないかと思ったが、あれは錯覚だったのか。それとも人というのは、離れて暮らす親を自分の都合で美化してしまうものなのか。特に自分が不幸なときには。

「どうしてそれを早く教えてくれなかったの？」

父の勘当が解けていないと知っていれば、誰が古里に帰って来るだろうか。

「三十里さんち、ほんま意地悪な人ばい。今朝になっち教えてくれたっちゃん。伯父さんから聞いたのが先月やいうから呆れてものが言えん」

食欲が失せていた。母がめんどくさそうに用意してくれた食事をじっと見つめた。

「悪かばってん、夕方お父さんが家に帰っちくるまでに、紫も帰っちくれっと助かる」

「帰るってどこに？　まさか、東京に？」

びっくりして大声を出してしまった。

東京―博多間を日帰りしろってこと？

「宅配便はそんまんま送り返しておくけん」

昨日、実家宛てに着替えなどを送ったのだった。ゆっくりしておいでとレイモンが言ってくれたので、短くても三日、もしかしたら一週間くらい泊まろうかと思っていた。

「心配せんで。三十里さんにはよそで言わんよう口止めしておくけん。レイモンさんのことがバレたら、うちらだって恥ずかしくて外ば歩かれんけん」

「お邪魔しました」

バッグをひったくるようにして立ち上がり、玄関へ早足で向かった。

信じられないことに、母は追いかけてこなかった。

靴を履いて、ぬかるんだ庭を小走りになって門へ向かった。母屋の方には目を向けないようにした。三十里がカーテンの陰から見ているに違いない。

笑いたかったら笑えば？

そのとき、ふと頭の中に唱歌『ふるさと』が勝手に鳴り響いてきた。

兎《うさぎ》追ひし彼《か》の山
小鮒《こぶな》釣りし彼の川
夢は今も巡りて
忘れ難き故郷《ふるさと》

兎を追ったことなんかない。時代が違う。それなのに、この唱歌がテレビで流れるたびに、涙ぐんでいた。

ふるさとが懐かしくて。
父や母が恋しくて。

如何《いか》にいます父母
恙《つつが》無しや友がき
雨に風につけても
思ひ出《い》ずる故郷

この歌詞を聞くと、必ず嗚咽《おえつ》を漏らしそうになった自分て、いったいなんだったの？
遠く離れていても両親の健康を祈っていた。
雨が降る日は、博多でも降っているだろうかと思いを馳せた。
風が強い日は実家の雨戸ががたがたと揺れてるんじゃないかと夢想した。

志を果たして
いつの日にか帰らん
山は青《あお》き故郷
水は清《きよ》き故郷

いつか認めてもらいたいと願っていた。

いったい誰に？

あんな母親に？

あんな父親に？

なるほど、そういうことか。あの人たちの子供への愛情は条件付きだったんだ。長兄のように帝都大を出たうえに、しかるべき家から嫁をもらうような立派な子供じゃないと愛せないってことだね。次兄のように医学部を出て、開業医の娘と結婚して、駅前の大病院の副院長になっているような立派な息子でないと、かわいく思えないってことだ。

それにしても、四十歳を過ぎてるのにまだ親に愛されたいと思っている女ってどうよ。

気味が悪い。

笑っちゃう。

門を出て駅へ向かう道すがら、いつのまにか、頭の中の唱歌は鳴り止んでいた。

あっそうか、私にお似合いなのは、室生犀星《むろうさいせい》の方だったんだ。

　ふるさとは遠きにありて思ふもの
　そして悲しくうたふもの

よしや
うらぶれて異土《いど》の乞食《かたゐ》となるとても
帰るところにあるまじや
ひとり都のゆふぐれに
ふるさとおもひ涙ぐむ
そのこころもて
遠きみやこにかへらばや
遠きみやこにかへらばや

前方に駅が見えてきた。

日帰りか……苦笑しようとしたけれど、できなかった。駅前のホテルに泊まろうかと一瞬迷ったが、一刻も早くこの地を離れたかった。

涙がこぼれそうになって、慌てて上を向くと、駅舎が歪んで見えた。

18　二〇〇四年夏　シュベール千代松紫・四十五歳

午後になり、雨が降ってきた。

この家に住むようになってから、雨もまたいいものだと思えるようになった。雨の日は三階の客間で過ごす。公園の緑が雨に煙っている様子がよく見えるからだ。

その日も窓に面したソファに座り、丁寧に淹れたコーヒーをひとり飲みながら、物思いに耽《ふけ》っていた。

——二十歳になったら、マンションを借りてひとり暮らしをしようと思うの。

つい先日、杏里が言った。まさに寝耳に水だった。杏里がいつか家を出ていくことを、私は愚かにも考えていなかった。それはなぜだったのか。

私もレイモンも故郷を遠く離れて暮らしているが、杏里の場合は実家が東京にあり、仕事場も東京にある。だから、子供はいつか家を出ていくものだという一般的な考えは、うちには当てはまらないと思っていたのかもしれない。それどころか、杏里がいつか結婚して子供を産んでも、家も広いことだし同居すればいいとすら思っていた。そうしたら孫の面倒をみることができるから、杏里は女優業を心置きなく続けられる。実の娘だから嫁姑の確執もない。そんなことをぼんやりと思っていた。

杏里が高校三年生のとき、進路のことでさんざん揉《も》めた。何度も家族会議を開いたが、二対一で私は言い負かされた。卒業後、杏里は大学へは行かず、女優業に専念している。

——ママン、大丈夫だよ。離れて暮らしても、ちゃんと家にお金は入れるから。

この言葉がどれほど衝撃的だったか。

――冗談でしょう、家にお金なんて入れなくてもいいのよ。

そう言ってしまったあとで、情けないことに、今後の生活が心配になった。

いいや、大丈夫だ。家もある。少ないが、レイモンの給料だって毎月きちんと入ってくる。それに、結婚してからというもの贅沢とは無縁だ。要るのは食費と光熱費と……最低限の暮らしはなんとかなりそうだった。老後は野垂れ死にするかもしれないが。

私は大学時代、親から多すぎるほどの仕送りをしてもらい、今は娘から多額の生活費を入れてもらっている。自分の足で立っていたのは、電器店に勤めていた数年間だけだ。それでも、杏里がモデルや子役として働いていた頃は、付き人的な役割を果たしていた。忙しかったし、慣れないことばかりで人間関係に悩んでストレスを溜めたこともあった。人はそれを仕事とは認めないかもしれないが、自分では厳しい現場で働いたと思っている。

だが、今はどうだ。

私は一日何をして過ごしている？

杏里の仕事の送迎をマネージャーがするようになって何年も経つ。とっくに私の出番はなくなっている。杏里は私の手を離れ、厳しい芸能界で神経戦を闘いながら前へ突き進んでいる。

レイモンは相変わらず楽しそうだ。語学学校の講師をやりながら、漫画とフィギュア収集に、少年のように目を輝かせて日々を過ごしている。

だけど、私には何もない。実家からも見放された。

――杏里のママンとして恥ずかしい行動は慎んでくださいね。

ガテン系の就職雑誌がリビングの片隅にあるのを見て、マネージャーが言った。パート先で杏里の母親だと周りに知れたら、杏里のイメージを損なうことになると脅された。

となると、やはり、あれしかない。明美が長年やっている通信添削の内職だ。あれなら人目に触れずに家でできる。明美に詳しい仕事内容を教えてもらおうと携帯電話を手にしたとき、家の電話が鳴った。

――もしもし、わたくし原宿出版の本田哲子《ほんだてつこ》でございます。たまたま仕事でお宅のすぐ近くまで来ておりまして、ちょっと寄らせていただいてもよろしいでしょうか。

「この前いただいたお話は断わったはずですが」

――いえいえ、ちょっとお顔だけ拝見したらすぐに帰りますので。おいしいケーキを買ったものですから。お口に合うかどうか。

もう買っちゃったの？

ああ、また失敗してしまった。電話に出るべきじゃなかった。留守番電話にしておけばよかった。

――あと五分くらいで着くのですが、よろしいですか？

邪険に扱うと、杏里に迷惑が及ぶかもしれない。そう考えると、断われなかった。

玄関先に現われた雑誌の編集者は、今日も地味な服装で化粧っ気もなかった。長い黒髪もいつものように無造作《むぞうさ》にゴムで束ねているだけだ。もしかして、ファッション雑誌の編集者というのは、女性の敵を作らないように常に気を使っているのだろうか。ごつい黒縁メガネをかけて誤魔化せていると思っているかもしれないが、その額の美しさ、メガネの奥にある深い瞳、細く整った鼻梁《びりよう》は、正統派の美人であることを隠しおおせてはいなかった。新しく四十代向けのファッション雑誌を創刊するというのだから、たぶんこの人も四十歳前後なのだろうが、肌が艶々していて若く見える。

「まあ、なんて趣味のいいおうち。やっぱりセンスが違いますね」

靴を脱ぎながら玄関を眺めまわしている。

「この壁紙は誰がお選びになったんですか？　あらスリッパまで垢抜けてる。窓枠までかっこいいですね」

本田哲子はしきりに感心しながら、私のうしろから階段を上ってくる。

内装はレイモンの趣味だ。その色づかいや組み合わせは日本人にはないセンスだった。ああ、この人はフランス人なんだとあらためて思ったものだ。

三階の見晴らしのいい客間に通すと、哲子は「きゃあステキ！」と大げさな歓声を上げた。「なんて素晴らしいんでしょう。どのアングルでも絵になりますね。この窓辺のソファに奥様が文庫本を片手に座っておられたら、きっと……」

「ですから、それはお断わりしたはずです」

今まで哲子から何度も電話がかかってきていた。新しい雑誌を作るにあたって、なんと、私にモデルになってほしいというのだ。家の中での様子も雑誌に載せたいらしい。

「お母様が〈芸能人のお宅拝見〉に出演されてからというもの、『杏里シュベールのママンは品がある』って巷《ちまた》で評判になってるんですよ。是非、ご承諾いただきたいんです。社運をかけた雑誌なんです」

だから私はやりませんってば。何度も断わったでしょう！

怒鳴りたくなるのをぐっと堪《こら》えた。杏里も原宿出版が出している若い子向けのファッションン雑誌にモデルとして頻繁に載せてもらっているので、悪い印象を与えたくなかった。

「だけど、どうして私なんかが……」

「杏里ちゃんのブログの掲示板をご覧になってますか？　お母様のことで盛り上がってるんですよ。それに、こんなハイセンスなおうちに住んでらっしゃるし、美人でスタイルもよくていらっしゃるしで、もうほんと、うちの雑誌にぴったりなんですよ」

「スタイルがいい？　私が、ですか？　そんなの生まれてこの方、言われたことありませんけどね。単に痩せてるだけですよ。背も低いし足も短いし、貧相なだけです」

「お言葉ですが、お母様」

哲子は居住まいを正した。「創刊するのは、今までになかったタイプの雑誌なんです。等身大の暮らしを読者に提供するというのがコンセプトです。お母様はファッション雑誌をよくご覧になる方ですか?」

「美容院に行ったときぐらいしか見ませんけど」

「それはきっと雑誌の内容を身近に感じることができないからですよ」

哲子が決めつける。「雑誌に載っているモデルを見て、お母様はどう思われますか?」

「どうって、背が高くて痩せてて……」

「ですよね。やっぱり親しみを感じられませんでしょう」

「親しみ、ですか? そんなこと考えたこともありませんけど」

いったい何が言いたいのだろう。

口車に乗らないように気をつけなければ。

とはいえ、失礼でない断わり方をしなければ、杏里に迷惑がかかる。

目の前にいる哲子という編集者は、どこから見ても怪しげな女性ではない。彼女の勤める出版社は有名どころだ。だけど、私なんかをモデルにしようとすること自体がおかしい。本当の意図がどこにあるのか見当もつかなかった。〈芸能人のお宅拝見〉に出たことで、実家との関係は以前より更に悪くなった。もうこれ以上、マスコミに顔を晒したくない。実家の母がおろおろする様子や、兄嫁の三十里の皮肉な笑いが頭に浮かび、慌てて深呼吸した。ああ、もう何もかも思い出したくもない。

「お母様、世の女性モデルを見てください。身長が一七五センチもあるうえにガリガリで小顔だし、一般女性にとっては非現実の世界なんですよ」

「それは今に始まったことではないでしょう」

「だから今こそ、そういった悪しき慣例を変えていこうと我々は奮闘しているわけなんですよ。いくらモデルに似合ったって、チビデブ短足で平面顔の日本人女性の参考にならなければ意味がないと思われませんか」

「……ええ、まあ」

お前はチビ短足平面顔だと言われているのも同然だった。

ねえ淳子、こういうのも皮肉なんだろうか。

明美はどう思う？

どっちにしても……早く帰ってもらおう。

「いまだに西洋人をモデルにしている雑誌の多いこと。そういうの、古いと思うんです」

口調に熱がこもってきた。「要は、西洋人コンプレックスでしょう。違いますか？」

今にもテーブルをドンと叩きそうな勢いだ。

「我々は、日本人女性に似合うものをとことん追求したいんです。となると、モデルとしてはお母様が最適なんですよ。お顔だって素晴らしく美人でいらっしゃる」

「私の顔が、ですか？」

「楚々《そそ》とした日本人形のようですよ」

「単に目も鼻も口も小さいだけですよ。自分でも地味な顔だと思います」

「それがいいんです。ひと目見て、この人は整形していないってわかる一重まぶたが、いまや貴重なんです」

「はあ」

「ところでお母様は、東京のご出身ですか？」

「いえ、博多です」

「えっ、ほんとですか？」

哲子はびっくりしたように目を見開いたと思ったら、少女のように胸の前で手を叩いた。「嬉しいわあ。私も博多なんです」

本当だろうか。

「あれ？　もしかして千代松さんって、あの千代松さんですか？　表札に貴族院議員って書いてあるおうちの？」

「……よくご存じで」

「ええーっ、信じられない。私、すぐ近所です。うちの実家はマンションですけど、小学校は同じ区域のはず。お母様も第三小学校のご出身ってことですよね？」

「いえ、私は小学校からミッション系の……」

「ミッションっていうと、門のところに聖母マリア像のある？」

「ええ、あの学校です」

哲子はこっちが戸惑うくらい、親しみを込めた目を向けてくる。

「うちの母に話してやったらきっと喜びます。で、ご実家のご両親はご健在ですか？」

「お紅茶のお代わりいかがですか？」

話題を変えたくなった。

「紅茶？　いえ、まだありますから結構です。お気遣い、ありがとうございます。それにしても、へえ、あのおうちのお嬢様だったなんて。こういうの、同郷のよしみっていうと図々しいかもしれませんが、是非、お母様」

「もうぬるくなってるでしょう。やっぱり紅茶、淹れなおしてきます」

強引にカップを引きよせてトレーに載せた。

気分を切り替えたい。このままだと、相手のペースにずるずると引きずり込まれる。

「いやあ、ほんと驚きました。しかし世間って狭いもんですねえ」

うんざりした顔を見せないよう気をつけながら、キッチンに引っ込んだ。三階にもミニキッチンがついていて、カウンター式になっている。エスプレッソマシンにカプセルをセットしてから、牛乳を泡だてマシンに入れてスイッチを入れる。

それにしても……ああ、しゃべりすぎてしまった。博多出身だなんて言わなければよかった。東京の出身かと尋ねられたとき、「ええ、まあ」などとあいまいに答えておけば、そこで話が終わったはずだ。

コーヒーのいい香りが立ち上《のぼ》ってきた。落ち着かねば。目を閉じて、コーヒーの香りを胸いっぱい吸い込む。

哲子は博多にたびたび帰省しているのだろうか。杏里のギャラで一家全員が食べているなどと近所に言い触らさなければいいが。

「主人ともよく相談したいと思いますので、しばらくお時間いただけますか」

早く帰ってもらうために小さめのカップにした。コーヒーも少なめだ。哲子にだけ勧め、私のはない。そして私はソファにごく浅く座った。彼女が鈍感でなければ、恐縮して早めに切り上げるはずだ。

「もちろん、ご主人にもご相談なさってください。杏里ちゃんにも」

夫が大反対しているというのはどうだろう。古風だが、案外いい方法かもしれない。

哲子の前で、これ見よがしに壁の時計を見た。すると、哲子は少ないコーヒーを一気飲みして立ち上がった。

「いいお返事をお待ちしております」

まるで色よい返事がもらえたかのようなにこやかさだった。

その夜、昼間あったことをレイモンに話した。

「紫サン、どうしてナンデモカンデモ断わりマスカ？」

マネージャーの芯子からは、「ステージママンの心得」を講演してもらえないかと、何度も頼まれていた。芯子が言うには、タレントの母親の中で、私が最も常識人だそうだ。

「紫サン、こんなチャンス二度とないヨ」

「あのね、私はもう人前に出たくないの」

実家の両親や兄嫁の三十里の不愉快そうな顔が目に浮かぶ。

「オトーサン、オカーサンにいつまで縛られて生きるつもりデスカ？」

「縛られてる？　なるほど、そういう言い方もできるわね」

「紫サン、あなた千代松家のプライドそのものデス」

「えっ？」

「ボクは翻訳の仕事を始めようと思いマス」

いきなりレイモンは、今にも踊り出しそうなほどの満面の笑みになった。

「翻訳の仕事がもらえたの？　どこから？」

「杏里のエッセイ本が出マシタ」

「だからなに？」

先月の初め、杏里のブログを元にした本が出版された。まあまあの売れ行きだと聞いている。

「ボクびっくりしマシタ。杏里のエッセイ、清旬《せいしゅん》出版から出たデショウ。清旬出版といえば、『しのしゅり』を出している出版社じゃないデスカッ」

「なにそれ、シノシュリ？」

「紫サン、『忍びと手裏剣』、知らないデスカ？　略して『しのしゅり』デス。忍者が赤ちゃんを育てる物語デス。すごく面白いのに、知らないなんて……」

レイモンはいかにも残念そうにうなだれてみせた。

「爆発的に売れているコミックですヨ。いま二十三巻目が出てマス。ハラハラドキドキの展開ヨ。だからボク、すぐに電話しマシタ」

「電話ってどこに？」

「清旬出版に決まってマス。『忍びと手裏剣』をフランス語に翻訳する仕事欲しいと頼みマシタ。担当者の人、ボクのこと知ってたヨ。〈芸能人のお宅拝見〉を見てくれてマシタ。幸運デシタ。だから紫サン、あなたも夢をつかみまショウ」

「そんなに簡単に翻訳の仕事をもらえたの？」

「未経験ということで断わられマシタ」

「なんだ」

「だから、フランス人会の人たちに漫画の内容を説明して、感想を聞きマシタ。そしたらみんな面白いって言いマシタ。だからボク、フランスでもウケるという評価を添えて企画書を作って持って行きマシタ」

「そしたら？」

「企画書は素晴らしいけど、君の実力がわからないからダメと言われマシタ」

「でしょうね。世の中そんなに甘くないよね」

「でも、ボクがどれだけ漫画を愛しているか、三十年以上も漫画にトースイしてきたとイッショケンメイ話しマシタ。そしたら君の実力を知りたいから一巻だけ翻訳して持ってこい言われマシタ」

「すごいじゃない」

「ボクすごいデス」

　レイモンが翻訳で稼げるようになると助かる。というのも、あのあと明美に電話してみたが、少子化のせいか、通信添削の仕事は新たに人は募集していないと言われた。

　のんびりしてはいられない。私も何か見つけなければ。

19　二〇〇六年春　五十川淳子・四十七歳

このままでは龍男が留年してしまう。

大学三年生にもなって家庭教師をつける破目になるとは思ってもいなかった。要領が悪いのか、それとも、遊びまくっていても卒業できた私の時代とは違うのか。

家庭教師の青年は、城南大の医学部の学生である。学費を稼ぐために家庭教師を何軒もかけ持ちしているという。彼こそまさに要領の良さの塊《かたまり》のような人間だった。彼は龍男に勉強を教えたりはしなかった。龍男と同じ商学部を出た知り合いを片っ端から当たり、単位を取りやすい授業はどれかを調査した。龍男は彼の勧めに従い、新学期の履修登録を済ませた。

「お母さん、大丈夫ですよ。毎年同じ試験問題を出す教授だとか、出席さえしていれば大目に見てくれる教授の講義で時間割を組みましたからね。もちろん、中には難しい講義もありますが、過去の試験問題や教授の癖や傾向を僕が探って、龍男くんにしっかりコツを指導しますから、お任せください」

そう言うと彼は不敵に微笑んだ。

頭がいい上に要領もよくて、さぞ親御さんも安心だろう。会ったこともない彼の両親が羨ましかった。

一方、次男の翔太郎は城南大学付属高校の三年生になった。なんと、翔太郎はコネなしで城南中学に合格し、その後も何の問題もなく進級している。

翔太郎は小学校五年生のある日、「僕もお兄ちゃんみたいに塾に行きたい」と突然言い出した。直前まで没頭していた味噌作りに飽きたらしい。

翔太郎は塾の講師と妙にウマが合い、俄然勉強が面白くなって成績が驚くほど伸びた、ということになっている。しかし私の見立てでは、翔太郎は生まれて初めて〈先生〉という立場の人間に好かれたのではないかと思う。それまで幼稚園や小学校の担任から厄介者という目で見られていたのを感じていて、実は深く傷ついていたのではないだろうか。私もまた龍男にかかりきりで、翔太郎の気持ちに寄り添ってやれていなかった。

塾の講師は、無茶苦茶な熱血漢だった。

——今日、先生がね、『お前ら、眠いんなら学校で寝ろ。塾では絶対に寝るな』って言ったよ。

——母さん、今日の先生のひとことはすごいよ。『おまえら、身体《からだ》こわすまで勉強しろ』って言ったんだ。

——帰りに先生がね、『塾の宿題が終わるまでは晩メシ食うな』って言ったよ。

——母さん、小学生に向かってそんなこと言う先生って、かなりイカれてると思わない？

翔太郎は、塾から帰って来るたび、ケラケラと笑いながら報告してくれたものだ。塾に通うのが本当に楽しそうだった。

そんな塾の講師に「城南大付属中は合格圏内ですから大丈夫ですよ」と太鼓判を押されても、にわかには信じられなかった。幼いときから何年にも亘《わた》り、龍男に比べてかなり劣ると思ってきたので、合格したときは、真っ先にコネを疑った。舅は、私にさえ内緒で裏から手を回したのではないか。

——もしかして、兄も入学していることだし兄弟揃って同じ学校に通えるようにと学校側の配慮があったんでしょうか？

思いきって塾講師に尋ねてみたが、難関校ではそんな配慮はあり得ないときっぱり言われた。

全ての受験が終わってみれば、翔太郎は城南中以外にも開門《かいもん》中にも深水《ふかみ》学院中にも、つまり、受けた難関校には全部受かっていた。やはり実力があったらしい。

幼い頃の翔太郎は変わっていて、将来どうなることかと心配したのが嘘のようだった。

城南中に入学後も成績優秀で、家庭教師も塾も必要なく、この春、無事に高校三年生になった。

いや、「無事に」という言い方はおかしい。本来それが普通なのだ。だって、苦労なくエスカレーター式に大学へ進学できることが付属の旨みなのだから。

「母さん、僕、何学部に進めばいいかな」

城南高校では高三の一学期の終わり頃、進路志望を出すことになっていた。

翔太郎は理系クラスに在籍している。理系クラスにいれば、大学へ上がるとき、理系文系どちらの学部でも選べるが、文系クラスにいると文系の学部にしか進学できない決まりがある。翔太郎は理系も文系もできるので、どちらでも選べるようにと、本人と話し合って理系に決めたのだった。

「そうねえ、あそこの看板学部といえば……」

外部受験するときに最も偏差値が高い学部がいいに決まっている。就職にも有利だ。となると経済学部か。

「うちの大学、音楽関係の学部がないんだよ」

翔太郎はつまらなそうに言った。

「翔ちゃん、音楽関係って？」

「僕、そっち方面の仕事に向いてる気がするんだ」

「は？」

落ち着け、自分。

翔太郎にわからないよう、背を向けてそっと深呼吸した。

この子は幼い頃から何を考えているのかさっぱりわからない。だけど、見かけによらず繊細みたいだから、滅多なことは言えない。今さら音大を受けるなどと言われたらたまらない。楽器ができるわけでもないし、ピアノを始めたところで遅すぎる。どうあっても、このまますんなり城南大学へ進学させなければならない。

しかし、なぜ音楽なのか。中一のときからずっと陸上部でハードルをやってきたのに。でも、そんなに音楽が好きだと言うのなら……。

「城南大学に入ったら、音楽関係のサークルがたくさんあるわ」

「サークルねえ……」

「ジャズ研だとかポップスサークルだったらいくつもあるし、合唱団もあればグリークラブだってある。クラシックが好きならオケや吹奏楽もあるわ」

「なるほど」

腕組みをして何やら考えているようだ。

納得してくれたのだろうか。

これ以上余計なことは言うまい。しばらく様子を見よう。

その数週間後、台所を掃除していると電話が鳴った。

「城南高校の渡辺《わたなべ》と申しますが」

翔太郎の担任教師だった。

嫌な予感がした。

「いつもお世話になっております。翔太郎の母親でございます」

幼稚園の頃の嫌な思い出が蘇る。

――翔太郎くんが、どうしてもおうちに帰りたいって言ってきかないんです。お母さん、お迎えにきてもらえませんか？

あの頃は、まだ夫の両親と同居していなかった。パート先にまで電話をかけてくるなんて、最初はなにごとかとびっくりした。怪我《けが》をしたのだろうか、それとも熱が出たのか。

――翔太郎くんが勝手に帰り支度をして、園の門を出ようとしたところを、守衛が間一髪でつかまえたんです。翔太郎くんが言うにはですね、『こんなつまんねえところにいたって仕方ねえ』って。もうわたくしどもは責任を持てません！

先生の疲れ果てたような、呆れたような、いかにも迷惑しているといった声が、突如として脳裏に再生された。

だが、それはもう遠い昔のことだ。

「先生、すみません」

思わず謝っていた。「翔太郎がご迷惑をおかけしてしまって」

長男の龍男のときから数えると、城南には通算十年近くお世話になっている。しかし、今まで一度だって電話がかかってきたことなどなかった。

「希望の学部を書いて出すように言ったのですが、まだ出してもらってないんですよ」

なんだ、そんなことか。胸をなでおろした。

「本当に申し訳ございません。すぐに出すよう、本人にきつく申し渡しますので」

「ちなみに何学部を希望されていますか？」

「えっと、それは……」

そういえば何日か前、翔太郎は軽音楽サークルに入ると意気揚々《いきようよう》と語っていた。しかし、学部については何も言っていなかった。私はまたしても龍男の成績に気が取られていたのだった。

「先日も本人に言ったんですけどね、五十川くんは学年で十番以内に入っていましてね、つまり内部進学の医学部十人枠に入っているわけですよ」

「えっ？」

「五十川くんから聞いておられないんですか？」

「……申し訳ありません」

「ご存じかどうか、うちの学校は医者の息子が多いんです。だから毎年医学部争いが起きます。十人枠に入れなかったら外部受験をしなければなりませんから、それはそれは大変なんです。ですから志望学部を出す際は、軽い気持ちで医学部と書いてもらっては困るわけなんです」

城南大付属高校の教師は、いつだって遠慮なく本音を言う。それは驚くほどだった。

龍男が付属高校に上がったとき、最初に驚いたのは学園祭だった。男子校の学園祭とはどんなものかとためしに行ってみたら、そこは超ミニの制服を着て胸元を広く開けた茶髪の女子高生で溢れていた。ここは女子校かと思うほどの人数の多さだった。まだ子供だからか、化粧も色気の振りまきようも加減を知らず、見ているこっちまで気持ちが悪くなるほどの挑発合戦が繰り広げられていた。その夜、女子高生に誘われてカラオケボックスで不純異性交遊に及び、退学になった生徒が出た。

その経緯を龍男はホームルームで担任から聞いてきた。

――母さん、先生がね、変な女に引っかかるなって言ってたよ。そんなので一生を台無しにするなって。

私は耳を疑った。それが高校生に向かって言う言葉だろうか。その女子もまた高校生ではないのか。しかし、龍男は神妙な顔をしていた。教師の言葉は決して道徳的ではないが、現実的で、何より本音で話をしてくれていることに、そして大人扱いされたことに、龍男はいたく感動しているようだった。

「五十川くんは非常に理数系に秀《ひい》でています。特に生物の教師が五十川くんを買っていましてね、是非医学部へと推しています」

「先生、それはつまり、翔太郎が希望すれば医学部に入れるということですか？」

「ええ、そうです。よく家族で話し合われて、遅くとも今週末には進路志望の用紙を出してもらいませんと」

「承知いたしました。本当に申し訳ありませんでした。必ず用紙を持たせますので」

電話を切ってから、頭の中で素早く計算した。城南大学の医学部は、私立の中では断トツに学費が安いことで有名だが、それでも年間の授業料は三百万円もする。六年間で二千万円近い。だが今や夫は部長となり、給料は大幅に増えた。そのうえ、今までボーナスの八割方を貯蓄にまわしてきた。なんとかなるかもしれない。いや、なんとかするのだ。

医者という職業は翔太郎に向いている。そう直感していた。あの子は繊細で優しいし、正義感がある。そして手先が器用だ。人の命を守る仕事に、きっとやりがいを感じるに違いない。

夫に携帯メールを送ったあと母屋へ行き、夫の両親にも担任教師からの電話の内容を伝えた。

「すごいわ、翔ちゃんたら優秀なのね」

「わからんもんだなあ。あの変わりもん、やるじゃないか」

二人とも満面の笑みだった。

「でも、また音楽関係に進みたいとかわけのわからないことを言い出すのではと心配で」

「それは困るわね」

「あの変わりもんが帰ってくる前に、対策を考えておいた方がよさそうだな」

舅は腕組みをして宙を睨んだ。

その日の夕飯は、急遽母屋で全員が揃って食べることとなった。

母屋の台所で姑と献立を考えていると、夫からメールの返事が来た。

――ごめん。残業で遅くなる。メシは食って帰る。健闘を祈る。

「翔ちゃんは鰻が好きだったわね。今夜は鰻重を取りましょう」

そういって、姑はさっそく〈四万十《しまんと》川〉に電話をかけた。

「もしもし、鰻重の上を七人前お願いできる？　あっ待って、やっぱり並でいいかな」

「お義母さん、並で十分ですよ。翔太郎には並も上も区別つきませんから。あと天ぷらとサラダも作りますし」

「そうよね、七人分は高くつくわね。もしもし、あのね、やっぱり並でいいわ」

義姉二人が帰宅すると、姑は話を合わせるよう二人に頼んでくれた。

もう大忙しだった。今日は気温が低めだというのに汗をかいてしまった。

食卓が整い、部活から帰ってきていた翔太郎と龍男を離れに呼びに行った。

「すごい御馳走じゃん。今日は誰かの誕生日だっけ？」

龍男が目を丸くしている。

「うまそう。鰻重なんて久しぶりだ。これは並だね」と翔太郎は簡単に見破った。

「今日、渡辺先生から電話があったのよ」

私は、担任教師の電話の内容を伝えた。

「翔ちゃん、すごいね、十人枠に入ってるなんて」

龍男が驚いたように弟を見る。

「医者なんて僕に向いてるかなあ。まっ、どっちにしろ、将来は音楽で食べていくつもりだけど」

そうくるだろうと思った。

姑が私を見て微かにうなずいた。計画通りにやれという合図だ。

「ねえ翔ちゃん、医学部に行ったら伯母ちゃんがギターを買ってあげる」と義姉が言う。

「僕はガキですか？　まったくもう」

「翔ちゃんは縫い物が得意でしょう」と姑が優しい声を出す。

「縫い物？」

翔太郎は疑り深い目で祖母を見る。

「外科手術したあと縫合するでしょう。前におばあちゃんと一緒にテレビドラマで見たわよね。上手に縫ったら跡が残らないって言ってたはずよ。だから翔ちゃんみたいに手先が器用な人は医者に向いていると思うのよ」

翔太郎は満更でもない顔になった。

「医学部は女にモテるって聞いたよ」

龍男の言葉は想定外だった。

「なんで？」

「だって、女ってやつは金持ちが好きに決まってるじゃん」

それは違うと思う。

そんな考えはよくないと思った。

義姉二人も何か言いたそうにしている。

「翔太郎、この本を読んでみなさい」

舅は『難民を救え』と書かれた本を翔太郎に差し出した。

――ああ見えて、あの変わりもんは気が優しい。アフリカの惨状を知ったら、きっと僻《へき》地《ち》医療に目覚めるだろう。

これが舅の作戦だった。

――アフリカの奥地などに行ってもらっては困ります。

――淳子さん、今は医学部に進学する気になることが最も重要じゃないかね。あいつのことだ、大学を卒業する頃には気が変わって、都内に勤務すると言い出すに決まってる。

翌日、翔太郎は「医学部」と書いた進路志望の用紙を担任に提出した。

その日から毎晩、翔太郎の部屋からスワヒリ語の練習が聞こえてくるのが、気になって仕方がなかった。

20　二〇〇七年秋　国友明美・四十八歳

「ただいまあ」

玄関から百香の声が聞こえた。

「おかえり」

リビングで洗濯物を畳んでいると、百香が入ってきた。今日も相当くたびれている様子だ。

「やばい。マジやばい」

百香が鬼気迫る表情でつぶやいている。ここのところ毎日だ。大学四年の秋になった今でも就職先が決まっていない。焦りが頂点に達していた。

あれから結局、百香は女子大の英文科へ進んだ。看護学科に行かせたかった私の思いは通じなかった。

百香の通う大学は、私が若い頃に憧れていた女子大だったが、今では修英よりも偏差値が低いと聞いてびっくりした。女子大の人気がなくなり、短大はどんどんつぶれてしまい、名門女子大の偏差値は下がった。時代の流れとともに、それまで考えもしなかった変化が起きている。

「百香、ご飯、食べるでしょう?」

キッチンに入り、ポトフの鍋に火を点《つ》ける。

「やんなっちゃうよ。どこの会社でも『我が社への志望理由を教えてください』って聞くけどさ、この質問になんの意味があるの? 志望理由なんてないよ。どこでもいいから内定が欲しいんだよ。お宅の会社じゃなくても構わないんでございます」

そう言いながら百香は鮭《さけ》のバター焼きの身をほぐして口に運ぶ。

最近の百香は笑顔を見せなくなった。かなり追い込まれているのだろう。

テーブルに肘《ひじ》をついて行儀悪く食べているのを注意したいが、ぐったりした様子を見ると言い出せない。

――だから言ったじゃないの。看護学科に行けって。

喉元から飛び出しそうになるのを抑えた。今さら言っても仕方がないし、言える立場じゃない。この愚かさ加減は遺伝じゃないかと思う。

「クラスの中でも、美人から先に内定が出ている気がする。まっ、錯覚だろうけどさ」

錯覚のわけがない。それが現実なのだ。

小学校一年生から大学四年生まで美醜《びしゅう》には関係なく生きてきた。そりゃあ男の子にモテるとかモテないとか、誰それはスタイルがいいから何を着ても似合うとか、女優の誰それに似ていて羨ましいとか、そういったことは日常茶飯事だったろう。だけど、美醜がテストの点に関係があったためしなどないし、ましてや受験の合否を左右することもなかった。だから少女たちは二十二歳になった今も、美醜など関係ないという神話の中で生きている。

紫の娘の杏里ならどう言うだろう。彼女は幼くして芸能界に入った。子役の頃はかわいらしさと健気《けなげ》さを売りにし、ローティーン以降は女性としての魅力で勝負して生きてきた。百香とは正反対の生き方だ。

「お母さん、どう思う？　美人は就職しやすいなんて嘘だよね」

「想像してごらんなさいよ。百香が社長だったらどうするかって」

百香はご飯茶碗から顔を上げた。

「いい？　男の子が二人、面接に来ました。ひとりはアイドルの片山元気《かたやまげんき》にそっくりな爽やかな男子。もうひとりは、お笑いのオメガにそっくりの肥満体。さて、社長の百香はどっちを採用しますか？　もちろん学歴も資格も同じだとして」

能力なんて実際に使ってみなきゃわかんないしね、という言葉を呑み込んだ。

幻滅をどこまで与えていいものか、私には判断できなかった。

「なるほど、そういうことか。あの面接官のオヤジたち、許せない」

「だけどもしも面接官が女性だったら、全く同じことが男子にも……」

「今まで何十社も訪問したけど、女の面接官に当たったこと二回しかないよ」

「えっ、そうなの？」

日本のカイシャって、私が大学生だった頃からあんまり変わってないの？

徒労感のようなものに襲われて、深い溜め息をついたとき、リビングの電話が鳴った。

「きっとまた無言電話ね」

最近になって頻繁になっていた。実家や知り合いからかかってくるのは携帯電話と決まっていて、家の電話にかけてくる人はいない。それでもたまにマンションの管理組合からかかってくることもあるので、出ないわけにもいかない。

「はい、国友でございます」

途端に電話が切れた。

「なんなのかしら、まったく。気味が悪いわ。百香、あなた変な人に尾行されてない？」

「何回も言うけど、私には関係ないと思うよ。ストーカーされる覚えなんてないし」

確かに百香は男性の目を引かないとは思うが、何度考えてもほかに思い当たる節がなかった。

「お母さん、相手の電話番号が表示されるように、電話会社に申し込めば?」

「そうね、そうしようかしら」

「あれ? お母さん、また洋服買ったの?」

百香が私のワンピースをじろりと見る。「おしゃれだね、まったく」

五年ほど前に夫が転職してから、いきなり生活が豊かになった。それまで夫は、洋服生地卸《きじおろ》しの会社に勤めていた。そこは三十人ほどの小さな会社で、社長がかなりのワンマンだった。夫は残業の多さや理不尽さにも耐えて頑張ってきたのだが、業績が傾いて、ある日を境に残業代が出なくなった。それを機に、夫は思いきって外資系のマミー損保に転職したいと言いだした。歩合制と聞いて私は大反対した。苦労が目に見えていると思った。慣れない仕事だし、契約が取れなかったらどうなるのか。まだ住宅ローンも残っていたし、百香の学費も必要だ。それでも夫は私の反対を押し切って転職してしまった。その後はしばらく不安で夜も眠れない日々が続いた。

しかし、心配は杞憂《きゆう》に終わった。頑張れば頑張るほど給料が増えるという制度が、夫のやる気に火を点けた。夫は見違えるように生き生きし、俄然張り切り始めた。

以前の夫なら、日曜の夜は決まって暗い表情になったものだ。明日からまた会社に行かなきゃならないのかと、顔に書いてあった。しかし今は違う。笑顔でいることが増えた。もともと営業職に向いていたのかもしれない。いまや銀座営業所内で成績は断トツである。年末になると、全国にある五十店舗の営業所から成績優秀者が五名選ばれる。そして家族ともどもハワイに招待される。夫は転職二年目から毎年それに選ばれていた。ハワイに行くたび妻として誇らしい気持ちになった。

――オヤジ、やるじゃん。

百香も父親を尊敬の目で見るようになっている。

しかし、夫の残業は前の会社に勤めていたときよりも更に増えた。夜が遅いだけでなく、土日も仕事をするようになった。個人顧客の引越しを手伝いに行くのは当たり前で、法人顧客ならゴルフに招待したり、酒宴を設けたりしている。顧客の子供の入学祝いや新築祝いなどで持ち出すポケットマネーも多いため、月五万円だった小遣い制は廃止となり、夫が給料を管理するようになった。今では生活費を私に渡してくれている。その額は以前の会社では考えられないほど多かったので、預金がどんどん増えていった。

おかげで、永遠に続くように感じていたマンションの住宅ローンも、繰り上げて完済した。それと同時に、長年やってきたＹＸ会の通信添削を辞めて、ヨガ教室に通い始めた。年収八十万円にしかならない添削なんてやってられないと思った。

そして去年、郊外から都心の高層マンションに買い替えた。もうそれは夢のようだった。田舎から出てきて、やっと郊外ではない、憧れの〈東京〉に住めた。自宅の住所を書かなければならないさまざまな機会――デパートや電器店で配送を頼むときや、年賀状を書くときなど――に、これまでの〈町田市〉ではなく〈中央区〉と書くときの誇らしさといったらどうだ。店員が私を見る目がそれまでとは違う気がするのは考えすぎだろうか。

「履歴書の志望動機に何を書けば人事のおじさんたちは満足するんだろうね」

最近の百香はぼそぼそとしゃべる。ひとりごとなのか、それとも話しかけているのか、わかりにくい。話しかけられたと思って百香を見ても、宙をぼんやり見つめている。

「志望動機を考えるよりも、化粧を研究した方がいいんじゃない？」

思いきって言ってみた。百香は父親似で、昭和の日本人といった顔立ちだ。凹凸が少なくて華がない地味顔だ。だからこそ、化粧でずいぶんと見栄えがするはずなのだ。

「外見で勝負しようとする女ってみっともねえし」

軽蔑したように言いきる。

こんな女の子でも彼氏がいるのが、私の時代とは違うところだ。顔も髪も洗いっぱなしで、おしゃれには全く興味がない。ジャージの上下でどこにでも出かけようとするので、ご近所の手前、それだけはやめてちょうだいと拝み倒したことがある。こんなおじさんみたいな女の子でも、彼氏とはもう四年近くも続いている。

「伊吹《いぶき》くんは元気にしてる？」

「伊吹のヤツ、とっくに内定出てるし、卒業単位は三年生までにほぼ取っちゃってるしで、アルバイトでお金貯めてスペインだかポルトガルだか貧乏旅行してくるんだってさ。

会うたびに、一緒に行こうよって誘うからマジ鬱陶しい。私は内定ひとつも出てないっつうの、人の気持ちも考えろって。いったい私のどこが、あんなバカ男より劣ってるっていうの？」

伊吹くんには何度か会ったことがある。初めて会ったとき、思わず噴き出しそうになった。似た者夫婦という言葉があるが、もっさりした童顔の顔つきも、ちょっと太り気味なところも、百香にそっくりなのである。だぶだぶのジーンズにチェックのシャツを着た二人が並んでいると、冴えない兄弟にしか見えなかった。だけど、伊吹くんは礼儀正しくて真面目な子だし、中堅の食品メーカーから内定をもらったようだし、このまま結婚してくれたら安心だなと思う。百香を好きになってくれるような奇特な男性が今後も現われる保証はない。

――女は結婚して専業主婦になるのがいちばん安泰なんだから、そんなにシャカリキになって就職活動しなくていいんじゃない？

そう百香に言いたくなるときがある。

今のこの気持ちを、若かりし日の自分にぶつけたら、当時の私はどう思うだろうか。

――情けない中年女になり下がりやがって。

そう言って、烈火《れっか》のごとく怒るだろうか。

その日の夜、ネットからＮＴＴのナンバーディスプレイを申し込んだ。これで相手が非通知でかけてこない限り、無言電話の番号がわかる。一歩前進だ。

朝早く夫が会社へ行き、百香が就活のために家を出ると、あとは自分の時間だった。リビングに飲み物とお菓子を用意し、大画面テレビの前にある革張りのソファに陣取る。韓国ドラマのＤＶＤを観るのが最近の楽しみだ。途中で昼食と夕食を挟むが、平均して一日に十時間くらいは観る。夜は、自分の部屋で続きを観る。徹夜することもざらだった。

ドラマに出てくる風景に郷愁を覚えた。家や商店の前の道路がアスファルトではなく土だったりすると、子供だった頃を思い出した。ドラマの登場人物たちは、洋風のハイカラな家に暮らしてはいても、ほかの人の部屋に入るときにはドアをノックすることもなくいきなり入る。そんなところも、エチケット知らずだった昔の日本人を彷彿《ほうふつ》とさせた。

なぜこれほど夢中になってしまうのだろう。美男でもないのに、どうして主役を張れるのだろう。どうやら女優の美しさというのは万国共通だが、男は各国それぞれらしい。

さらに不思議でたまらないのは、そんなブ男たちに、どうして私はこうも魅《ひ》かれてしまうのか。波乱万丈な人生が展開され、財閥の御曹司が薄幸な美人に恋をするというお決まりのパターン。そして記憶喪失やら本当は血の繋がった兄妹だったという使い古されたストーリー。そこには単純だからのめり込めるというだけではない何かがある。琴線《きんせん》に触れる何かがある。

その一方、矛盾するようだが、私は心の底からドラマを楽しむことができないでいた。常に強烈な罪悪感が心の奥にある。

——真っ昼間から私はいったい何をしてるんだろう。

夫は会社で一生懸命働き、娘はリクルートスーツで足を棒にして東京中を歩きまわり、傷つきまくっている。それなのに、私はここで煎餅を食べながら韓流《はんりゅう》スターに恋をして涙している。

いい歳をしたオバサンがみっともない。

全くしゃれにならない。

こういうのはね、すごく恥ずかしいことなのよ。

自覚があるうちに抜け出さなければと毎日思う。思うがやめられない。この世に韓流のDVDが多すぎるのが悪い。観ても観ても、まだある。TSUTAYAもかなり罪深い。

もしかして、韓流好きの主婦を食い物にする店側の戦略ではないか。

ああ、また今日も韓流スターの切なそうな顔が大映しになった。

韓国の男性は、どうしてここまで深く女性を愛するのだろうか。

——馬鹿なこと言ってないでしっかりしてよ。

もうひとりの自分が呆れる。

いったんハマると止められなくなる、この麻薬のようなものはいったいなんなのだろう。ハラハラドキドキする。先が気になってトイレに行く暇もない。金持ちの女が、薄幸なヒロインに罠《わな》を仕掛けるが、ヒロインは気づいていない。

危ない！　早く助けてあげて！

思わず手に力が入ってしまい、両手で包みこんでいたマグカップからコーヒーがこぼれ落ちそうになった。

そのとき、部屋中に電話が鳴り響いた。突然のことで、びくっと身体が震える。またイタズラ電話だろうか。仕方なくビデオを止めて立ち上がった。

今、すごくいいところだったのに。

電話機のディスプレイに相手の電話番号が出ていた。０８０から始まる携帯電話だ。

「もしもし」

いつもならその後に続ける「国友でございます」をやめてみた。

ブツッと電話が切られた。いったい誰なんだろう。相手の電話番号をメモしてはみたものの、番号がわかったところでどうする？　考えてみれば、番号から人物を突きとめることはできないのだった。

お茶を淹れ直したとき、また電話が鳴った。さっきと同じ番号だ。もう出てやらない。しかし、その後も電話はしつこく鳴り続けた。

ＤＶＤの続きを観る気になれず、ソファに寝そべって旅行のガイドブックを眺めた。いたずら電話の犯人が誰なのか見当もつかないが、こういった輩に苛々させられること自体が我慢できない。気にせずに台所の片づけでもしようと立ち上がったとき、鳴り止んだ。

ほっとしたのも束の間、台所へ入った途端にまた鳴りだした。またしても例の番号だった。今度もしつこかった。両手で耳を押さえて風呂場へ逃げ込む。シャワーを全開にして風呂掃除を始めた。しかし、シャワーの音では電話の音は消せなかった。同じ番号だろうか。確かめずにはいられなくなり、リビングへ引き返す。やはり同じ番号だった。

なんだ、電話機の音量を下げればいいじゃないの。いっそのこと電源を切ってしまおうか。しかし一度は電話に出てしまったのだから、家にいることは相手にばれている。ここで電源を切ったら相手はどう思うだろう。

今の時代、無言電話なんてよくあることだ、気にすることはないと言う人もいる。だが果たしてそうだろうか。私は生まれてから今日まで、ただの一度だって無言電話をかけたことはない。それを考えると、このしつこさは尋常ではないと思えるのだ。

もしも百香のストーカーだとしたら？　電話が繋がらないとなれば、今度は百香本人に被害が及ぶことも考えられるのでは？　それは絶対に避けねばならない。そうだ、留守番電話にしてしまえばいいのでは？

そう考える間にも、電話は鳴り響いていた。

うるさい。本当にうるさい。頭がおかしくなりそうだ。もういい加減にしてよ！

次の瞬間、受話器を持ちあげてしまっていた。耳に当てるが、やはり相手は無言だった。自分の息遣いが相手に聞こえないように息を止めた。互いに無言という状態が続く。気味が悪かった。

切ろうとしたときだ。

——奥様ですか？

意外にも、若い女性の声だった。何かのセールスだろうか。じゃあなんで無言だったの？　たまにセールスの電話があることはある。だけど、そういうときは決まって、うちはＮＴＴよりお得なんですよ、換気扇のお掃除はどうなさっていますか、癌《がん》保険には入っていらっしゃいますか、などと立て板に水のごとくしゃべりまくる。

——奥様ですよね？

いやにのんびりした声だ。

「はい、そうですが」

——私、ポンポンガールのルーシーです。

「は？」

——昨日の夜、お宅のご主人、お借りしちゃいましたあ。うふっ。

「あのう、おかけ間違いだと思いますよ」

そう言ってすぐに切った。

誰になんの用があったのかは知る由もないが、舌足らずの甘えた声に、生理的嫌悪感を催した。生まれつきそういう声なら許せるけれど、あれは違う。わざわざ声を作っている。あの手の女を喜ぶ馬鹿な男も世の中には少なからずいるのだろうが、そういうのはロクでもない男と決まっている。

住む世界が違う。

人生観が違う。

色気を武器に生きていくなど考えたこともない。

そう思った途端、誰もいないリビングで、思わず苦笑が漏れた。だって、化粧っ気のないおじさんみたいな百香のことを、とやかく言えた義理じゃない。私は若い頃からおしゃれが大好きだから、百香は私には似ていないと思っていたけれど、本質的なところは似ているらしい。おじさん度では私も百香と五十歩百歩かもしれない。

とにもかくにも、百香のストーカーでないことがわかっただけでもほっとした。これまでは、気味の悪い男が電話の向こうにいると思っていたのだった。

それにしてもハタ迷惑な女だ。

「電話番号はよくお確かめになってからおかけください」と、心の中でつぶやいた。

ヨガ教室に出かける前に夕飯の下ごしらえを済ませてしまおう。転職してからの夫は、家で夕飯を食べることが滅多になくなった。連日の接待のためだ。私と百香の女二人分の食事は、段違いに気が楽だった。夫は好き嫌いが多くて食材に気を使うが、私と百香は好き嫌いがない。そのうえ、濃い味が好きな夫と違い、薄味が好みなのも共通していた。

冷蔵庫を開けた。ピーマンがあるから肉詰めを作ろうと挽肉《ひきにく》を出したとき、また電話が鳴った。

見ると、例の電話番号が表示されていた。まったく、もう。

「もしもし」

わざわざ名乗る必要もないだろう。

――あれ？　やっぱり間違ってないですよん。奥様ですか？

さっきの女だった。

――国友和彦《かずひこ》ちゃんのお宅でちゅよね。

女は、いきなり夫の名前を出した。

――私、ポンポンガールのルーシーでえす。

「……ポンポン？」

――だからあ、ポンポンガールはお店の名前ですよう。ルーシーっていうのは私の名前でえす。ご主人から聞いてないですかあ？

「あのう、お店ってなんの？」

――やだあ、奥さん怒ってるう。ルーシー、年増のおばさんって苦手なのお。怖いよお。なんのお店かって、キャ、バ、ク、ラに決まってるじゃないですかあ。

　この女、嘘をついている。だってキャバ嬢が客の家に電話をかけたりするだろうか。水商売には仁義とか粋《いき》ってものがある。サスペンスドラマなんかで見る限り、銀座のママはみんなそうだ。それとも、昔の銀座のホステスと、最近のキャバ嬢とは、似て非なるものなのか。

――奥さあん、クリスマスイブにご主人をお借りしちゃっていいですかあん？

「はい？」

――だからあ、クリスマスイブの夜のことですよお。

「どうぞ、ご自由に」

　そう言って受話器を置いた。

　夫は保険の契約を取るために、顧客をキャバクラに招待することもあるのだろうか。だったら嫌だなと思う。甘いと言われるかもしれないが、そういう仕事のやり方はやっぱり嫌だ。商品の良さとか誠実さとかアフターケアなどで勝負するのが本当だと思う。世間知らずだと嗤う人もいるだろうが、客に金品や女をあてがうというような営業の方法は生理的に好きになれないし、そういったヤクザな世界とは家族全員が無縁でいてほしい。

　私の生まれ育った町には、学習塾もなかったがキャバレーもなかった。だから、田舎町に住む妻は安泰でいられた。東京はそういった店が数限りなくあり、夫を若い女に取られる可能性は高い。そんな都会で主婦の座を守り続けるのは大変なのかもしれない。

田舎の良さを初めてひとつ見つけた気がした。

考えてみれば、私は夫の一日の過ごし方をよく知らなかった。生地の卸売り会社に勤めていたときだって、その日の動向を詳しく知っていたわけではなかったが、なんとなく想像はついた。仕事を通じて夫と知り合った経緯もあり、会社の雰囲気も仕事の内容も、同僚の何人かも知っていた。だが、夫が今の会社に転職してからのことは全くわからない。

今この時間、夫はどこで何をしているのだろう。

以前の夫は、家でもたびたび会社の愚痴をこぼした。夜遅く帰ってくるなり、上司や部下に対する不満をぶちまけたこともあった。「大変ね」と相槌を打ちつつも、夫を助けてあげられないもどかしさを感じた日々が、遠い昔のことのような気がする。

上司や同僚や部下にはどんな人物がいるのだろう。愚痴をこぼさなくなったという以前に、会社のことを何も話してくれなくなった。夫が月に幾ら稼いでいるのかすら、はっきりとは知らない。考えてみれば、ほとんど会話がなくなっている。仲が悪いわけでも喧嘩したわけでもなく、夫は忙しすぎて家にいる時間が少なくなった。そして私はといえば、夫の稼ぎが多くなったものだから、添削の仕事をやめてヨガ教室に通い始め、そこで知り合った金持ち主婦の武内《たけうち》さんと美味しい物を食べに行ったり、海外旅行をするようになった。それ以外の時間は、韓流ＤＶＤにどっぷり浸かっている。

その日は夫の帰りを寝ないで待った。

夜中の一時をまわった頃、やっと夫は帰宅した。

「おかえり」

玄関まで出迎えると、夫はぎょっとした顔で私を見た。「起きてたのか」

「遅くまで大変ね」

「まあな、歩合制だからな。普通のサラリーマンみたいに会社に行けば給料がもらえるっていう甘いもんじゃないからね」

夫はネクタイを緩めながら寝室に入って着替え始めた。

「ねえ、あなた。ここのところ毎日変な電話がかかって来るの」

夫の背広を受け取ってハンガーにかけた。

「例の無言電話か？」

夫が顔をしかめて尋ねる。酒の匂いがした。

「百香は大丈夫か？」

「百香のストーカーなんかじゃなかった。ポンポンガールのルーシーさんだったよ」

「は？　なんだ、それ。ポンポンってなんだ？」

しらばっくれたつもりかもしれないが、表情が一瞬にして強張《こわば》ったのを私は見逃さなかった。

「毎晩キャバクラに通ってるんだってね」

「接待だから仕方ないんだよ」

つい数秒前に、「ポンポンってなんだ？」と尋ねたくせに、もうキャバクラだと認めている。そのことに夫は気づいていないのだろうか。それとも妻に嘘をつくことなんて日常茶飯事だから感覚が麻痺《まひ》しているのか。それとも妻というのは結局は母親代わりだから、無意識のうちに〈母親とやんちゃな少年〉という図式が夫の中にできあがっていて、どんな悪さをしても大目に見てくれるとでも思っているのか。

「ルーシーさんは何歳なの？」

「確か二十三歳だったかな」

「百香と変わらないじゃないの」

「俺はルーシーとはなんの関係もないよ。単なる接待だよ。営業職の苦労も知らないで」

接待だと言われたら、それ以上どうしようもなかった。そんなことは尋ねる前からわかっていたことだ。もっと違う答えが聞きたかった。夫の目が泳いでいる。後ろめたい何かがあるに違いない。夫自身もキャバクラを楽しんでいるのは確かだ。それどころか、接待ではなくて夫ひとりで行くこともあるのではないか。

「俺、風呂入るから」

夫は逃げるように浴室に向かった。


クリスマスイブだった。

大きなツリーは、都心の夜景が見下ろせる高層マンションの部屋によく似合った。今日の昼間はデパートに行き、予約しておいた七面鳥の丸焼きを受け取ってきた。もちろん豪華なデコレーションケーキもある。

百香は伊吹くんと聖なる夜を一緒に過ごすのかと思っていたら、夕方には帰って来た。

「内定ももらえない人間にクリスマスなんて関係ないよ」

「七面鳥を温めるわ。食べるでしょう?」

「ごめん。帰りに駅前で餃子《ぎょうざ》とラーメン食べてきちゃった。ストレスが溜まってるからさ、そういうときは、やっぱりラーメン食べるのが一番でしょ」

百香の言い分はよく理解できなかったが、風呂にも入らず部屋に入ったと思ったら、三十分もしないうちに鼾《いびき》が聞こえてきた。

夫は日付が変わっても、帰ってこなかった。

——クリスマスイブにご主人をお借りしちゃっていいですかあん?

ルーシーの甘ったるい声を朝から何度も思い出していた。

まさかね。

万が一、夫が浮気することがあったとしても、ああいった軽薄な女性は相手にしないはずだ。馬鹿な女ほどかわいいといった趣味だけは夫にないと断言できる。夫がよその女性を好きになるとすれば、もっと知的で品のある女性だと思う。ああいう店でちやほやされていい気になるような頭の悪い男ではない。

ダイニングテーブルに頬杖《ほおづえ》をつき、手つかずの料理をじっと見つめた。

夫が転職する前、ケーキは手作りだった。何度作ってもスポンジが上手に焼けず、生クリームの飾りつけも店で売っている芸術品のようにはいかず、不格好だった。七面鳥は高いから鶏《とり》で代用し、店に頼まず家のオーブンで焼いた。料理の本を見て、ハーブや香辛料で味付けしたのだが、ある年、ふと思いついて醬油と味醂《みりん》で下味をつけたら、思いのほか好評だったので、それ以降はそれが定番となった。それは夫が転職するまで続いた。質素だったけれど楽しかった。日頃は残業の多い夫も、その日だけは早く帰ってきた。少ない小遣いの中から、夫は百香にプレゼントを買ってきてくれた。たいがいは本だった。百香の成長とともに、絵本だったのが童話になり、児童書になり、小説になっていった。

いつもはうるさく感じる百香の鼾が、今日はありがたかった。家の中に自分以外の誰かがいると思えば、それほど強烈に孤独を感じずに済んだ。

夫は今どこで何をしているのだろう。何度か携帯電話にかけてみたけれど繋がらない。もしかして、顧客の家のクリスマスパーティに行ってるとか？

――自分の家より顧客の家の行事を優先するくらいじゃないと契約は取れないんだよ。

いつだったか夫はそう言った。

今年の正月は、法人顧客のお偉いさんのうちに挨拶に行き、そこに集まっていたお孫さんたちに、自腹を切ってお年玉を配ったと聞いている。

どうするの、この大きな七面鳥。もう完全に冷めて硬くなってしまっている。

ケーキは冷蔵庫にしまっておこう。明日から私ひとりで毎日少しずつ食べればいい。

よっこらしょとテーブルに両手をついて立ち上がり、ケーキを冷蔵庫に運ぼうとしたとき、電話が鳴った。

見ると、例の電話番号が表示されていた。

「もしもし」

――ポンポンガールのルーシーですう。

店の中からかけているのだろうか。嬌声やグラスの触れ合う音がクリスマスソングとともに受話器から聞こえてきた。

「なんのご用ですか?」

――やだあ、怖いよお。奥さんの怒った声ぇ。

「切りますよ」

――ちょっと待ってよお。お宅のご主人の和彦ちゃんのことなんだけどお。

「主人はおりませんが」

——そんなこと知ってる。だって和彦ちゃんは、いま私のお膝の上で眠ってるも一ん。

指先が震えるから深呼吸をした。冷静になりたいと思う。十年前なら嫉妬したかもしれない。でも四十代も後半となった今は違う。屈辱感と悲しみでいっぱいだった。夫も悲しい人間だが、ルーシーも悲しい女だ。わざわざ電話をかけてきて、妻の気持ちを逆なでしようとする意図はどこにあるのか。過去にこういった種類の女と友人になったことはない。夫さえこのテの店に行かなければ、私の人生に決して関わりを持たなかったであろう類いの女。こういった低レベルの女に、なぜからかわれなければならないのか。夫はこういうレベルの女が好みだったのか。私の伴侶はこの程度の男だったのか。

「で、結局は私になんのご用なんでしょうか?」

怖いと言われないために、思いきり柔らかな声で尋ねた。

「大っ嫌いなんだよ!」

一瞬、誰の声だかわからなかった。このドスの利いた声がルーシーの地声だとわかるまで数秒かかった。「専業主婦でぬくぬく暮らしてるくせに偉そうにすんじゃねえよ、こっちは生きていくために、くっだらねえスケベオヤジ相手に毎日愛想笑いしてんだよ。この苦労がクソババアにわかってたまるか!　バカヤロウ!」

電話が切れた。

台所に行き、冷たい水を一杯飲んだ。

リビングに戻って照明を消し、窓にもたれて夜景を眺める。

溜め息ばかりが出る。

こんなことならヨガ友だちの武内さんの誘いを断わるんじゃなかった。彼女は宝塚の男役にハマっているらしく、観劇に何度か誘われていた。私より三歳上の彼女は、子供が二人とも独立したので、夫婦二人暮らしには広すぎるマンションに暮らしているが、もう何年も前から家庭内別居状態だという。

心がしんとしていた。ベッドに入ってからも、なかなか寝つけなかった。紫や淳子が羨ましかった。二人ともなんだかんだ文句を言いながらも、夫婦仲良くやっている。少なくとも私たち夫婦よりは会話があるだろう。孤独なのは私だけだ。

夫が帰ってきたのは明け方だった。

夫が寝室に入ってきた途端、部屋の中がいきなり酒臭くなった。

「いい加減にしてよ！」

怒鳴りつけていた。それを無視して、頭から蒲団《ふとん》にすっぽりくるまって寝ようとする夫に、怒りが更に燃え上がった。夫に馬乗りになり、蒲団の上から拳で頭を殴りつけた。

「痛えな、何すんだよ」

夫が飛び起きたので、私は二つ並んだベッドの隙間に転げ落ちた。

「あのなあ」

そう言って夫は、サイドテーブルに置いてある水差しの水をごくごくとラッパ飲みした。「俺は今五十五歳だ。知っての通り、親父は癌で五十九歳の若さで死んだ」

いったいなんの話をしているのだろう。まだ酔っぱらっているのか。

「親戚を見渡してみても、俺んところは親父の方もお袋の方も癌体質の家系なんだよ。俺もあと五年も生きられないかもしれない」

「えっ、あなた、癌だったの？」

「例えばの話だよ。だけどそのうちきっと癌になる。そういう運命なんだ」

「だから？」

「だからあと五年も生きられない人間が何したっていいじゃないか。遊ぶ金にしたって、他人の金じゃない。俺が汗水垂らして稼いだ金だ。それを使って何が悪い？　家にもたくさん入れている。お前にも不自由させてないはずだ。違うか？」

「違うよ」

「何が違うんだ」

「わかんないけど、でも違う」

「そうか、じゃあ意見の相違ってことで、俺はもう寝る。あっ、もう四時半だ。あと三時間しか眠れないのか、厳しいなあ。じゃあお休みなさい、明美さま」

そう言って、また頭から蒲団をかぶった。


年が明けた。

区が主催している〈離婚についての学習会〉をヨガ友だちの武内さんと聴きにいった。講師は三十代半ばの女性弁護士で、今まで担当した様々な事例を紹介してくれた。離婚したあとどうやって食べていくかについて重点を置いた話だった。

「要はですね、暴力亭主ならすぐにでも離婚すべきだと思いますが、それ以外ならお勧めしません。何よりも食べていくことが大切です。そのためには我慢するのが賢明です。激情にかられて離婚しても、そのあと必ず後悔します」

一時間半の内容を要約すると、そういうことだ。

帰りに武内さんとデパートの中のカフェでお茶を飲んだ。

「若いのになかなかいい弁護士さんだったわね」

武内さんが感心したように言う。

「どういうところがですか？」

「だって、すごく現実的じゃないの。プライドより食べていくことの方がずっと大事ってことを何度も力説してたでしょ。女性で弁護士っていえば超エリートよ。そんな女性が現実を厳しく見据えてる姿、かっこいいと思ったわ」

武内さんの夫は、タイ料理のレストランを都内に八軒も持っている。武内さんの持ち物や金のかかった服装を見れば、羽振りがいいのは明らかだった。

「離婚して惨めな生活はしたくないわ。もう五十代だもの」

武内さんがしみじみとした調子で言う。

「そういうものでしょうか」

「同級生の中にも亡くなる人がぽつぽつと出始めたわ。それを考えれば私だっていつ死ぬかわからない。癌だとか、脳卒中だとか、そうでしょう？」

「ええ、まあ」

「だったら今さら離婚してどうなる？　元気でいられるのは、あと十年か二十年。残り少ない人生を楽しまなくっちゃ。今さら貧乏生活なんて嫌よ」

武内さんがコーヒーカップを口元に運ぶ。ダイヤモンドに囲まれた大きなエメラルドの指輪が光った。

「実は先月ね、いくらなんでも金を使いすぎだって、主人に怒られちゃった」

家庭内別居と聞いていたが、全く会話がないわけでもなさそうだ。

「洋服とか、宝石とか、ですか？」

「ううん、宝塚よ」

「宝塚のチケットって、ご主人に注意されるほど高いんですか？」

「八千円ちょっとよ」

「そんなのでご主人に怒られるんですか？」

だったら、その大きな石の指輪とゴージャスなツイードスーツはどうなるの？

武内さんはふふっと笑って、クロコダイル革のバッグから手帳を取り出した。

「例えば今月は……」

そう言いながら、ページを開き、今月のスケジュール表を見せてくれた。ほぼ毎日、赤い丸印が付いている。丸が二つ付いている日もちらほらあった。

「この赤丸が宝塚を観劇する日なの。丸二つは、昼と夜のどちらの公演も観る日。翼《つばさ》ハヤトが出ている舞台は全部観たいの。だから何度でも同じ演目を観るってわけ。微妙に台詞の言い回しや目線が違うのよ。私ね、彼のこと何でも知っておきたいの」

「……へえ」

「馬鹿だと思ったでしょう」

「いえ、そんな……でもそうすると、チケット代だけで月に数十万円しますよね」

「それだけじゃないの。プレゼント代もかかるのよ。第一線で活躍していても、あの人たちって、お給料が少ないの。だから翼ハヤトの熱狂的ファン五人で彼をお食事に誘うこともよくあるわ。そういうときは少しでも生活費の足しにしてもらいたくて現金を包むの」

「男役といっても、本当は……」

「そうよ。ハヤトは女よ。それはみんなわかってる。でもね、彼は私の理想の男性なの。ああいった男性は現実にはいないわ」

「なるほど」

要は、理想の男性というのは、この世にいないと悟ったということなのか。

「明美さん、今度ご一緒しましょう。楽しいわよ」

「はい、じゃあ一度だけ」

その日の夜、百香は満面の笑みで帰ってきた。

楽しそうにしている百香を見るのは久しぶりだった。

「もしかして、内定、出たの？」

「出たあ」

百香は大声で叫んだ。「出た、出た、出たよう」

両手を上げてリビングをくるくると回る。本当に嬉しそうで、その横顔を見ていると涙が出そうになった。

名もない企業でもいい。我が娘のいいところをわかってくれたのなら、きっといい会社に違いない。

――あんた、典型的な親馬鹿だよ。

心の中で自分に突っ込みを入れる。

「どんな会社なの？」

「香港《ホンコン》にあるブランドショップの店員だよ。やっぱり英文科で良かった」

「香港に本社があるの？　でも勤めは東京なんでしょう？」

「違うよ。勤務地も香港だよ」

百香がこの家からいなくなる？

「百香、冗談でしょう」

「なんで？」

「言っとくけど、お母さんは反対よ。ひとり暮らしをしたこともないような人が、いきなり外国暮らしだなんて無茶よ」

「そうかな。やればできると思うけどね」

「伊吹くんは反対してないの？」

「してないよ。っていうか、アイツが反対する権利なんかないし」

「どうなるのよ、結婚は」

「結婚？　そんなの考えてないよ。私まだ大学生だよ」

「だって、いつかは伊吹くんと結婚するんでしょう？」

「そんなこと、いつ言った？」

「あっという間に歳を取るわよ。伊吹くんを捕まえておかなきゃダメよ」

「結婚、結婚ってなんなのよ。そう言うお母さんは結婚なさってますけど、ちっとも幸せそうに見えないですけどね」

百香は笑顔を消し、自分の部屋に入ると、ドアをバタンと閉めた。

21　二〇〇八年夏　国友明美・四十九歳

百香は仕事が忙しいらしくて、この夏は帰国しないという。

ひとりの夕飯を済ませたあと、リビングのソファに座り、テレビをぼうっと見ていた。香港に行ってしまった直後は、寂しくてたまらなかった。百香の部屋の真ん中に立ち尽くし、若い女の子の石鹸《せっけん》のような香りを嗅ぎ、涙がこぼれたこともある。

毎日が暇だった。百香の食事も作る必要がない。そのうえ夫は相変わらず家には寝に帰るだけだ。そうなると、家事仕事はほとんどない。自分ひとり分の食事を作るのなんか面倒で、昼は近所のカフェでランチを食べ、夕飯はデパ地下でひとり分だけ買ってくる。ここ数ヶ月、一度もご飯を炊いていない。

――何やってんだろ、自分。

この問いかけが、日に何度も頭に浮かぶ。金持ち主婦の武内さんとのつきあいや韓流DVDは、どちらも気を紛《まぎ》らわせてくれるが、心の底には常に焦りがあった。いったい何を焦っているのかが、自分でもわからない。気づけば、それまでは韓流DVDと同じくらい大好きだったはずのドキュメンタリー番組を観なくなっていた。たぶん怖いのだと思う。そこには、逆境にめげずに努力を重ねて成功した人ばかりが登場するから。

そのとき、携帯電話が鳴った。実家の母からだった。

——伊知郎が会社を辞めて高知に帰ってくるがやき。

母はいきなり言った。

聞けば、弟は会社でストレスを溜め、鬱状態寸前だったらしい。一流企業に勤めていて高給取りだったので、弟一家はこの先もずっと安泰に暮らしていくものだと思っていた。

「伊知郎は離婚したの？」

——何をゆうとるの。理紗さんもこっちで暮らすちや。ガブリエルも一緒に来ると聞きゆう。

「ガブリエルって誰？」

——犬のことぜよ。

「お母さん、どう考えても理紗さんはあがな田舎で暮らせないろう？　理紗さんは東京の人だよ。小学校の頃はお父さんの仕事の関係でロンドンで暮らしてた時期もあるんだよ」

——やけど、会社を辞めて田舎に帰るよう伊知郎を説得したのは理紗さんぜよ。このまま では伊知郎がダメになると判断したってゆうちょったが。うちの三軒隣の、かどっこの看板屋のじいさんが老衰《ろうすい》で亡くなったがで、空き家になっちゅう。そこを借りて住むことになったちゃ。

「あの家なら広くていいね。だけど……」

私でさえ田舎の暮らしが嫌なのに、理紗は平気なのだろうか。一ヶ月もしないうちに後悔するのではないか。中学生の次女だけを連れて帰るらしい。都会の私立の中学校からいきなり田舎の公立中学校に転校して大丈夫なのだろうか。高三の長女と高一の長男は、理紗の東京の実家で世話になるという。そのうち伊知郎ひとりを田舎に残し、理紗は次女を連れて東京の実家へ戻ってしまうのではないか。そうなったら、弟はショックのあまり立ち直れなくなるかもしれない。

「そっちで伊知郎は何の仕事をするつもりなが？」

——お父さんの仕事を手伝いながら、税理士資格を取るための勉強をするゆうちゅう。

弟が建てた鎌倉の家を思い出していた。あの洒落た家は既に売りに出しているという。弟一家の幸福の象徴のようだったのに、あれを手放してしまうなんて……。

「理紗さんて、いったいどがな性格の人？」

彼女はいったい何を考えているのだろう。

――私もさっぱりわからんがや。お父さんが言うには、田舎はのんびりしとってええ人ばかりやゆう都会人にありがちな誤解からくるもんやないろうかゆうことやった。

やっぱりそうか。だとしたら、実際に田舎で暮らしてみて落胆したときが心配だ。弟のために、何か私にできることはないだろうか……。

お盆になり、私はひとりで帰省した。

弟一家がUターンして四ヶ月が過ぎていた。

あれから母は頻繁に電話を寄越し、弟一家の様子を逐一教えてくれた。鎌倉の家はやっと売れたらしいが、建てたときの半額にも満たなかった。バブルがはじけてからは、庶民でも駅に近い物件に手が届くようになったからなのか、弟の家のように駅から歩いて十分以上かかる物件は人気がないらしい。そのうえ、住宅ローンがかなり残っていたので、相殺《そうさい》されると手許に残った金額は一千万円を切った。しかし、幸か不幸か、それ以上に田舎の地価は下がっていた。昭和の時代に比べたら二束三文といってもいいほどで、弟一家は、それまで借りていた角地の看板屋を買いあげた。

驚いたのは理紗の行動だった。看板屋の倉庫を改造して鏡張りの広間にし、そこでバレエ教室を開いた。イギリスにいたころ熱心にバレエを習っていて、プロになりたいと夢見た時期があったらしい。

それまで、私の田舎にはバレエ教室というものがなかった。狭い町なのに、ピアノ教室だけはやたらとあり、猫も杓子《しゃくし》も習っていた。だから音大に進む子も多く、卒業後はUターンしてピアノ教室を開く。そうやって、どんどんピアノ教室ばかりが増えていった。その一方、この町で生まれた人間はバレエを習う機会がない。だから当然バレエダンサーになる者もいなければ、Uターンしてバレエを教える人もいない。つまり、バレエ教室というのは、理紗のようなよそ者だけが開ける教室だった。

預金を崩してまで内装に贅沢に金をかけるのを見て、両親はやきもきしていた。

——こげな田舎で流行るわけないいちゃ。どうせ誰も習いに来たりしやせんがに、あがな無駄な金を使ってどうするがだろう。

電話をかけてくるたび、母は愚痴った。しかし、両親の心配は杞憂に終わった。教室を開くなり大流行りで、遠くの町から習いに来ている小学生も少なくないという。

帰省した翌日、早速バレエ教室を覗いてみることにした。

弟の家に行くと、カンカン照りの中、弟は庭で車を洗っていた。

「姉ちゃん、久しぶり」

笑顔を見て少し安心した。すっかり日に焼けて元気そうだ。

そのとき、どこからか、「アン、ドゥ、トロワ」という号令が聞こえてきた。

「姉ちゃん、こっち」

弟が裏口の扉をそっと開けてくれた。チュチュを着て、髪をお団子にしたかわいらしい女の子たちが見えた。六、七歳くらいか。バーにつかまり、真剣な表情で、牛蒡《ごぼう》のような細い脚を上げたり下げたりしている。教室の隅では若い母親たちが見学していた。私はレッスンの邪魔にならないよう、抜き足差し足で母親たちの近くに行き、しばらく見ることにした。

「素敵やき、理紗先生って」

ひとりの母親が小声で隣の母親にささやいた。

「まっこと美人ちや。スタイルもえいやか」

こんな田舎で誰に見せるでもないだろうに、母親たちはそれぞれこぎれいな格好をして、ネックレスやイヤリングさえつけていた。

「上流階級って感じがするがで」

「こじゃんと上品やか。うちの子もああいう女性に育ってほしいわ」

「その前に、母親の私らがああいう女性になりたいやか」

「そうやき。若々しゅうて私らよりずっと年上やとはまっこと思えやあせん」

そこにあったのは、理紗に対する強烈な憧れだった。母親たちは晴れがましい顔をしていた。ブランド力というには大げさだろうか。自分の娘を〈理紗バレエ教室〉に通わせていることが、この地域に住む母親たちのステータスになっているのかもしれない。

その日の夕飯には、新鮮な刺身や家庭菜園で採れた夏野菜の料理が食卓に並んだ。

「今日の昼間、バレエ教室を見て来たよ」

「理紗さんち見かけに寄らず商売上手ちゃ。教室でチュチュも販売して儲けちゅうが」

母は嬉しそうに言って、カボチャの煮物を口に運んだ。

「えいとこのお嬢さんゆうのは、まっこと強いやか。しっかりした教育を受けちゅうが」

カツオのタタキを生姜醤油に浸しながら、父が感心したように続ける。「金持ちゆうのはこういうもんやと見せつけられちゅう。金を使うべきときはバーンと使ってバーンと儲ける。ちまちまちゅうことじゃあ人生は成功しゃあせん。勉強になったぜよ」

両親はすっかり理紗ファンになっていた。

二人の上機嫌に反比例するように、私は落ち込んできた。

——何やってんだろ、自分。

母はさっさと食べ終えると、タッパーを出してきて、煮物や五目稲荷《ごもくいなり》を詰め始めた。

「伊知郎んところの夕飯は遅いがやき、明美、これ持って行ってあげとおせ」

「……うん、いいけど。だけど、理紗さんは煮物なんて食べるの？」

「あん人は大食漢やき。よお働いて、よお動きゆう。やき、お腹が減るちや。たまげるばあ食べるがや」

「へえ意外。あんなに痩せてるのにね」

私はといえば最近太り気味だった。働かず動かず、ごろごろしているから当然だ。

玄関先で総菜を渡したらすぐに帰るつもりだったのだが、理紗が「お義姉様、久しぶりだから上がっていってください」と何度も勧めてくれるので、その言葉に甘えることにした。

「あら、嬉しい。これだけ御馳走があれば、あとはトマト切るくらいで済ませられます」

そう言って、台所でタッパーを開けて嬉しそうに微笑んだ。

「誰もいないの？」

家の中は静かだった。

「奈桜《なお》はバドミントン部の合宿で、伊知郎さんは二階で税理士の勉強中です。勉強中は話しかけないことになってるんです。でもせっかく来てくださったから……」

「いいよ、呼ばないで。昼間会ったし」

理紗はにっこりうなずくと、冷蔵庫から氷を出した。

「お義姉様、このアイスコーヒー、コクがあって美味しいんですよ」

カラコロと氷の音をさせながら、ストローを添えて出してくれた。

「しかしすごいね、こんな田舎でバレエ教室を開くなんて、理紗さんてバイタリティあるよね」

「あら、お義姉様だって、まだまだこれからでしょう。何でも思ったことをおやりになったらいいじゃないですか」

理紗はタッパーの煮物を皿に移しながら、晴れやかな笑顔で言った。「お義姉様は、まだ四十代でしょう?」

「まあ、かろうじて」

そうか、理紗も四十代だったか。考えてみれば、それほど歳が離れているわけではなかった。

人生いくつからでもやり直せるなどと、知ったようなことを言う人間が昔から大嫌いだった。だが、目の前に、それを実践した女性がいる。それも、慣れない環境での未経験の仕事だ。

「ねえ理紗さん、もしも成功しなかったらどうするつもりだった?」

「絶対に成功させるんだと思って頑張りました」

理紗はいたずらっぽく笑った。笑窪《えくぼ》がチャーミングだ。

「でも、いろいろと大変なこともあったでしょう?」

理紗は微笑むと、稲荷寿司を箸でつまんではタッパーから皿に移していく。

「女は苦労を顔に出してはいけないと母に言われて育ちました。女性がしかめっ面をすると幸福が逃げていくって」

なんて逞しいのだろう。いつも楽しそうだから、苦労知らずのお嬢さまだと思っていた。

「結局は努力次第だって、この歳になってしみじみ思います」

理紗の言葉はありきたりなものかもしれない。彼女以外の人間が言ったとしたら、きれいごとに聞こえただろう。だけど……。

理紗さん、あなたの言葉、今日の私にはすごいパンチだったよ。

三日後に東京へ戻った。

マンションに帰ってすぐにご飯を炊いた。デパ地下もなければカフェのランチもない田舎で過ごすと、自分がいかに怠惰で、身体に悪いものばかり食べていたかを思い知った。借りていた韓流ＤＶＤも全て返しに行った。理紗の引き締まった身体つきが脳裏に焼きついていたこともあり、朝起きるとリビングでラジオ体操をした。

来年は五十歳になる。あと何年元気でいられるか。人生も終わりに向かって既に秒読み段階に入っているのではないか。こんな生活のままでは一層自分を嫌いになってしまいそうだ。

朝から晩までパソコンの前に陣取ってネットで仕事を探した。資格が要らず年齢制限に引っ掛からないものといえば、社員食堂の調理補助、洗い場、清掃、ホテルのベッドメイク、スーパーの商品陳列、レジ打ちなどだった。その中でやりたいと思うものはなかったが、とにかく行動を起こさなければと焦燥感に突き動かされていた。一歩を踏み出すことが肝心だと思った。

次々に電話をして面接に行ったものの、次々に不合格になった。どこでも応募者が多いらしく、三十代や四十代前半の人が採用されたようだった。

理紗に影響され、気分だけは高揚していたが、現実は思った以上に厳しかった。そんなとき、金持ち主婦の武内さんから、食事に誘われた。

「どうしたの？　思いつめた顔しちゃって」

武内さんは優雅な手つきでワイングラスを持ち上げた。

「実は……」

就職の厳しさを話した。

「あなたが働きたいと思っていたなんて知らなかった。お金に困ってるわけじゃないんだから、何も無理して働かなくたっていいじゃないの」

「こんなだらしない生活、若いときの私が見たらどう思うかと考えると……」

「あなたって根っからの貧乏性ね」

そう言って武内さんは声高らかに笑った。「真面目すぎるのよ、あなたは。でも仕方がないわ。そういう性分って死ぬまで変わらないもの。なんなら仕事を紹介してあげてもいいわよ」

「ほんとですか？」

「主人の経営するタイ料理のレストランで、皿洗いか調理補助のパートでよければ」

「是非、お願いします」

「本気で言ってるの？」

「だけど、この歳で雇ってもらえるでしょうか？　若い人の応募もあるんでしょう？」

「それなら大丈夫。最近の若者は仕事を覚えた頃に辞めちゃうって主人が嘆いてたところだし、うちの主人はあなたと同じ修英大学を出てるの。あの人ったらほんと単純でね、修英大学出身者に悪いヤツはいないって昔から言ってる。そんなわけないじゃない、ねえ」

　武内さんは呆れたように笑いながら、白カビチーズを口に運んだ。

「安い時給でこんなことまで頼んで悪いんだけど、タイから来てる若い子たちの相談相手になってくれると助かるわ。素直ないい子ばかりだけど、慣れない日本で四苦八苦してるの。彼らのお母さん役になってもらえる？」

「そんな大役、私にできるかどうか……だけど、武内さんはやらないんですか？」

「私？　私は……」

　武内さんは、ライ麦パンを小さくちぎって口に入れた。

「実は宝塚のお目当ての子が退団してしまってね。心にぽっかり穴が空いてるの。それを埋める物を探してて……本当は内助《ないじょ》の功《こう》を発揮すべきなんだろうけど、今さら夫に協力するのも癪《しゃく》に障るし、といって私がこんな贅沢な暮らしをできるのは夫のおかげだし……」

そう言って肩をすくめた。

「でも、あなたがうちのレストランで働いてくれるんなら、私もちょっとだけ首を突っ込んでみようかなって……いま初めて思った」

そう言うと、武内さんはハハハと声に出して笑った。

どんな雰囲気のレストランなのだろう。

果たして自分にできるだろうか。

早速お忍びで、店に食事に行ってみようと決めた。

22　二〇二〇年六月　五十川龍男・二十五歳

同じ課の坂上若葉《さかがみわかば》がこっちへ近づいてくるのが気配でわかった。

「五十川先輩、集金です」

若葉はにっこり微笑んだ。

今夜は近所の居酒屋で課の飲み会が行われることになっている。新人歓迎会だとか忘年会ならわかるが、暑気払いって、いったいなんだ？　要は課長が飲みたいだけだろ。そんなに飲みたきゃひとりで行けばいいじゃないか。

「ひとり五千五百円です。お釣りありますよ」

そう言って若葉が茶封筒を振ると、中の小銭がじゃらじゃらと鳴った。

行きたくなかったが、断わる理由を思いつかなかった。飲み会やソフトボール大会や社員旅行は強制参加だ。プライベートな事情で休んだりしたら何を言われるかわからない。

いつだったか、大学で同期だった野口《のぐち》にその話をしたとき、ヤツは信じられないという顔をした。野口はＩＴ関連の会社に勤めているが、自由参加はあくまでも参加は自由であって、お前の会社みたいに、自由と銘打って実は強制だなんて俺の会社では聞いたことがないと言った。社員旅行に至っては「そんなのまだやってんのか？　高度成長期の遺物じゃないか」と朗《ほが》らかに笑ったものだ。どうやら亜細亜《あじあ》生保のような伝統ある一流企業は、古い体質を引きずったままで、時流に乗り遅れているらしい。

亜細亜生命保険会社に入社できたのは、祖父が懇意にしている国会議員のコネのおかげだった。父が言うには、保険会社は給料もいいうえに、同じ金融機関でも銀行のような激務ではないということだった。両親の勧めを素直に受け入れたのは、自分でも何をやりたいのかわからなかったからだ。商学部を出た学生に向いているとされている就職先——金融か商社か流通か——のどれをとってもピンと来なかった。それに、就職活動をしてみたものの、なかなか内定がもらえず、もうどこでもよくなった。

「はあい、五千五百円ちょうどですね。確かに受け取りました」

若葉は明るく言い、名簿の俺の名前のところに丸をつけた。

ふと視線を感じて窓際に目を移すと、課長がこっちを見てにこにこ笑っていた。朝から上機嫌らしい。飲み会のある日はいつもそうだ。

その日の午後、備品室に文房具を取りにいくと、若葉がいて、ボールペンの替え芯を探していた。まだ昼休みが終わっていないからか、いつもいるメガネの中年女性はいなかった。彼女はいつも怖い顔で備品を管理していて、備品を取りにくる社員をまるで泥棒か何かのように見るので、みんなに嫌われていた。

「ねえ坂上さん、うちの課で飲み会に参加しない人っているの？」

できれば参加したくなかった。我ながらあきらめが悪いとは思うが、尋ねずにはいられなかった。部屋には俺と若葉しかいないが、思わず小さい声になる。

「参加しない人？　そんなのいるわけないじゃないですか」

普段は甲高《かんだか》い声で話す若葉が、低い声で答えた。

「俺、行きたくないなあ」

「なに言ってんですか。五十川先輩はまだいいですよ。だって男だもん」

そう言うと、睨みつけるようにして俺を見た。

今のはどういう意味なんだろう。入社してからわからないことだらけだった。新入社員のとき、研修が終わってすぐの生保初級試験に落ちた。同期百二十人の中で落ちたのは俺だけだった。会社員になれば勉強から解放されると思っていたのは甘かった。もちろん社会人になって学ぶことは多々あるとは思っていたが、それは客との接し方であったり、報告文書の書き方であったりと、慣れれば誰でもできる類いのことだと勝手に想像していた。しかし現実は全然違った。保険というのは、ものすごく複雑な仕組みである上に、様々な法律が絡んでいて、簡単には理解できないものだった。

――龍男、会社はどう？　楽しくやってる？

入社一年目の頃、母はよく尋ねたものだ。

――難しくてついていけそうにないよ。

思わず本音を漏らしたことがある。

――いったい何がそんなに難しいの？

――母さん、自動車の保険や生命保険に入ったとき、約款《やっかん》と呼ばれる小冊子がついてくるでしょう？　あれ、読んだことある？

――読まないわよ。細かい字でびっしり書かれてるから読む気も起きないわ。

――あれには重要な契約内容が書かれてるんだよ。要は、保険の契約っていうのは、何十ページも使って説明しなきゃならないくらい複雑なものなんだ。

学生時代のように膨大な知識を理解して覚え、それを応用できなければならないなんて思いもしなかった。同期は頭のいいヤツらばかりだから、俺以外の全員が難なく中級試験も上級試験もクリアしていった。

――へえ、大変ね。でも、まっ、頑張るしかないでしょう。

たぶん母は頭がいいのだと思う。努力すれば何だってできると思える人生を歩んできたのではないか。

――亜細亜生命なんてすごいよなあ。周りの連中、みんなびっくりしてるよ。

父の言うみんなというのは、父の同僚であり、親戚や近所の人であり、友人たちだ。コネで入社したのだから、すごいも何もないと思うのだが、父によると、コネがあっても入社できないことはよくあるらしい。両親は終身雇用を信じている世代だからか、息子の俺の行く末はこれで安泰だと思っている。その証拠に、母は以前のように、あれこれ心配したり、口を出したりしなくなった。

入社して三年目となり、後輩もできた。後輩の間では「初級試験に落ちた前代未聞のヤツ」ってことで俺は有名人なのだと課長が面白おかしく話してくれた。三度目の挑戦で受かったことはちゃんと言ってくれたのだろうか。

課長は、この会社の内勤にしては珍しく高卒だった。営業職で就職したのち、ぐんぐんと成績を伸ばし、それを買われて内勤職員に抜擢《ばってき》されたという。それでも大卒社員と比べると出世は遅く、課長クラスは三十代半ばでなるのが普通だが、彼は五十代である。最初の頃、課長は俺を大切に扱ってくれていた。俺がコネ入社で国会議員のバックがあるからだ。しかし途中で、俺が城南大学を出ているとは思えないほど頭が悪いと気づいたようだ。初級試験に落ちたときの彼の喜びようといったらなかった。そのことで、彼が俺を遠慮がちにからかったとき、俺は柄にもなく無理しておどけて見せた。それがまずかった。こいつはからかっても構わないヤツだという勝手な認識が彼の中でできあがってしまったらしく、その後もずっとからかわれ続けている。そのたびにおどけて見せるのも、もう本当に疲れてきていた。城南大学は偏差値の高い大学だが、付属の中学から入るのは簡単だという誤解まで与えてしまったらしい。

――五十川はエスカレーター式の学校だったから勉強なんてしてこなかったんだろ？だったら高卒の俺と同じようなもんだよ。

いつだったか課長はそう言い、親しげに俺の肩を揉んだ。

ああ、飲み会なんて行きたくない。

溜め息をつきながら、天井まである巨大な棚を見上げた。そして棚と棚の間の細い通路をうろうろしてマーカーを探していると、棚の隙間から、一列向こう側にいる若葉が見えた。黒のパンツスーツに、薄手とはいえタートルネックのセーターを着ている。梅雨に入ってから蒸す日が続いていたので、空調が利いているとはいうものの、見ているだけで暑苦しい。

「坂上さんは寒がりなの？　そんな格好で暑くない？」

若葉は棚の隙間から俺の方を冷たい目でちらりと見ただけで何も言わなかった。

「あっ、ごめん」

もしかして今のような質問もセクハラなのだろうか。言わなきゃよかったと後悔していたとき、「だって今夜は飲み会ですからね」と若葉は当たり前のように答えた。俺はまたもや意味がわからなかった。

「酒を飲むと余計に暑くならない？」

若葉は返事をしない。

「ああそうか、わかった。店の冷房が苦手なんだね」

「は？　私はチョーがつくほどの暑がりですけど？」

なぜ先輩である俺を睨む？　どうして俺が後輩女子に怒られなければならない？　またしても見当がつかなかった。もうこれ以上話すのはよそう。俺は棚から緑と青のマーカーを一本ずつ取ると、棚にぶら下がっていた〈持ち出しノート〉に、所属と名前と文具名を殴り書きしてからドアに向かった。

「課長がね」

若葉の声に振り返った。「酔っぱらったふりして女子社員の身体に触りまくるんですよ」

「えっ？」

「スカートの中に手を入れられた子もいるんです。だからね、スカート派の奈美《なみ》ちゃんまでが、飲み会の日だけはパンツスーツですよ。それと、胸を覗かれないように、みんな首の詰まったセーターを着ています。このクソ暑いのにジャケットを着用してるのは、簡単に触られないようにするためです。席に戻ったら、周りの女子の服装を観察してみてください。今日はみんな同じような格好してますから」

あまりの驚きで、一瞬声が出なかった。

「今の話……ほんと？　だったら黙ってないで、誰かに言った方がいいよ」

「誰かって誰ですか？」

抑揚《よくよう》のない声だった。

「……えっと、それは……」

若葉が棚の隙間から俺を見返してくる。

「先輩、いいんです。気にしないでください。もうしばらくの辛抱なんですから」

若葉はそう言うと、片方の頬を歪めて皮肉っぽく笑った。

「それは、いったい……」どういう意味？

「課長はフレッシュな女の子がお好きなようですから」

「というと？」

ここまで言ってもまだわからないのかとでも言いたげに、若葉は腕組みをして溜め息をついた。「来月になれば、新入社員研修が終わりますから、うちの課にも新人が配属されます。課長好みのグラマーだといいんですけどね」

「そんな……だけど、坂上さん、やっぱり何もそこまで我慢しなくても……」

「そこまで我慢しなくても？　その続きはなんですか？　そこまでして会社に勤めなくてもいいんじゃないかってことですか？　私が女だからですか？　どうせ結婚してやめるだろうからってことを言いたいんですか？　あのね、私は帝都大を出ています。先輩は城南大ですよね。そしてコネ入社でしょう？　私はコネなしで入社しました。先輩は高級住宅街に住むお坊ちゃんだと聞いてますけど、私の実家は貧乏だし頼る人もいませんから、このままここで頑張るしかないんです。何度も言っていやらしいようですが、私は帝都大を出ていますけどね、ここではホステスみたいなもんですよ。ちょっと先輩、これ、見てください」

早口でまくし立てたと思ったら、若葉は棚をぐるりと回り、ずかずかと俺の眼の前まで近づいてきて、いきなり自分の髪の毛をかきあげた。

あっ！

そこには十円ハゲができていた。

「最近はいいカツラがあるんですよ。歳取って髪が薄くなったおばあさんがつけるヤツですよ。テレビで宣伝してるでしょう。てっぺんにちょこんと載せるアレですよ。本当によくできていて、カツラだとはわからなかったでしょう？」

「……うん、まあ」

「これ、部分カツラなのに三十二万円もしたんですよ。課長に請求したいくらいです」

「セクハラのこととか円形脱毛症のこととかは、奥田《おくだ》とか山川《やまかわ》も知ってるの？」

俺の同期の名前を出してみた。

もしかして課内では周知の事実なのに、俺だけ知らないとか？

「セクハラのことは、みんな知ってて知らないふりをしているのか、それとも本当に気づいていないのかは、私にもわかりません。でも円形脱毛症のことは誰も知りませんよ。言う必要もありませんし、そもそも人に話したのは今が初めてですから」

どうして俺にだけ話すのだ？

「先輩、今のセクハラの話、やっぱり忘れてください」

「どうして？」

「すごく傷ついた顔してるもの。先輩って汚れてないっていうか、繊細で純粋ですよね。他人のことなのに、今すごく落ち込んでるでしょう？」

図星だった。鬱病とはこういうものではないかと思うくらい、気分が沈んでいた。それに比べて若葉の強さときたらどうだ。自分に自信のある人間は強いのだろうか。

「私は五十川先輩のこと嫌いじゃないですよ」

「そりゃどうも」

「もちろん好きでもないですけどね」

「はあ」

「私のことを若葉ちゃんと呼ばずに坂上さんと呼んでくれるのは先輩だけですよ。私のことホステスじゃなくてひとりの人間として接してくれる数少ない男性社員です。私ね、隣の課に異動させてもらいたいと思ってるんです。第三課の課長はセクハラなんてしませんから」

「そういえば、三課の課長は上品でジェントルマンって感じがするよね」

「先輩、知らないんですか？　三課の佐倉《さくら》課長はゲイなんですよ。会社に入ってから、私はゲイ以外の男性は全部嫌いになりました」

そのとき、この倉庫の主《ぬし》であるメガネの中年女性が入ってきた。

「このボールペンに合う芯は、どれでしょうか？」

若葉はいきなり笑顔を作り、いつもの甲高い声で尋ねた。

俺は備品室を出て廊下を歩きながら考えた。

みんな強い。みんな大人だ。

俺はああはなれない。

このままこの会社に勤め続けたら、俺はどうなるんだろう。

十年後、二十年後、俺はここで何をしているんだろう。

——場違い。

唐突にその言葉が思い浮かび、思わず立ち竦んだ。

自分はここにいるべき人間じゃない。

じゃあ、どうする？

どうやって生きていけばいいんだ？


その二週間後の日曜日、参議院選挙が行われた。

なんと、祖父が懇意にしていた大河原泰三《おおがわらたいぞう》が落選してしまった。参議院のドンとまで呼ばれていたのに。追い風の吹く野党から対立候補として出馬していた若い女性が当選した。その夜の記者会見で、彼は政界を引退するときっぱり宣言した。地盤を子供に譲るのかと思っていたら、子供はいないらしい。つまり、俺を亜細亜生保に入社させてくれた恩人が完全に政界から消えた。

明けて月曜日のことだ。

「おはようございます」

聞こえなかったのかと思って、もう一度大きな声で挨拶をした。

それでも課長は俺を無視した。

それからだ。課長は俺をみんなの前で遠慮なくボンクラ扱いするようになった。

「五十川先輩もそろそろ異動願いを出したらどうですか？」

若葉が勧めてくれた。

23　二〇一〇年七月　五十川淳子・五十二歳

何かいいことでもあったのだろうか。

龍男は憑《つ》き物が落ちたようなすっきりした表情で会社から帰ってきた。出がけに、夕飯は要らないと言っていたから、もっと遅くなると思っていた。

「龍男、夕飯要らないって言ったよね？」

夫は今日から二泊三日の研修に出かけているので、夕飯はひとりで簡単に済ませてしまっていた。

「うん。食べてきた」

そう言って、階段を上がっていく。

社会人になってから、龍男は雰囲気が変わった。暗く沈んでいる日も多くなったし、ひとりつぶやいているときもあった。本当は心配でたまらなかった。会社で何かあったのかと尋ねてみたい。根掘り葉掘り聞いてみたい。しかし、息子はもう二十五歳だ。だから、龍男から言い出さない限りは尋ねないと決めていた。

私自身は、高校卒業と同時に親元を離れた。まだ十八歳だった。ひどい風邪を引いたこともあったし、風疹《ふうしん》にかかったこともあった。それでも、故郷の母から電話があったときは、心配をかけまいと、たとえ高熱が出ていても「元気だよ」と答えたものだ。就職先が見つからなくて悩んでいたときだって、都市部での会社勤めの事情など全くわからない親に言ったところで仕方がないと思い、一度も口には出さなかった。

振り返ってみれば、十八歳から今日まで、弱音を吐けない生活を送ってきた。

会社に勤めていれば嫌なこともあるだろうし、ストレスも溜まるだろう。夫を見ていれば、肉体的な疲れも相当なものだとわかる。大人になれば誰だって明るく笑ってばかりはいられない。そんなのはごく普通のことだ。そう自分に言い聞かせ、いい歳をした息子に対して過保護にならないよう、息子がマザコンにならないようにと、自分を戒《いまし》めていた。

だが最近は、そういったことにも疲れてきた。会社から帰ってきた息子の顔色を見て一喜一憂すること自体、もう終わりにしたい。私が会社に勤めていた独身時代、夜は誰もいないアパートで、陰気な顔をしてぶつぶつと上司への恨みつらみを独りごちていた。もしもそんな姿を父や母が目の当たりにしていたら、きっと心配したことだろう。

成人した子供は、親の目の届かないところで生活することが、実は大切なのではないか。明美のところの百香ちゃんは香港で働いているというし、紫のところの杏里ちゃんは何年も前に家を出てマンションでひとり暮らしをしている。私も明美や紫のように、もう子育ては卒業したい。

龍男にひとり暮らしを勧めてみようか。就職して三年目になるし、自宅通いだから預金も貯まったことだろう。アパートを借りる資金くらい余裕のはずだ。離れて暮らす方がお互いのためだ。ひとり暮らしの方が恋人ができやすいと聞いたこともある。

折を見て、龍男に家を出て独立するよう提案してみよう。

小学校のＰＴＡで佐伯伊万里と知り合ってから既に十数年経つが、今も彼女とのつきあいは続いている。ＰＴＡ役員の任期一年を終了してからは、外出する理由がなくなったので、彼女の提案で図書館のボランティアをすることにした。双方の姑は似ているところがあるようで、コロッケ屋のパートはダメだが図書館ならと賛成してくれた。その帰りに、食事をしながらおしゃべりを楽しんだり、カラオケに行ったりしている。

子供が大学生になってからは、北海道への里帰りはひとりでするようになっていた。実家の兄は独身だから、いまだに母が采配《さいはい》を振るっている。兄嫁がいない分、誰に遠慮も要らないので、帰省しやすかった。夫ものんびりしてこいと言ってくれるので、遠慮なく一週間くらいは滞在する。その間に、母と京都や奈良に旅行したこともある。

いつの間にか、結婚して既に二十五年を超していた。さすがに母屋とのつきあいもうまくなったし、息抜きも上手になった。今がいちばん幸せだと思う。

龍男が二階から下りてきた。

「シャワー浴びるよ。今日も暑かったね」

久しぶりに笑顔を見た気がした。こっちまで嬉しくなる。「そうね、暑かったわね」と思わず微笑む。

リビングで冷たい麦茶を飲みながらテレビを見ていると、タオルで髪を拭きながら龍男が浴室から出てきた。

「あーさっぱりした」

「本当にさっぱりした顔してる。まるで一年ぶりにシャワーを浴びたみたいよ」

私は笑いながら言ったが、龍男はなぜか真顔になって目を逸らし、三人掛けのソファの端にどすんと座った。私との間にひとり分の空間がある。

——何か飲む？

もう少しで聞きそうになって苦笑する。何か飲みたいなら自分で冷蔵庫を開ければいい。子供じゃあるまいし。だけど龍男は仕事で疲れて帰ってきている。いやいや、サラリーマンなら誰だって疲れている。放っておけばいい。あれこれ世話を焼くと、将来龍男の妻になる人がきっと苦労する。

最近は、そういった押し問答を心の中で繰り返してばかりだ。

「母さん、俺ね」

龍男は言葉を切った。生唾を呑み込んだ気配がした。

「俺、実は今日……」

なにやら言いにくいことがあるらしい。

「どうしたのよ。深刻そうな顔して。銀行強盗でもしたの？」

茶化してみるが、龍男は笑わなかった。

「銀行強盗？　いや、そんなことは俺、しないけど」

真面目に答えてどうする。

「母さん、俺ね、今日で会社を辞めたんだ」

「は？　会社って？」

「だから亜細亜生保を辞めたんだ」

「あのね龍男、誰だって会社を辞めたいと思うことはあるよ。だけどね、絶対に早まらない方がいい。あとになってきっと後悔するよ」

「辞めたいんじゃなくて、もう辞めたんだ」

「……冗談だよね？」

「退職手続きも、もう終わった」

夢であってほしいと願いながら龍男の横顔を見たが、どうやら本当のことらしい。

「どういうこと？　これからどうするの？」

腹の底から怒りが込み上げてきた。力いっぱい殴ってやりたいとさえ思った。人の苦労をなんと思っているのだ。付属から城南大学にどうにか上がれたと思ったら、単位を落としそうになり、家庭教師までつけなければならなかった。就職活動をしてもどこからも内定がもらえずに、国会議員にコネを頼まなければならなかった。自分ひとりで歩いて来たと思ったら大間違いだ。やっとのことで一流企業に入って安泰な人生を送れると思った矢先なのに。

「出て行きなさい！」

大声で叫んでいた。

「ひとりで生きていきなさいよ。それくらいの覚悟があるから会社を辞めたんでしょう。そうなんでしょう。どうなのよ。はっきり言いなさいよ」

知らない間に、龍男の胸倉《むなぐら》をつかんでいた。胸倉を引っ張り上げて龍男を立たせ、龍男のTシャツをしわくちゃにして力いっぱい揺さぶった。

「母さん、ごめん」

「何がごめんなの？　何に対して謝ってるわけ？」

私は女にしては長身の方だが、龍男は男性の中でも長身の方だ。だから見上げる形になった。見下ろされていると思うと余計に腹が立った。もちろん心の底では、会社でよほどつらい何かがあったのではないかと思わないではなかったが……。

しかし、会社を辞めたいくらいつらいことって例えば何？　会社に勤めていれば、そんなの日常茶飯事だ。夫もそれに耐えて既に三十年近く勤めている。夫だけじゃない。日本全国のサラリーマンがそうやって生活している。

みんなができていることが、どうしてお前にはできないのだ！

「母さんが思ってるほど、僕は頭がよくないんだ」

そう言うと、龍男は私の手を振り払い、二階に駆け上がった。

24　二〇一〇年八月　国友明美・五十一歳

朝からカンカン照りだった。

今日は午後から淳子と紫が遊びに来ることになっている。今ちょうど隅から隅まで掃除機をかけ終わったところだ。掃除は簡単に済んだ。というのも、夫は家に寝に帰るだけだし、百香は香港に住んでいるから、もう何年も前から家の中が散らかることがなくなっている。そのうえ、収納場所も豊富にあるから家具が少なくて済む分、埃が溜まる場所も少ない。

　だが、部屋がすっきり片づいている本当の原因は、たぶん私自身にある。暇に飽かしてデパートをうろついて無駄な物を買ってしまうことが一切なくなった。一念発起してタイ料理のレストランで働くようになってからというもの、洋服やアクセサリーにとんと興味がなくなった。タイ人たちの質素な暮らしぶりを見ていると、自分が子供だった頃の昭和時代の香りをまざまざと思い出し、清潔でさえあれば洋服なんてなんでもいいと思うようになった。

　今日集まることになったのは、淳子から緊急招集がかかったからだ。龍男くんが相談もなく会社を辞めてしまったという。城南大学を出て一流企業に勤めていたのに、何があったのだろう。

　玄関ドアを入ってきたときから、淳子が精神的に相当まいっていることがわかった。目の周りに隈《くま》ができていて、やつれていた。髪もぼさぼさだ。

「コーヒーと紅茶とどっちがいい？」

「私はワイン持って来たからグラスだけ貸して」と紫がキッチンに入ってくる。

「私はコーヒー、アイスで。牛乳いっぱい入れて」と淳子は半ば命令口調で言うと、ソファにすとんと腰を下ろした。私は思わず紫と顔を見合わせた。キッチンはカウンター式になっているので、私のところから淳子の姿がよく見える。彼女は眉間に皺を寄せて腕組み

「紫はモデルの仕事、忙しいの？」

ぴりぴりした空気を吹き飛ばすように、明るい声で尋ねてみた。

「そうでもない」

「モデルになるなんてすごいね」

「そんなことないよ。長身で美人のモデルさんと違って、どこにでもいそうな平凡なおばさんってことで声がかかっただけだから。勢い込んでたのに毎号たった二ページだし、これを機会にあちこちから依頼が来るかもって期待してたけど、全くそんなことないし」

「それでもすごいよ。私だって平凡なおばさんだけど、どこからも声なんてかかんないもん」

話しているのは私と紫だけだ。飲み物をトレーに載せてリビングに戻り、「どうぞ」と言って、ガラスのローテーブルにコーヒーとクッキーを置いた。三人掛けの端と端に私と紫は座った。向かいの二人掛けには淳子が座っている。

「龍男くんは、なんで会社を辞めたの？」

いきなり紫が切り出した。あまりの単刀直入さに驚いたが、龍男くんのことで相談があると淳子の方から電話をかけてきたのだから、当然といえば当然だと思い直した。

「理由はわからない」

「龍男くんは何も言わないの？」

「何度聞いても口を割らない」

「すぐにでも就職活動を始めた方がいいよ」と私は言った。

「どうして？　自己都合で会社を辞めた場合は、失業保険はすぐには出ないんじゃなかった？　せっかく雇用保険を払ってきたんだもの、失業手当をもらってからでも遅くないよ」

紫はそう言ってからワインをひと口飲んだ。

「それはダメだよ」

夫から聞いたことがあった。「健康な人間が失業保険で食ってるなんて、企業からどう思われる？　怠け者の烙印を押されて、どこからも採用されなくなるよ。そんなの一切もらわずに一日も早く動いた方がいい」

「このまま引きこもりになりそうな予感がする」

淳子は、これ以上ないというほど暗い顔でぽつりと言った。

「龍男くん、部屋から出てこないの？　食事はどうしてるの？」

「ご飯は呼んだら下りてきて私と一緒に食べるよ。本屋やコンビニには出かけてるみたいだし」

「なんだ、じゃあ安心じゃない」

「そうよ、淳子、元気出してよ。龍男くんは城南中に入れたくらい優秀な子なんだから」

「……うん」

「お舅さんのコネはもうないの？」

「ある。でも龍男が拒否してる。もうそんな立派な会社は俺には似合わないって」

「ずいぶん謙虚なのね」

「厳しいこと言うようだけど、落ち込んでる場合じゃないよ。のんびりしてない方がいいって。しばらく様子を見ようなんて言ってるうちに、気づけば四十歳、なんてよく聞く話だよ」

「元気出してよ。人生って案外わかんないよ。その証拠に私がモデルやってるんだもの」

「だってそれ、杏里ちゃんの七光でしょう？　それに一家を養えるくらいのギャラをもらってるわけじゃないんでしょう？　龍男みたいな若い男の子の将来とごっちゃにしないでよ」と淳子。

「はっきり言うわね」

「それにしても、これだけ時代の流れが速いと、子育てが難しくて当然だよね。自分が育ったのとは違う環境で育っていくんだもん」と私。

「そこいくと、江戸時代は良かったでしょうね。きっと親が子供の手本になれた時代よ。今は目まぐるしく生活環境が変わるから大変。特にうちなんて、母親の私が芸能界とは無縁だったから、わからないことだらけだったもの」

「でも、最近はステージママとしての講演もしてるんでしょう？」

「講演ってほどのことじゃないわ。プロダクションの会議室で、若いママたちに経験談を話すだけ。マネージャーに言わせると、私はステージママにしては常識人らしいから」

またしても私と紫の二人だけの会話になってしまった。

「百香ちゃんはどうしてる？　香港で頑張ってるんでしょう？」

「そのうち日本に逃げ帰ってくるだろうと思ってたのに、まだ今のところは頑張ってるみたい。喜んでいいのか悲しんでいいのか、複雑な気持ちだよ」

「喜んでいいのよ。ひとりで外国で仕事するなんてすごいじゃない。私たちが大学四年生のとき、そんな勇気あったかしら」

「勇気のあるなしじゃないよ。あの時代、そんな選択肢がなかっただけ」

「相変わらず負けず嫌いよね。明美は」

「えっ、私って負けず嫌いなの？」

「私たち三人ともそうだよ。負けず嫌いじゃない女なんてロクなもんじゃないよ」

やっと淳子がしゃべった。

「またまたあ、淳子は年齢とともに過激になるよね」

「……そうかな」とひとこと言うと、淳子は長い脚を組み直して窓の外に目を移した。

「杏里ちゃんはますますすごいじゃない。主演女優賞とか取っちゃってさ」と私は言った。淳子が暗いからか、沈黙に耐えられなかった。頭で考える前に、たわいもないことがどんどん口を突いて出る。

「同じテレビに出るんなら、大学出てアナウンサーになってもらいたかったわ」

「うそ、紫、まだそんなこと言ってるの？」と私。

「紫ってバカなんじゃない？」と淳子がいきなり言ったので、空気がピンと張り詰めた。

「ちょっとなんなの、淳子、その言い方ひどくない？」

「だって、杏里ちゃんを赤ちゃんのときにモデルにしたの、紫でしょう？」と淳子。

「それは……そうだけど」

「羨ましいよ。紫も明美もちゃんと子供が育ってて、ほんと羨ましい」

淳子は大きな溜め息をついた。私までつらくなってくる。

「うちのは芸能界だし、百香ちゃんは香港だし、言うなれば明日をも知れない働き方なのよ」

「そうよ。龍男くんだけがきちんと定年まで勤められそうな会社で働いてたんだよ」

「あっ、言われてみればそうだ」と淳子。

「いっそのこと、もう手を離したら？」

紫がそう言うと、淳子は紫をじっと見つめた。他人のことだと思って何を無責任なことをと怒っているのだろうか。彼女の無表情からは何も読みとれなかった。

「だって、もう会社辞めちゃったんでしょう？　辞める前なら引き留めようもあるけど、もう仕方ないじゃない」

「紫、あなたずいぶんお気楽なことを言ってくれるわね。女の子と違って男の子は結婚に逃げることもできないし、このままじゃお先真っ暗なんだよ」

「そうやって決めつけるのもどうなんだろ」と私は続けた。「うちのダンナや弟も新卒で勤めた会社を途中でやめたけど、今はなんとかやってるよ。弟のお嫁さんにしても、四十過ぎてからバレエ教室を始めたし、私だって……」

言いかけて私は思わず口を閉じた。タイ料理のレストランでパートで働くおばさんと龍男くんを比べたりしたら、また淳子の怒りを買いそうだと気づいて。

「現に龍男くん本人はお舅さんのコネを拒否してるんでしょう？　じゃあもう助けてあげる方法はないんじゃない？　首に縄つけて面接に連れていくわけにもいかないんだし」

紫の言葉に淳子は返事もせず、頰をへこませるほど力いっぱいアイスコーヒーを吸い込んだ。

25　二〇一〇年九月　五十川淳子・五十二歳

悩みはひとりで抱え込まずに人に話した方がいいというのは嘘だとわかった。話を聞いてもらったところで、どうしようもない事実はどうしようもないままだ。

それにしても、信じられない……。

会社を辞めてしまうなんて。

入社してまだ三年目だというのに。

龍男はいったいいつまで親に心配させれば気が済むのか。就職を世話してくれた大河原元議員や舅の顔をつぶしたことをどう考えているのか。あれから舅は、高級ブランデーを携えて、大河原の陶芸の窯《かま》がある滋賀の山奥まで謝りに行った。そのとき舅は、龍男が本格的な引きこもりになったら困るから決して龍男を責めないようにと私に言い置いた。本来なら、いったいお前は何を考えているのかと夫が怒鳴ってもいい場面だ。しかし、今の時代の若者は危うさを秘めていて、自分の息子とはいえ、どう扱っていいのかわからないと夫は正直に語った。舅の言う通り、本格的に引きこもりになったら恐ろしいとも。

会社を辞めてからの龍男は何もせず家にいた。ネットで就職先を探しているのかもしれないが、面接に出かける様子はない。

ノイローゼになりそうだった。

何のために私はいままで頑張ってきたのか。

いったい、いつになったら子育てを終了できるのか。

このまま一生、経済的に面倒を見てやらねばならないのか。

そんなときだった。残暑厳しい日の午後、翔太郎が真っ黒に日焼けしてケニアから帰ってきた。夏休みを利用して井戸掘りのボランティアへ行ってきたのである。子供時代とは違い、頬の肉も削げ落ちて、ますます精悍《せいかん》な顔つきになっている。

「母さん、日本は素晴らしいね。これほど清潔で安全で便利な国はほかにはないよ」

そう言いながら、大きなバックパックを縁側に下ろし、「シャワー浴びるよ」と浴室へ向かう。

「翔ちゃん、お腹空いてないの？　お昼食べた？」

「今さっき駅前でモスバーガー食べてきた。死ぬほどうまかったよ。コーラにはボウフラも浮いてないし、ポテトにも蝿《はえ》がたかってなくて、すごく清潔だった」

「あっそう。じゃあ夕飯に何かご馳走作るわね」

「サンキュー」

翔太郎は振り向かずに片手を上げてみせた。その後ろ姿を誇らしげな気持ちで眺めた。

未開の地での井戸掘りの様子は、テレビのドキュメンタリー番組で何度か見たことがある。ボランティア活動以前に、水道も電気もガスもトイレもない地域に長期間滞在すること自体、苦労の連続に違いなかった。医学部の学生というだけで合コンの誘いも多いと聞いている。そんな誘惑の多い中、貧困な人々の役に立ちたいとアフリカへ行くなんて、なんと立派な子だろう。よくぞここまで素敵な青年に育ってくれたものだと、しばし感慨《かんがい》に耽った。

この一ヶ月間、きっとロクな物を食べていなかったに違いない。久しぶりに〈四万十川〉の鰻重を食べさせてやりたくなった。さっそく注文しようと受話器を持ち上げた。

やっぱり……やめた。

無駄遣いはできないのだった。だって龍男が会社を辞めて家にいる。それに翔太郎だって、まだ大学四年生だから卒業するまでに二年半もある。今年度分はもう払い込んだから、あと六百万円だ。

女子会で明美と紫に会ったとき、学費の高さを嘆いたら、明美に言われたのだった。

――家を買うことを思ったら安いもんだよ。

言われてみれば確かにそうだ。親に頼らず自力で家を買った人はすごいとあらためて感心した。

明美一家はバブル時代に郊外のマンションを買い、住宅ローンの返済に四苦八苦していた時期があった。しかし今は近未来都市にあるような豪華なマンションに住んでいる。ダンナさんが転職してから、明美は急に羽振りがよくなった。初めて訪ねたときは、マンションのエントランスの豪華さに驚いたものだ。手土産に持っていった芋きんつば十個入りが不似合いに思えた。

羨んだって仕方がない。明美がどうあろうが、我が家は一にも二にも節約、節約。

受話器を元に戻した。

翔太郎は鰻が大好物ではある。だが……確か冷やし中華も好きではなかったか。

こんな暑い日は誰が考えてもやはり冷やし中華ではないだろうか。偶然にも母屋からもらったばかりの上等の焼き豚が冷蔵庫で眠っている。それを細く刻んで、きゅうりもたくさん載せよう。そして錦糸《きんし》玉子もきれいに焼いて……ああ、そうだった、翔太郎はちくわの天ぷらも好きだった。なんて安上がりの良い子だろう。どうせ天ぷら鍋を出すのなら、ついでに野菜の天ぷらも作ろう。

野菜室を開けた。天ぷらにできそうなものは……カボチャとサツマイモがある。ナスもあるが天ぷらにすると油を吸いすぎるから……そうだ、焼きナスにしよう。それとレタスとトマトの簡単なサラダと……。テーブルに料理が並んだところをイメージしてみた。うん、十分だ。アフリカから帰ってきた人間からしたら、驚くほど御馳走のはず。だけど、久しぶりに帰国したのに、冷やし中華っていうのはやっぱりどうなんだろ。中国に冷やし中華という食べ物はないとは思うけど、でも中華っていうくらいだから純粋な日本の味でもないよね？　だったら日本の美味しいお米も食べさせてやりたい気がする。おにぎりも少し作っておこうか。時差ボケもあるだろうから、夜中に食べるかもしれないし。

夕飯を作る合間に、翔太郎が無事帰国したことを夫にメールで連絡した。

今日は、母屋は珍しく留守である。舅姑と義姉二人の四人で北海道旅行へ出かけている。義姉たちは二人とも数年前に定年退職を迎えていた。

別棟に住んでいるとはいうものの、母屋に誰もいないと思うと、解放感が広がった。姑や義姉たちが口うるさいのは相変わらずで、龍男が会社を辞めたことに関して、嫁の私の育て方が悪いのだと遠回しに言われて落ち込んだ。

でも今日は久しぶりに親子水入らずで過ごすことができる。母屋の四人がいれば、こうはいかなかっただろう。翔太郎の帰国を、舅姑と義姉たちは歓待し、夕飯はぜひ母屋でということになったはずだ。息子たちが生まれたときから、姑と義姉たちは、まるで母親気取りだった。それが嫌でたまらなかったのだが、小学校に上がるまでの辛抱だと我慢してきた。それなのに、まさか息子たちが成人した後も続くとは思ってもいなかった。ああ、鬱陶しい。夫は何も注意してくれず、相変わらず我関せずである。それでもここまでやってこられたのは、ＰＴＡで知り合った佐伯伊万里と常に励まし合ってきたからだ。

――翔太郎の無事帰国、安心しました。少しだけ残業あり。八時半には帰れると思う。

夫からメールの返信が届いた。

シャワーを浴びて小ざっぱりとした翔太郎は、冷蔵庫からビールを出して飲んでいる。

「母さん、人の命を救うには、まずは水だね」

「そうでしょうね。水がないと生きていけないものね」

「ああ、うめえ。冷たい物を飲めるって幸せだよ。冷蔵庫のある国に生まれてよかった」

そう言って、しばらくはソファでビールを飲んでいたが、疲れが溜まっていたのだろう。ふと見ると、テレビを点けっぱなしのまま、すやすやと眠っていた。龍男のことが原因で鬱々とした毎日を送っていたからか、長い睫毛の寝顔を見ていると、幼い頃を思い出し、久しぶりに癒やされる思いだった。

台所に入り、いつもより丁寧に料理を作った。


夕方になり、翔太郎は目を覚ました。

「さあ、できたわ。食べましょう」

階段下から龍男にも声をかけた。「ご飯よ。下りてきなさい」

「えっ、兄ちゃん家にいたの？　今日は平日だよね」

説明するのも嫌で、私は黙ったままテーブルに箸を並べた。

龍男が二階から下りてきた。

「兄ちゃん、夏休みを取ったの？」

龍男は返事をせずに、私をちらりと見た。

なんで私を見る。会社を辞めたことくらい自分で弟に説明したらどうなのだ。

「兄ちゃん、太ったね。それとも浮腫《むく》んでるの？」

たった二ヶ月の間に龍男は太った。ほとんど出かけず、食べては寝るという生活だ。会社を辞めざるを得ないほど嫌なことがあったのならば、精神的に追い詰められて食欲も湧かず、頬がこけるのが本当ではないのか。何もやる気にならないが食欲だけはあるという息子は、子育ての失敗を突きつけられているみたいで、正視に堪《た》えなかった。

母親としては、本来はこういうときこそ手を差し伸べるべきなのかもしれないが、そもそもどうすることが、助けになるのかが全くわからなかった。夫にも何度か相談したが、「俺にはわからないよ」と言うばかりだ。考えてみれば、私にわからないことが夫にわかるはずがない。そんな簡単なことに、どうして今まで気づかなかったのだろう。それ以降、夫を無責任だと責める気持ちが消えた。

「やっぱりちょっと太ったかな」

龍男がぼそぼそと言う。

翔太郎が勢いよく冷やし中華を啜る音は健康的で好ましく聞こえるが、龍男がずずっと啜る音には苛々した。

これはまずい。

冷静にならねば。

兄弟は平等に扱わねば。

龍男の前で翔太郎を褒めるのもよした方がいいのかもしれない。

ああ……色々と考えただけで疲れる。

「母さん、実は僕、すごく焦ってるんだよ。だって、いま僕がここでこんなに美味しいものを食べている間にも、地球上では一日五千人もの子供が不衛生な水が原因で死んでいってるんだよ。現地の小学校にも行ってみたんだけど、大きなドラム缶に水が溜めてあって、それをコップで掬《すく》って飲んでるんだ。その水が茶色く濁っててびっくりしたよ。それに、水汲みは女の人と子供たちの仕事だから、すごく大変なんだ。暑い日だって雨の日だって一日最低二回は片道五キロの道のりを行ったり来たりしなくちゃならない。水の入ったバケツは二十キロもあるんだ。それを頭に載せて歩くんだよ」

「それは大変ね」

想像しただけで胸が塞《ふさ》いだ。

「僕たちがもっと頑張って井戸の数を増やすことができたら、子供たちは水汲みに行かずに学校に行けるんだよ」

「なるほどね。で、翔太郎はそこで何をしてるの？　車の普通免許は持っていても、重機は操作できないでしょう?」

「母さん、いい質問してくれるね。上総《かずさ》掘りっていう技術で井戸を掘ってるんだ。日本では明治時代からやってたらしいよ」

「あっ、それ知ってる。人力で掘るんだろ。重機を使わない日本独自の工法だ」

龍男はなんと能天気なのだろう。会社を辞めて家でブラブラしていることをまだ弟に説明していないことをどう思っているのか。

「兄ちゃん、よく知ってるね」

翔太郎に褒められたと思ったのか、信じられないことに龍男は嬉しそうに微笑んだ。

「資材も現地にあるもので間に合わせるんだ。鉄の棒やタイヤチューブなんかを利用してね。買わなきゃいけないのはポンプだけだから、すごく安上がりなんだ」

説明を続ける翔太郎の目は生き生きしていた。それを見ていると、こっちまで元気になれる気がする。

「翔ちゃんってすげえな。行動力があってさ」

龍男のどんよりしていた目つきが、少し明るくなったように見えた。

「ところで母さん、僕、井戸掘りを仕事にしたいと思うんだ」

「は? なに言ってんの。医学部はどうすんのよ」

「僕が一人前の医者になるまでまだ何年もかかるでしょう。その間に何万人もの子供たちが飲み水のせいで命を落とすんだよ。年に五千人として、三百六十五日で割ると……今日一日で十四人が亡くなってるんだよ。それを考えたらいてもたってもいられないんだ」

「翔ちゃん、それはつまり大学を辞めて井戸掘り専門になるってこと？」

「さすが兄ちゃん、話が早いね」

私は次々に天ぷらを天つゆに浸しては大口を開けて頰張った。何か食べていないと怒りで頭がおかしくなりそうだった。

「兄ちゃんは、どう思う？」

「井戸掘りをするなら、工学部で土木を学んだ方がいいんじゃないか？」

「それは必要ないよ。既に上総掘りをマスターしたし、現地の人間にも教えられるくらいだよ」

「さすが翔ちゃん、やっぱり頭がいいんだな」

弟を褒めながら、龍男は山盛りになっている天ぷらの大皿からカボチャを自分の皿に取り分けた。

私は冷やし中華を食べ終わり、焼きナスに載ったおろし生姜を目がけて醬油を数滴落とし、それもさっさと食べてから、麦茶を飲んだ。

「ねえ……母さんは、どう思う？」

私は返事をせずに自分の使った食器を重ねて立ち上がり、台所の流しへ向かった。早くしないと、食器を壁に投げつけてしまいそうだった。

「僕が井戸掘り専門の人になるの、母さんは反対?」

翔太郎の遠慮がちな声が背後で聞こえた。

「いい加減にしなさいっ」

振り返った途端、金切り声が出たことに、自分でも驚いていた。私の頬がぴくぴく痙攣《けいれん》しているのを、兄弟二人は息を呑んで見つめている。

「翔太郎、お前はやっぱりどうしようもないとんちんかんだ。昔からいつもそうだった。何をやってもすぐ飽きる。しょっちゅう目移りするような人間はね、結局は何やってもダメなんだよ。幼稚園の頃とちっとも変わってないじゃない。今まであんたの授業料にいくら払ってきたと思ってんの? え? 馬鹿も休み休み言いな」

二人ともぽかんと口を開けて私を見つめている。

「だいたいねえ」

無性に腹が立って口が止まらない。「大学を中退するんなら、高校なんてどこだってよかったんだよ。ということは中学だってどこだってよかった。ということは、小学校のときに進学塾に行く必要もなかった。ということは、お金がほとんど要らなかったってことだよ。つまり同居しなくても済んだってことなんだよ。私がどれほど屈辱的な思いでここに暮らしてきたか、わかってんのか? あん?」

涙がふくれ上がってきた。子供の前で泣いたのは初めてだった。「翔太郎、医学部やめたいんなら勝手にやめたら？　その代わり今後一切、金銭的援助はしない。おいこら、聞いてんのか。返事しろ！」

「……はい」

蚊《か》の鳴くような声で翔太郎は返事をした。

「言っとくけど母屋に泣きつくような卑怯な真似したら許さないからね。そんなことしたら親子の縁を切る。なんなの、その顔。二人とも誰に似たんだか間抜けヅラしやがって。自立してから偉そうな口利きな。龍男、あんたもだよ」

「えっ、俺も？」

「あんたたち、明日の朝、家を出て行きなさい。自分の力で食っていけよ。馬鹿！」

私は寝室へ入って、鍵をかけた。

そして枕に突っ伏し、ひーひーと泣いた。

26　二〇二二年初秋　国友百香・二十七歳

想像していた以上に立派なマンションだった。

どっしりとしていて、エントランスはまるで高級ホテルみたいだ。そのうえ、表参道《おもてさんどう》の駅から徒歩二分という信じられないほどの好立地だった。

杏里って本当にお金持ちなんだね。

手土産、こんなので良かったのかな。

自動ドアの前で思わず立ち止まり、持ってきた紙袋の中を見た。香港で買ってきたシャンパンが二本と、母が持たせてくれたタッパーが入っている。料理は杏里の方で用意してくれると言ってたけれど、高級食材を使ったデリバリーなんかだったら、この安いシャンパン、どうよ。ワンランク上のを買ってくればよかった。タッパーの中には、母が張り切って作ってくれた豆鰺《まめあじ》の南蛮漬けが入っている。これは子供の頃から大好きだったけど、華やかな生活をしている杏里にはどうなんだろう。あまりに所帯じみていて、この高級マンションには似合わない。

でも……もうここまで来ちゃったんだから仕方がない。

――修英フォーキッズ会、やろうよ。

電話でいきなり杏里は言った。杏里が勝手に会の名前をつけたらしい。今では売れっ子の女優になっているというのに、幼馴染みを家に招待してくれるなんて、相変わらず気さくで嬉しくなる。今日は龍男と翔太郎も来るらしい。母親たち三人の女子会のたびに会っていたから、幼かった頃の私たちは、まるでイトコ同士のようにつきあってきた。女子会はいつも私の家で行われたのだけれど、母親たちが「あっちで遊んでなさい」と子供たちを邪険に扱うので、私の部屋や近くの公園で遊んだものだ。

それにしても修英フォーキッズ会って名前、どうなんだろ。四人のうち誰も修英大学を出てないよ。杏里にそう言ったのだけど、そもそもの始まりは母親たちの修英大学だったんだから、それでいいのだと言う。

「百香ちゃん、久しぶりだね。待ってたよ。さあ入って」

杏里はジャージの上下にエプロンをつけていた。スッピンで、髪を無造作にゴムでひとつにまとめていて、かっこつけないところが昔と変わっていない。

「百香ちゃん、すごくきれいになったね」

そういって私の全身を遠慮なく眺める。

「……そうかな」

日本人離れした（ハーフだから当たり前だけど）目鼻立ちの杏里に言われても、素直に喜べない。だけど、お世辞で言っているのでもなさそうだから、嬉しかった。

「これ、お土産。お母さんが作った南蛮漬け」

「嬉しい。ありがとう。百香ちゃんのママの南蛮漬け、子供の頃から大好きだった」

満面の笑みで言ってくれた。

「これはシャンパンだね。百香ちゃん、さすが気が利くう。きっと今日の料理に合うよ」

「だったらいいけど」

「サラダの盛りつけ、手伝ってくれる？」

「もちろん」

広い台所だった。コの字型で白いタイルが光っていて清潔そうだ。こういうの、アメリカ映画で見たことがある。

「ガメ煮を作ったの。母の自慢の博多の料理だよ。それと明太子スパゲティと手羽先煮込み。頑張ってアップルパイも作った」

「忙しいのにごめんね。杏里ちゃんひとりに大変な思いさせちゃって。もっと早く来て手伝えば良かったね」

「ううん、私、料理は大好きだから平気だよ」

そのとき、玄関チャイムが鳴った。

「来た来た」

杏里がスリッパをパタパタ言わせながら玄関へ向かう。

「やだあ、翔太郎くんたら、その格好、どうしたの？」

玄関から杏里のはしゃぐ声が聞こえてきた。

リビングに入ってきた翔太郎の姿を見て驚いた。どこかの国の民族衣装だろうか。鮮やかな緑色のチュニックを着て、同色の円筒形の帽子には金色の縁どりがされていた。真っ黒に日焼けしているから余計に国籍不明といった感じだ。その隣でにこにこしている龍男は、ジーンズとジャケットという平凡な格好だった。

「これ、お土産。駅前で買って来たんだ」

そう言って龍男はケーキの箱を差し出した。

「ありがとう。最後にコーヒーとケーキにしよう。さあ、みんな手伝って」

四人で料理をリビングに運んだ。

「翔太郎くんはもう未成年じゃないよね？　乾杯はシャンパンでいい？」

「俺はもう二十四歳のオヤジっすよ」

「そうか、翔太郎くんって私たちと三歳しか違わないんだっけか」

広いリビングに乾杯の声が響いた。

二十五階建ての最上階の角部屋は、二面に大きな窓があり、真っ赤に染まった夕焼けが映画のワンシーンのようにきれいだった。

杏里はキッチンに近い三人掛けのソファの端に座り、反対側の端に子供がよくするように肘掛け部分にお尻を載せているのは翔太郎だ。向かい側にいる龍男は、ソファを背にして絨毯の上に体育座りをしていて、私は窓辺のベンチを占領した。

「久しぶりだね。最後に会ったの、いつだっけ？」と杏里。

「確か高校生くらいだったような……」と私。

「中学じゃなかった?」と龍男。

「違いますよ。あれは二〇〇二年の十月十三日です。三連休の真ん中でした」

みんなが呆気に取られる中、翔太郎は平然とした顔で続ける。「僕が中二で、兄ちゃんたちは高二。秋晴れで暑くもなく寒くもなく、今日みたいに気持ちのいい日でした」

「よく覚えてるね。でも、それほんと?」

杏里が疑わしげに翔太郎を見る。

「翔太郎が言うんなら間違いないよ。翔ちゃんは記憶力抜群だからね。俺と同じもの食べて育ったとはとても思えないよ、まったく」

そう言うと、龍男は小皿に取り分けた豆鯵の南蛮漬けを頬張った。「うん、うまい」

「僕もお土産持ってきたんだけどね」

翔太郎が紙袋からタッパーを出そうとしたときだった。

「だから翔太郎、やめた方がいいよ」と龍男が大きな声を出した。

「どうしてだよ」

「どうしてって、そういうのは翔ちゃんだけが好きなんだってば」

「だって兄ちゃん、これ、美味しいんだよ」

「味の問題じゃないんだよ」

「じゃあ何の問題?」

兄弟で押し問答が続く。

「何を持ってきてくれたの？　見せてよ」と杏里がお姉さんっぽく微笑む。

「杏里ちゃん、ダメだってば。見ない方がいいよ」と龍男はなぜか必死の形相である。

「兄ちゃん、僕がこの煮物を作るの、どれだけ苦労したと思ってんの？」

翔太郎がムッとした表情で言い返す。「材料を集めるのだって、ひと夏かかったんだ」

「へえ、すごい」

なんの料理だか想像もつかなかったが、ずいぶんと手間がかかったらしい、ということは、アワビとかサザエを翔太郎が自ら海に潜って獲ったとか？

「いいじゃない、みんなで食べようよ」

私が言うと、翔太郎は嬉しそうに笑った。

母の手料理や安いシャンパンを杏里が喜んでくれたのだから、翔太郎の持参したものも歓迎してあげたかった。たとえ少しくらい味付けがまずくても、美味しいと言って食べてあげたい。私も杏里もひとりっ子だから、翔太郎は生まれたときから、みんなの弟分でもあったのだ。

「わかったよ」

溜め息をつきながら箸を置いたのは龍男だった。「だけど、ちょっと待て。蓋を開ける前に俺が説明するから」

弟がタッパーを開けようとするのを両手で制して続けた。「我が弟が作ったのは、アブラゼミの醬油煮です」

「えっ？」

「マジ？」

「天才肌の我が弟は、最近は昆虫を食することにハマっています」

「ごめん、翔ちゃん、それはそのまま持って帰って。私は食べられない」と杏里が言う。

翔太郎は助けを求めるように私をじっと見つめた。

「……ごめん。私もダメだ」

「じゃあ、いいよ。僕がひとりで食べるから」

そう言って、タッパーを開けようとする。

「開けないで！」

杏里が叫ぶ。「ハハハ、ほんとごめんね」

思わず叫んでしまったのをごまかすように、杏里は声に出して笑ってみせた。「そういった大事な物は、おうちでゆっくり食べたらどうかなと思ってね」

「干ばつ地域の貴重な蛋白源《たんぱくげん》なのに、豊かな日本に育ったひ弱な人間どもときたら……」

翔太郎は、ぶつぶつ言いながら、タッパーを大切そうに紙袋にしまった。

「えっと、それで、なんの話をしてたんだっけな」と龍男。

「最後に会ったときのことよ。二〇〇二年といえば、十年ぶりってことだよね」と私。

「ああ、その話だったね。で、そのときはどこで会ったんだっけ？」と龍男。

「やだなあ兄ちゃん、忘れたの？　あのときは、杏里ちゃんが家を建てたっていうから、そのお披露目でみんな呼ばれたんだよ」

「あのときはびっくりしたよ。十七歳にして親に一戸建てをプレゼントしたんだもんね。それも青山一丁目駅から徒歩五分。芸能人って本当に儲かるんだなって思った」と龍男。

「ママたちも唖然としてた」

「そうそう、パパたちなんて、小さくなっちゃって」

　当時の様子を次々と思い出しては、みんなで笑った。

「そういえばさ、杏里ちゃんて浮いた噂は全然ないんだね。彼氏はいるんでしょう？」

　昔からの気安さで私は聞いてみた。

「週刊誌の記者を撒《ま》くのが上手いとか？」と龍男。

「随分前から彼氏はいない。ママンを見て育ったから慎重になっちゃうんだよね。パパはとっても優しい人なんだけど、ママンがパパに対して苛々し通しだったのを見て育つと、やっぱりね」

「でも杏里ちゃんのお母さん、すごいじゃない。雑誌のモデルさんになったりして」

「博多のおじいちゃんが死んで、ママンはすごく変わったの。なんか吹っ切れたみたいに明るくなった。パパに対しても優しくなったし、今すごく頑張ってるよ」

翔太郎は、明太子スパゲティを蕎麦《そば》のように音を立てて思いきり啜っている。

「ガツガツ食べてくれて嬉しいよ。そんなに美味しい？」

杏里が翔太郎をからかうように尋ねた。

「煮物が多くて杏里ちゃんて意外におばさん臭いんだね。あっもちろん、どれもこれも全部すごく美味しいよ。アブラゼミの醤油煮ほどではないけど」

「杏里ちゃんて、顔がパパ似だから性格も似てるのかと思ってたけど、案外……」

言いかけて私はハッとして口ごもった。パパと違って案外堅実なんだねなどと失礼なことを、もう少しで言うところだった。杏里ちゃんのパパが享楽的で生活臭がないのは、この三家族の間では有名だ。だからパパ似の杏里ちゃんが郷土料理を作ったり、恋人を作るのに慎重だったりするのが意外だった。

「歳とともにママンに似てくるって自分でも思う。めちゃくちゃ節約家だしね。いつまで芸能界にいられるかわからないでしょう。若い子がどんどん出てくるし」

「杏里ちゃんが節約家だなんて……こんな素敵なマンションに住んでるじゃない。私の香港のアパートなんて、とても見せられないよ」

「このマンションは投資目的で買ったのよ。売るときのことを考えたら、多少高くても駅に近くて新しい物件がいいだろうと考えて」

「大人の世界だね。それに比べて僕はどうしてこうも子供のまんまなんだろう」

翔太郎がしょんぼりしている。

「翔ちゃんだって立派じゃない。将来はお医者さんになるんでしょう。すごいと思うよ」

「思う、思う」と私。

「うん、自慢の弟だよ」と龍男。

翔太郎が暗くなったときは、三人でフォローする。子供の頃からこうだった。

「翔太郎はすごいんだよ。毎年、夏休みになると、アフリカや東南アジアの僻地に行って井戸掘りをしてるんだ」

「へえ、やるじゃない。ボランティアで？」

「そう。だから旅費を貯めるのが大変なんだ」

「よく言うよ。翔太郎の家庭教師の時給、すごく高いんだぜ。医学生っていうだけで、びっくりするほどもらってんの。月にしたら、たぶん俺の給料よりも多いよ」

「将来もアフリカで医療活動をするの？」と私。

「うちの母さんがさ、僻地医療なんかダメだって言うんだ」と翔太郎。

「それはお前のことを心配してるからだよ」

「だけど僕はアフリカに行きたいんだよ」

「日本で修業を積んでからの方がいいんじゃない？　難民のいる地域なら、不衛生で設備も器具もないような所なんでしょう? だったらよほど経験がないとね」

私はついこの前、テレビで見たことを言ってみた。

「うん、それもそうなんだけど、だけど母さんが……」

「母さんのことは忘れていいよ」

龍男がきっぱり言った。「お前はお前の道を行けばいいんだよ」

翔太郎が驚いたように龍男を見た。

「兄ちゃん、それ本気で言ってる?」

「もちろん」

「だけど、僕は母さんを悲しませたくないんだ」

眉間に皺を寄せて難しそうな顔をしたまま、翔太郎はガメ煮を黙々と食べている。

「どっちにせよ、翔ちゃんはエリートだね。人生、順調でいいね。顔もかわいいし」

「順調なんかじゃないよ。変わり者だって言われて、実は大学でもイジメられてるんだ」

「でも気にしてないんだろ?」と龍男。

「そうなんだ。なぜか気にならないんだ」

一瞬の沈黙のあと、翔太郎以外の三人は一斉に噴き出した。

「やっぱり変わってる」

「確かに」

「そんなことない。僕なんかのことより、百香ちゃんは香港で何やってんの？」

翔太郎は話題を変えた。

「ブランドショップで働いてるの」

「もしかして中国語ペラペラなの？」

「残念でした。日本人観光客相手の店なのよ。香港の人たちとは英語で話してるから、中国語はいつまでたっても上達しない」

「楽しいの？」

「うーん、なんとも言えない。香港は活気があるし、私には合ってると思うけど、将来を考えるとね……正直言って、母の勧めに従って看護師になってた方が正解だったかなって思うときもある。そういえば、龍男くんは亜細亜生保をやめたんだよね、どうして？」

前から一度、聞いてみたいと思っていた。杏里も同じ思いなのか、箸を止めて、じっと龍男を見つめている。

「あそこに勤めてた頃は針のむしろだったよ」

しんみりと言ってから、龍男はビールをひと口飲んだ。「想像してみてくれよ。自分ひとりだけ頭が悪いっていうのは本当につらいよ。課長が『君はムードメーカーだ』なんて言ってくれて、その言葉を鵜呑みにして喜んでた新入社員の頃が今はすごく恥ずかしい。周りは帝都大出の秀才ばかり。知ってるかもしれないけど俺はコネ入社なんだよ。有力な議員の紹介で入社したからお客様扱いだった。きっと先輩たちも、本当は俺のこと心の中では馬鹿にしてたんだと思う」

「それほど卑下することないじゃない。コネで入社してる人なんてゴマンといるよ」

慰めようと思って言ったわけじゃなくて、事実を言ったまでだ。

「能天気なヤツだったらいいんだろうけど、俺はダメ。四六時中、劣等感の塊でいるのはマジ苦しかった。それに実際問題、俺には仕事が難しすぎた」

「それはきついね」と杏里。

「早めに辞めて正解だったんじゃない？」と私。

「そう言ってくれるとなんかほっとする。あのまま勤め続けていればよかったのにっていまだに母さんに言われるもんだから」

「なんだ、兄ちゃんもまだ母さんの呪縛《じゅばく》から逃れてなかったのか」

「で、今は何をやってるの？」

「左官屋だよ。古民家再生プロジェクトの一員になったから、地方での仕事が多いんだ。囲炉裏のあるような昔の家には住んだこともないのに、妙に懐かしいんだよ。どんどん仲間も広がってる。建築士や林業やってる人とか」

「兄ちゃんの彼女、建築士なんだよ」

「へえ、彼女いるんだ。結婚するの？」と杏里。

「先立つものがないから無理。結婚を考えると、百香ちゃんの看護師と同じで、俺もあのまま一流企業で我慢して勤め続けていればよかったかなって思うときがあるよ」

「私も資格を取った方がいいってママンから今もさんざん言われてる」

「ほんと？　杏里ちゃん、女優のままで十分じゃないの」

「いつ売れなくなるかわからないってママンはいまだに言うのよ」

「親は子供が何歳になっても心配なんだね」

「俺は金はないけど幸せだよ。あの頃は不眠症だったけど、肉体労働の今は毎晩バタンキューだ。それに他人の目が気にならなくなった。腕が上達しているかどうかは、他人に言われなくても自分でわかるからね。母さんの考えはもう古いと思う。一流企業に勤めれば安泰って世の中じゃないよ。母さんの時代は亜細亜生保っていえば高給で有名だったらしいけど、俺たちの世代は昇給なんて微々たるものだった。高給をもらってるのは四、五十代の人たちだけだよ。つまり、母さんの世代の人たち。それに俺はつくづく単純労働に向いてると思う。負け惜しみじゃなくて、ほんと今が幸せ」

「ねえ、ＤＶＤ観ない？」

　杏里がいたずらっぽい目をしてリモコンのスイッチを入れた。なんのＤＶＤだろうと画面を見つめていたら、いきなりよちよち歩きの翔太郎がアップで映った。

「懐かしい！」

「翔ちゃん、かわいいね」

「この頃は、三歳違うだけでずいぶん身体の大きさが違うね」

翔太郎の後方に、杏里と龍男と私の三人がそれぞれに補助輪のついた自転車に乗っているのが見える。

——あっ。

突然、幼い翔太郎が声をあげ、何かを拾った。

——どうしたの、翔ちゃん、何を拾ったんでちゅか。

「父さんの声、若いなあ」と龍男が感慨深げに言う。

翔太郎の手もとが映る。ぷっくりした小さな手は、しっかりと蟬の抜け殻をつかんでいた。次に、顔がアップで映し出された。眉間に皺を寄せ、抜け殻をじっと見つめている。

「お前、この頃から蟬が好きだったんだな。そういえば、小児科医を目指してるお前の彼女、蟬に似てるよな」

いくらなんでもその言い方はないだろうと思っていたら、翔太郎が照れたように笑ったので驚いた。

カメラが引いて、公園の全体像が見えてきた。

「ママンもパパもすごく若い」

「ほんとだ、みんなめちゃくちゃ若い」

「お父さん、髪の毛ふさふさじゃん」

「うちのママ、ウエストほそーい」

「母さんショートパンツなんて穿いてるよ。今じゃ信じられない」

「このときのママンたち、確かまだ二十代よ」

「そっかあ……」

「てことは、今の俺たちと変わらないんだ」

「当たり前だけど、ママンたちは生まれつき〈お母さん〉てわけじゃなかったんだね」

「そうだね。こんな若さで頑張って家庭を切り盛りして子育てしてたんだよね」

「母さんたちは三人とも地方から出てきたんだよね」

「十八歳から親元離れて頑張って生きてきたんだよ」

「偉いよ」

「うん、偉いね」

私は画像を見ながら、不得意なはずの中国語で〈謝謝《シエシエ》〉と心の中で繰り返していた。

27　二〇一四年三月　五十川淳子・五十五歳

その日は久しぶりの女子会だった。

――神楽坂《かぐらざか》にいいお店を見つけたの。そこで反省会を兼ねてランチしようよ。

紫から号令がかかったのは先週だった。

「反省会って、なんの？」

「子育ての反省会よ。なんだか私、ひと区切りつけたい気分なの」

早稲田《わせだ》通りから一本入った裏道にあるフレンチレストランで食事をした。そこでは、それぞれが簡単に近況報告をしたり、出される料理について感想を言うばかりで、反省会にはならなかった。そのあと、明美の提案で桜を見に行くことになった。花見と言っても、上野《うえの》公園にシートを敷くようなのとは違い、千鳥ヶ淵《ちどりがふち》まで歩いて行って、桜の花を眺めるのだそうだ。ここのところの陽気で早くも満開になってしまったらしいが、今日は気温が低く、少し肌寒かった。

神楽坂をくだり、ＪＲ飯田橋《いいだばし》駅前の牛込《うしごめ》橋の上から外堀《そとぼり》を見下ろした。両側にずらりと並んだ桜の木がピンク色の綿のように見えた。

「満開ね」

「きれいだわ」

駅を谷底にして坂道はのぼりになる。

歯科大や中高一貫校をいくつか通り過ぎると、靖国《やすくに》神社が見えてきた。堂々たる幅広の参道の両脇にびっしりと屋台が並んでいる。日曜日だからか結構な人出だ。

それらを横目に見ながらまっすぐ進むと、前方に武道館の緑色の屋根が見えてきた。

「あっ、あれ見てよ」

明美が指差す方向に、垂れ幕が見えた。

――修英大学卒業式
「あまりの偶然……」

驚いて思わず足を止める。

なんと時の流れの早いこと……。

卒業してから、もう三十年以上も経ってしまった。

「私たちのときと雰囲気が違うね」

歩道橋に上がり、手すりに沿って三人並び、武道館へ入っていく人々を眺めた。袴《はかま》姿の女子学生やスーツ姿の男子学生がぞろぞろと歩いている。

「ひとりの卒業生につき保護者四人てのもいるね」

袴姿に両親がつきそい、その後ろを祖父母と見られる年寄りが続く。

「父方と母方の祖父母が全員揃ったら六人てことになるわね」

「私たちのときには保護者の参加はなかったよね」

「あの親御さんたちは、たぶん私たちと同世代だね。淳子は、龍男くんや翔太郎くんの卒業式には出たの？」

「龍男のときは出たけど、翔太郎のときは町内会の清掃があって出られなかった。もちろん舅姑と義姉二人はどっちのときも出たけどね」

「やだ、それ本当？」

「本当よ。舅姑も義姉たちも子供たちの行事に関しては皆勤賞ものよ。あーあ、一度でいいから親子水入らずで運動会を楽しんでみたかった」

「淳子、かわいそう。言えばよかったのに」

「なんて言うの？　来ないでくださいって？　そんなこと明美なら言えるの？」

「うーん、やっぱり言えない。でも、最近のお嫁さんは何でもはっきり言うらしいよ。偉いよね」

「どうして偉いのよ」

「だって自分を大切にしてるってことでしょう。ストレスや恨みを溜めないためにも、嫌なことは嫌だって言わなくちゃ。人生は短いんだよ」

「出た、明美のお決まりの台詞」と紫が茶化す。

いつ頃からか、「人生は短い」というのが明美の口癖となっている。夫の親族が癌体質の家系だからかもしれない。

「ねえ、私たちの卒業式の日の学長の挨拶の言葉、覚えてる?」

そう言って、明美は何を思い出したのかアハハと声を出して笑った。

「いきなり『サラ金に手を出すな!』ってひとことだけ言って終わりだったよ」

「ああ、そう言えばそうだった」

私も思い出した。

「あのときは意味がわからなくて、卒業式のあとに、クラスの誰かに聞いたんだったね」

あの当時、サラ金に手を出して、どうにもならなくなって田舎に帰っていった男子大学生が少なくなかったらしい。

「サラ金という言葉も聞かなくなったね。時代は変わったよ」

「なんといっても携帯電話がなかったのが大違いよね」

「パソコンもなかったしね」

「コンビニもなかった」

「スーパーも商店も七時には閉まったし」

「銀行のATMも土日はやってなかった」

「あのころ百円ショップがあったら、ずいぶん助かっただろうにね」

「地方から出てきた学生のほとんどがお風呂のないアパートに住んでたよね」

「その代わり、お風呂屋さんがたくさんあったよ」

「女性総合職っていうのもなかった」

「私たちってさ、三人とも好きなように生きてきたんじゃない？」

「そうだね。紫は親に背《そむ》いて東京で就職したし、明美と私は親がレールを敷かなかったから、もともと自由だったし」

「そういえば、淳子の演劇部の先輩たち、活躍してるね」

就活もせず劇団に入った者たちは、その後女優になったり演出家になったりした。演劇論で大学教授になった者までいる。もちろん、その陰にはアルバイトでぎりぎりの生活をしている人もたくさんいるが。

歩道橋を下りて千鳥ヶ淵まで歩いていった。

そこの桜もまた満開で美しかった。

「この季節、まだ肌寒いね。どこかで熱いコーヒーが飲みたい」

「賛成」

「カフェがあるよ。窓際の席が空いてる。あそこで子育て反省会をやりましょう」

内堀《うちぼり》通りに面した大きなビルの一階に、ガラス張りのカフェが見えた。

丸いテーブルを囲んで座り、それぞれに好きな飲み物を注文した。

「反省会っていわれてもねぇ。うちの龍男ったら過激っていうのか、捨て鉢っていうのか、城南大学を出てるっていうのに、ほんとにもう……」

「左官屋っていいじゃない」

「それ、本気で言ってる？」

「好きなことを仕事にできるってすごくない？」

「すごいと思う」

「二人とも私をからかってるの？　どこがすごいのよ」

「一生の仕事にしようと思うくらい好きなことを見つけられる人って案外少ないと思う」

「仮に見つけられたとしても、たいていの場合、プロスポーツの選手だとか宇宙飛行士だとか音楽家だとか途方もない希望だから、結局は夢破れるじゃない」

「それに、給料が安くても構わないっていう覚悟がすごいよ」

「それ、褒めてんの？」

「いや、褒めてないけど、けなしてもいない」

「私はいいと思う。だって自分なりの幸せを見つけてるってすごいことじゃない」

「そうかな……だったらいいけど」

「それに、翔ちゃんはお医者さまになって、今は都内の病院に勤めてるんでしょう？　二人とも立派な息子じゃないの」

「翔太郎は来年からアフリカに行くんだってよ。あーあ、もう帰ってこないかもね」

「死ぬ前にアレやっとけばよかった、コレやっとけばよかったって後悔するよりいいよ」

「それは言える。あとになってお母さんが反対したせいでできなかったって言われたら、もっとつらいよ」

後悔は生きてきた年数に比例して多くなるのではないか。私が七十歳になったとき、五十代を振り返って、きっとあれこれ後悔するのだろう。つまり、死ぬまで後悔だらけだ。

「子育てに関しては失敗ばかりだったなあ」

「失敗って言葉は百香ちゃんに失礼よ。まるで百香ちゃんが不良品みたいじゃないの」

「それもそうか……」

「知り合いもいない香港で頑張って働いてるなんて見上げたものよ。尊敬しちゃう」

「私この頃、家でピアノ弾いてるのよ」

「明美のとこ、ピアノあったっけ?」

「いいやつ買ったの。楽譜も揃えた。子供の頃に習ったソナチネにソナタ、バッハ・インベンションも。いまドビュッシーに挑戦中。趣味ってこういうことなのよ」

「こういうことってどういうことよ」

「それで食べていけなくたっていいの。だって趣味なんだもん。こうやって五十歳を過ぎてから楽しめるのも、子供の頃に習っていたおかげよ。それを考えると、百香に何ひとつ習わせてやらなかったのは間違いだったと思う」

「趣味程度でよければ何歳からでも始められるよ」

「そう？　そう言ってくれるとほっとする。そうか、そうだよね」

「明美の後悔なんてたいしたことないわ。私なんて杏里を赤ちゃんモデルにしたのよ。本人が希望したわけでもないのに、もっと違う未来があったかもしれないのに……本当に罪深い母親だと思うわ」

紫はうつむき、暗い表情になった。

「あのときは仕方なかったんじゃない？」

「そうよ、一生懸命考えて現実的な選択をしたんじゃないの？」

「紫は、まだ二十代半ばだったでしょう」

「それに、杏里ちゃんに責められたわけじゃないんでしょう？　逆に感謝してるかもよ」

「そうかなあ……なら、いいけど」

紫は顔を上げた。

「杏里ちゃんは成功しているからいいじゃない。私は龍男を付属に入れたことを後悔してる。早々にレールを敷いてしまったよ」

私はずっと心の奥底にしまっていた気持ちを初めて吐き出した。

「仕方ないよ。あの頃は今よりずっと学歴社会だったじゃないの」

「そうよ、あの時代にはベストな選択だったよ。淳子を賢い母親だなって尊敬したもの」

「あれ？　いつの間にか反省会じゃなくて、慰め合う会になっちゃったね」

「それにしても、今の若い人たちの現実って厳しいよね」

「私たちの頃は四大女子には厳しかったけど、今は誰にでも厳しい時代だよ」

「優秀な人間しか生き残れない世の中ってどうなんだろ」

「恐ろしいね」

「どう転んでも厳しい人生なら、好きな道を行った方がいいよ」

「子供たちの未来は、もう子供たちに任せようよ。親が口出しする歳でもないし」

「自由に生きられることが、いちばんの幸せだよね」

「だけど私ね、親の言うこと聞いておけばよかったと今になって思うことがあるの。大学を卒業したら博多に帰るべきだったかなって」

「じゃあ聞くけど、紫はタイムマシンで当時に戻れたとしたら、見合い写真の七三分けの気難しそうなあんなのと結婚するの？」

「あれは……嫌だけど」

「私たちの世代ってさ、女性が専業主婦になれた最後の世代だったよね」

「今の若い女の人に聞くと、専業主婦になるのが夢だって言うじゃない」

「共働きが当たり前の時代が来るなんて思いもしなかった」

明美がふっと窓の外を見たので、釣られて外を見た。青い空が広がっている。

「それよりさ、私たち、もう子育ては卒業しない？」と明美。

「それは無理。何歳になっても心配だもん。親としては」と私。

「だけど、もう子供たちは四人とも家を出て曲がりなりにも独立してるんだし、私たち自身も老い先短いんだよ」

「明美の言う通り。三人で旅行しちゃう？　ぐずぐずしてると親や夫の介護が始まるよ」

「私、ヨーロッパ一周ツアーがいいよ」

「明美ってセレブだね。ところで、あれからダンナさん、どうした？」

紫がさらりと尋ねた。実は私も気になっていたのだが、尋ねるのも悪いような気がしていた。

「ポンポンガールのルーシーのこと？」

明美の目が茶目っ気を帯びていたので、私はびっくりした。仮に、今現在はキャバクラ通いをやめているとしても、わだかまりが残るのが普通ではないだろうか。

「あのあとキャバクラ遊びに飽きて、今はバイクにハマってる。親父グループでツーリングに行くのが楽しいみたい。うちのダンナは癌体質の家系で、『俺はもうすぐ死ぬんだ、だから残り少ない人生を好きなように生きたいんだ』って言うわけよ。最初それを聞いたときは、自分に都合のいいことばかり言ってるって頭にきたけど、実はこの前、ダンナのお姉さんが乳癌で亡くなったの。それからはダンナの言い分にも一理あるってしみじみ思うようになった。もしも人生があと少しとなると、誰だって生きたいように生きたいでしょう？」

「そりゃあそうだけど、でも明美はそれでいいの？」

「だって夫の自由を制限する権利が私にある？」

「あるわよ。妻なんだから」

「うちはダンナが転職するまでは小遣い制だったの。今やっと夫は自由にお金を使って楽しく暮らせるようになった。だから好きにしてもいいんじゃないかと思う」

「明美って大人だね。私はそうはなれない」と私は言った。

「日本人にありがちな、妻が母親の役割をしてるっていう、それだけのことよ。それに、そういうダンナを見てたら、私も自由に生きてやろうと思うようになった。それもこれもダンナ様の稼ぎのおかげだけどね」

「いいなあ。私はヨーロッパツアーは無理。そんなお金ないもの」と私は正直に言った。

「どうして？　もう学費も要らないでしょう？」

「長年に亘《わた》る私立の学費や高額な家庭教師代のせいで老後の資金ゼロ。いま鋭意節約中。でも、アジア旅行くらいなら行けるかも。コロッケ屋でパートしてるし」

「コロッケ屋？　お姑さんはそういうのに大反対なんじゃなかったの？」

「今もいい顔してないよ。でももう無視することに決めた。背に腹は代えられないから」

佐伯伊万里は、舅姑が大往生《だいおうじょう》してからいきなり自由になった。そんな彼女に是非にと誘われて、二人で働きに出た。油で揚げるのと店番を彼女と交替でやっている。いつかは自分たちの店を持ちたいと、こつこつ資金を貯めているが、どうなることやら。

「ところで紫は博多の実家とはあれからどうなの？」

「博多の父が心筋梗塞《しんきんこうそく》で亡くなったとき、お葬式には出なかった。母も無理して帰省しなくていいって言ったから。あの言い方からして、帰ってきてほしくなかったんだと思う。うちの実家の人間は、世間体が命だからね。自分でも驚いたけど、父が亡くなっても、あんまり悲しくなかった。それどころか、父は器の小さな人間だったんだってしみじみ思ったの」

「なるほどね」

「わかる気がする」

「あれ？　驚かないの？　父の葬式に行かなかった話をした途端にみんな私を非難の目で見るのよ。父のことを小さな人間だなんて言った日には、もう大変よ」

「紫、そういう単細胞なんか相手にしなくていいんだよ」と私が言うと、紫はびっくりしたように私を見つめた。

「親子なんてきれいごとじゃ済まないじゃない。人それぞれ複雑なものがあるよ」と明美も同じ考えのようだ。

「親が偉大だとしたら、それは反面教師としてという場合も多いよね」と私は言った。

「わかってくれる友だちがいて良かったよ。父みたいなちっぽけな人間に長年に亘って右往左往させられてたんだなあって自分でも呆れちゃった。しかし罪な親よね、まったく。杏里がまっすぐに育ったのは、レイモンが健全な人だからだって、この歳になってやっと気づいたわ」

「あら、紫がレイモンを褒めるの、初めて聞いたよ」

「私も」

私は明美と顔を見合わせて笑った。

「レイモンは娘の稼ぎを当てにする最低の父親だと思ってたけど、どうやら誤解だったみたい。杏里が家を出てマンションでひとり暮らしを始めたとき、杏里が生活費を渡そうとするのをレイモンはきっぱり断わったわ。贅沢に慣れたレイモンがどうなるかと思ってたら、元の節約生活に戻った。要は、なければないでいい人なのよ。徹底してるの」

「さすが個人主義の国フランスから来た貴公子ね」

「レイモンも杏里ちゃんも、実は紫よりしっかりしてるのかもよ」と明美。

「そうみたい」と紫が苦笑する。「人間は本来こうあらねばならないなんて、うちの実家流の古い考えで縛られていたのよ。独り相撲だった。家族を取り仕切って正しい道に導こうってやっきになってたなんて滑稽だよね。それぞれが好きなように生きるのが一番だって気づいたのは五十を過ぎてからよ。だけど、杏里は十七歳の頃には既に気づいてたらしい。やっぱり父親似ね」

「大人になったじゃない」

私は思わず口に出していた。

「淳子、それ、何よ。私を馬鹿にしてるの？」

「違うよ。実は龍男のことで、私自身も大人になった気がしてる。だから、五十歳を過ぎても、まだまだ成長過程にあるのかなって、最近考えた」

「うちの父も似たようなこと言ってたよ。もうすぐ八十歳だけど、今までわからなかったことがどんどん見えてくるようになったって」

明美がそう言ってからコーヒーを美味しそうに飲んだ。

「私ね、今がいちばん幸せだって思う」と明美。

「私もそう思う」と私。

「私も！」と紫。

「子供のことはいくつになっても心配だけど、もう遠くから見守るしかないよね」

「アデュー子育て、ボンジュール老後」と紫がふざけた調子で言う。

「紫はダンナがフランス人だから、ある程度はフランス語、しゃべれるんでしょう？」

「全然。夫婦の会話は日本語だもん。いまだにボンジュールの発音が変だって言われる」

「ボンは鼻に抜けて、ジュは口を思いきり突き出して……」

私がそう言うと、明美も紫も鼻の穴を膨《ふく》らませたり、口を突き出したりしている。

「でしょう？　日本人にボンジュールの発音は難しいよね」と紫。

「私の発音、どう？　ちょっと聞いてよ」と明美。

私と紫が見つめる中、明美の唇が動いた。

「ボンジュール、卒業」

解　説――沈鬱で贅沢《ぜいたく》な、女たちの「現実《リアル》」

水無田気流《みなしたきりう》（社会学者・詩人）

本作を読んで、あなたは身につまされただろうか。それとも、曲がりなりにも生活には困らない世代の女性たちの、贅沢な悩みと感じただろうか。

変奏曲のように、１９７０年代から現代までを行きつ戻りつ紡《つむ》がれるこの物語は、それぞれの時代の女性の生きにくさを丹念に素描していく。客観的に見れば彼女たちのライフコースには大きな悲劇もなく、学歴、職歴、結婚、出産、そして育児……等々を見れば、それなりに人生の「幸福なカード」を揃《そろ》えてはいる。だが一方、たとえばそれらのカードが一気に翻《ひるがえ》るような、爽快感溢《あふ》れる大きな救いも見当たらない……。

おそらく、この物語に登場する１９５０年代後半生まれの女性たちのライフコースは、読み手の世代によって受ける印象がずいぶん変わるだろう。息子たちのお受験に奔走《ほんそう》する淳子《じゅんこ》、娘だけは経済的な自立をと望む専業主婦の明美《あけみ》、そして地に足の着かないフランス人男性と結婚した紫《ゆかり》……。彼女たちは80年代初頭に四年制大学を卒業した世代。この時期は女性の大学進学率が同年代の1割、一方短大進学率は2割と四年制の倍であった。彼女たちの大学進学時はすでに70年代半ば過ぎで、高度成長期は終了していた。かといってバブル景気はまだ先であり、86年の雇用機会均等法も施行されてはいなかった。


だが一方、男女別の就業コースが現代よりもきっちりと線引きされ、それゆえ「女性限定職」が保証されていた時代でもあった。短大卒女性の就職は（圧倒的な賃金格差や、就業継続年数の短さに目をつぶれば）今より恵まれていたし、補助的な仕事でも「正社員」の座に落ち着くことができた。物語の冒頭、明美が高校生の長女・百香《ももか》と語る場面は、世代間ギャップの象徴である。大学は英文科に進みたいという百香に対し、自分たちの世代は文学部を卒業しても就職先がなく、仕事もお茶汲《く》みとコピー取りだったと説教する明美に対し、百香は「羨《うらや》ましいよ」と語る場面である。驚愕《きょうがく》する明美に、百香は言い放つ。

「だって、お茶を淹《い》れたりコピーを取ったりするだけで、ちゃんと給料もらえてたんでしょう？　それも正社員だったんだよね？　今の世の中、そんなのありえないじゃん」と。

さらに明美が、自分たちの世代は子供を産むと仕事と両立できず、結局専業主婦になった話をすれば、

「専業主婦で食っていけるなんて結構なことじゃないですか」と来る。


百香たちは、すでに日本が低成長に入った時代しか知らない。明美たちから見れば、ずっと選択肢が多い時代を生きているように見えて、母親世代の均質的ライフコース――学

卒後、いったんは補助的な職で就業するものの、結婚や出産を機に離職――すらも、余裕がある時代の羨ましい生き方に見えるのだろう。結局結婚・出産以外にほぼ選択肢がなかった世代の女性と、結婚も就業も自由に見えて、旧来の将来への安定性がすでに失われた世代の女性との対比が鮮やかに浮かび上がる。

明美たちが就職した80年代前半から半ばにかけて、女性従業員の正規雇用割合は7割と多数派だったが、昨今は非正規雇用割合が6割と正規雇用を上回っている。かつて女性たちの閉塞感の源泉であったものが、今や絵に描いた餅となっているのだ。

よく判で押したように、近年「女性のライフスタイルの多様化が進んだ」と言われるが、その中身はなんだろうか。結局「非正規雇用が増えた」ことと、晩婚化・非婚化によって「結婚しなくなった」こと、さらに男性の雇用環境もかつてのような安定性を失ったことから、既婚女性もパート就労に出る必要性が増すなど「専業主婦で居続けられなくなったこと」の三点に集約されるのではないだろうか。それは果たして、女性たち自身が望んだライフスタイルなのであろうか。

さて、他方本作のヒロインたちが十代を過ごした70年代は、日本人のライフスタイルの均質化が頂点を迎えた時期でもある。婚姻率がもっとも高かった時期でもあり、最盛期は生涯未婚率から逆算して男性の98%、女性の97%が一生のうち一度は結婚していた。先進国としては驚異的なこの数値は、戦後昭和レジームの完成期を象徴している。

男性の安定した雇用環境とサラリーマン化の進行は、女性の専業主婦化と表裏一体で、この時期「結婚適齢期」を迎えた男女は、ベルトコンベアに載せられた工業製品のように、ほぼオートマチックに結婚し、子供を産み育てていった。女性には一生一人で食べていくような就業への道は険《けわ》しく、「永久就職」としての結婚が最大の生存手段であった。ヒロインの三人の女性たちは、そんな70年代の結婚の風景を横目でながめながら育ったといえる。

四年制大学進学を選択した点で、当時の女性の中ではマイノリティだった彼女たちだが、もう一点、特性がある。それは、ヒロインたちが揃って地方出身で大学進学を機に東京に出て来たという点だ。高知から来た明美、室蘭から来た淳子、福岡から来た紫と、それぞれ遠隔地である。学生時代に住んでいたのはみな中央線沿線……というのは、リアリティがある。大学構内は70年代の政治の季節を彷彿《ほうふつ》とさせる勧誘で溢れ、フェミニズムも喧伝されているようだが、興味をもった明美が「就職に悪影響が出る」と聞かされ、瞬時にやめるあたりもリアルだ。

あえて言えば、彼女たちには尖《とが》った選択をする志向性がない。それにもかかわらず、いやそれゆえ「よりましな」選択を必死に繰り返し、結果閉塞《へいそく》感にとらわれていく。就職活動期に「女子は自宅通勤に限る」と赤マジックで書かれた就職課の求人票に愕然《がくぜん》とする明美の姿は、まさに教育現場や憲法理念などで掲げられた「男女平等理念」と、日本の企業風土という「現実」の矛盾に直撃される女性たちの姿だ。

どのような学歴や職歴があっても、女性は結婚すれば一律無職となるとあれば、四年制大学に進学させることに二の足を踏むのは実家である。日本は教育費の家計支出割合が先進国でも極めて高く、それだけ「親が学費をまかなう」割合が高い。勢い、実家の意向がそれだけ子供の学歴や社会的地位達成に多大な影響を与える社会ともいえる。２０１６年を迎えた今なお、残念ながらその傾向に変わりはない。そのような中、地方から東京の四年制大学へと果敢《かかん》に挑戦した女性たちが、結局は家族のために自らの自由時間を使い果たし、疲労困憊《ひろうこんぱい》している姿は沈鬱でせつない。

この沈鬱な物語の中で、唯一日本型教育や雇用の問題から自由でお気楽な親は、紫の夫でフランス人のレイモンだ。モデルとして売れっ子になった娘の杏里《あんり》に対しても、「現実的」な観点から、高校はきちんと行くように、大学も出るように、資格を取るように……と口うるさく言う紫に、レイモンは言う。

「紫サンが今までやってきた仕事は全部、大学出ている必要ないデショウ。高校生のアルバイトと仕事内容おなじデス。ニッポンの大学、なんの意味アリマスカ？」と。

そう。これは日本のガラパゴス化した雇用環境と、いったん「家庭に入った」女性が、就業の場で学歴などまったく活かせない現状を端的に指摘した台詞である。日本社会の現実的な選択は、外国人の目から見れば奇異に映ることの象徴だ。俯瞰《ふかん》して見ると、紫の人生は典型的な既婚女性向け雑誌の「素敵な奥様コース」である。もともとお嬢様育ちで、親の反対を押し切ってフランス人の夫と国際結婚し、美少女に生まれたハーフの娘は有名モデルになり、さらに「芸能人のお宅拝見」でテレビ出演したら、品の良さが買われて本人もモデルに。だが、本人は堅実志向で流されるままのこの状況に対し、忸怩《じくじ》たる思いを抱えている。

物語は終盤になって、次世代の子供たちへと焦点が移る。お受験に奔走した淳子は、中学からエスカレーター式の一流校に進学させ、一流企業に入社した長男の龍男《たつお》が入社後3年で辞めてしまい、徒労感に襲われる。その後龍男は、かねてより関心があった左官屋を目指し、古民家再生などに関わるようになる。一方、小さい頃から変わり者だった次男の翔太郎《しょうたろう》は、世界各地の恵まれない人たちのためボランティアに勤しむ活動家になった。百香は、香港で働くようになった。杏里は本格的に女優業に専念するようになった。いずれも親世代が考えた堅実な人生とはほど遠いが、みなたくましく生きている。逆説的に、母親たちが果敢な挑戦者気質を持っていたことが、結局子供たちへと引き継がれたのかもしれない……などと考えたくなるほど、「上出来」だ。かくなる上は、子育ては卒業、次は老後。ライフステージごとに、またもや前世代とはかけ離れた出来事が、きっと待っているに違いない。

（この作品『子育てはもう卒業します』は、平成二十五年十二月、小社から四六判で刊行されたものです）

一〇〇字書評

子育てはもう卒業します

切・り・取・り・線

購買動機（新聞、雑誌名を記入するか、あるいは○をつけてください）

□（　　　　　　　　　　　　）の広告を見て	
□（　　　　　　　　　　　　）の書評を見て	
□ 知人のすすめで	□ タイトルに惹かれて
□ カバーが良かったから	□ 内容が面白そうだから
□ 好きな作家だから	□ 好きな分野の本だから

・最近、最も感銘を受けた作品名をお書き下さい

・あなたのお好きな作家名をお書き下さい

・その他、ご要望がありましたらお書き下さい

住所	〒				
氏名		職業		年齢	
Eメール	※携帯には配信できません	新刊情報等のメール配信を 希望する・しない			

この本の感想を、編集部までお寄せいただけたらありがたく存じます。今後の企画の参考にさせていただきます。Eメールでも結構です。

いただいた「一〇〇字書評」は、新聞・雑誌等に紹介させていただくことがあります。その場合はお礼として特製図書カードを差し上げます。

前ページの原稿用紙に書評をお書きの上、切り取り、左記までお送り下さい。宛先の住所は不要です。

なお、ご記入いただいたお名前、ご住所等は、書評紹介の事前了解、謝礼のお届けのためだけに利用し、そのほかの目的のために利用することはありません。

〒一〇一‐八七〇一
祥伝社文庫編集長　清水寿明
電話　〇三（三二六五）二〇八〇

祥伝社ホームページの「ブックレビュー」からも、書き込めます。

www.shodensha.co.jp/bookreview

祥伝社文庫

子《こ》育《そだ》てはもう卒業《そつぎょう》します

平成28年7月20日　初版第1刷発行
令和6年3月15日　第19刷発行

著　者　垣谷美雨《かきやみう》
発行者　辻　浩明
発行所　祥伝社《しょうでんしゃ》
東京都千代田区神田神保町3-3
〒101-8701
電話　03（3265）2081（販売部）
電話　03（3265）2080（編集部）
電話　03（3265）3622（業務部）
www.shodensha.co.jp
印刷所　錦明印刷
製本所　ナショナル製本
カバーフォーマットデザイン　芥 陽子

Printed in Japan ©2016, Miu Kakiya　ISBN978-4-396-34224-1 C0193

祥伝社文庫の好評既刊